BOY PARTS
LOS PEDAZOS DE UN CHICO

ELIZA CLARK

BOY PARTS

LOS PEDAZOS DE UN CHICO

Traducción de Leire García-Pascual Cuartango

Q Plata

Argentina – Chile – Colombia – España
Estados Unidos – México – Perú – Uruguay

Título original: *Boy Parts*
Editor original: Influx Press
Traducción: Leire García-Pascual Cuartango

1.ª edición: agosto 2024

ISBN: 978-84-92919-67-3
E-ISBN: 978-84-10159-76-1
Depósito legal: M-14.904-2024

Fotocomposición: Urano World Spain, S.A.U.
Impreso por: Rodesa, S.A. – Polígono Industrial San Miguel
Parcelas E7-E8 – 31132 Villatuerta (Navarra)

Impreso en España – *Printed in Spain*

Para mi madre y mi padre. Por favor, no leáis esto.

Las imágenes que idealizan no son menos agresivas que la obra que hace de la llaneza una virtud. Todo uso de la cámara implica una agresión.

— SUSAN SONTAG, *Sobre la fotografía.*

DEAN/DANIEL

Me sabe mal la boca por el vómito mientras voy mareada en el autobús de camino al trabajo. Me lo trago; el bocadillo que me comí en la parada mientras esperaba todavía sigue teniendo el mismo sabor y textura.

Cuando el autobús se detiene, me tambaleo sobre mis tacones. Me imagino cómo me falla el tobillo, cómo se me rompe el hueso y se me desgarra la piel. Me imagino haciéndome una foto en Urgencias y mandándosela a Ryan: «¡Puaj, supongo que no puedo ir hoy a trabajar!». Pero no puedo permitirme caerme. Es como cuando intentas mantener la cabeza bajo el agua: no puedes.

—¿Estás bien, flor? —me pregunta el conductor.

—Más o menos —le respondo.

Llego al bar con media hora de retraso. Se suponía que íbamos a abrir a las doce. Ryan no llegará, al menos, hasta la una. Pego la frente contra la fría puerta de cristal, intento atinar, sin éxito, para meter la llave en la cerradura, y dejo tras de mí una pálida mancha de base de maquillaje sobre el cristal.

Hago lo mínimo para abrir el bar y me dedico a beber agua a sorbitos hasta que llega Ryan. Se queja porque haya manchado la puerta de maquillaje (otra vez) y por no haber bajado las sillas que dejamos sobre las mesas en la entreplanta. A lo que él llama «la entre». Me duele la cabeza horrores. Me pregunta a qué hora llegué a casa (a las cuatro de la mañana, pero le digo que a las dos) y si tengo resaca («no»), y después me deja sola en el bar mientras él se va a echarse una siesta al despacho.

Yo me dedico a cortar fruta tranquilamente durante una hora; asesino seis limones y despellejo una piña. Dejo las limas a un lado, todavía me sabe la boca agria del último chupito de tequila que me tomé.

Los oigo antes de verlos. Doce hombres trajeados que desfilan por la calle. Irrumpen en el local a gritos, sonrojados y muy seguros de sí mismos, y yo me quedo atrapada preparando cócteles Old Fashioned durante media hora.

Se quejan de que tardo demasiado. Les ofrezco servirles un Manhattan para ir más rápido, y el líder de la manada suelta una carcajada burlona. Lleva la corbata de diseño suelta y el botón superior de su camisa con monograma abierto; y un enorme reloj rodea su gruesa muñeca. Se ha esforzado en parecer rico. Probablemente, como diría mi madre: «Dinero ninguno y mucha fachada; total, nada».

—Demasiado *cursi* para nosotros, cariño.

—Es básicamente lo mismo que un Old Fashioned, pero mucho más rápido de preparar —comento, haciendo girar con cada mano una cucharilla en el interior de dos vasos. Sus ojos están clavados en mis tetas, así que no se fija en mi mueca burlona.

—Son rosas, ¿no? ¿No se supone que son rosas?

—No, son a base de burbon. —Creo que se confunde con un Cosmopolitan, pero tampoco quiere uno de esos.

Suben a la entreplanta todos juntos y se quejan a gritos de lo mucho que han tenido que esperar. No me dejan propina. Pues claro que no.

Yo rezo para que solo se queden a tomar esta ronda, pero compran dos botellas de Auchentoshan y entonces sé que estoy viviendo un infierno. Me cuesta *todo un esfuerzo* no quedarme de pie con la cabeza entre las manos, o sentarme en el suelo, o vomitar en el cubo de hielo que les llevo a la mesa. Intento ver si el poner un disco de Merzbow los ahuyenta. Solo me parece gracioso durante las tres primeras canciones, pero después piensan que los altavoces están rotos y el ruido solo empeora mi dolor de cabeza.

El líder se separa de la manada. Baja las escaleras y se recuesta contra la barra. Espero pacientemente a que pida otra botella, pero entonces empieza a *hablar* conmigo. Hablar, y hablar, y *hablar*. Se le ha caído casi todo el pelo y el poco que le queda lo lleva repeinado hacia atrás, aunque un mechón rebelde le cae sobre la frente, y él no para de apartárselo de los ojos como si estuviese intentando matar una mosca.

—Soy socio, ¿sabes? —dice el trajeado. Por su acento me queda claro que no es de aquí. Un trasplante de los *home counties*. Un colonizador. Probablemente vive rodeado de futbolistas en Northumberland y se jacta ante sus amigos de la mansión que tiene en Darras Hall que solo le costó un millón de libras, de que vive al lado de Martin Dúbravka y sobre cómo, en realidad, la calidad de vida es mucho mejor aquí arriba, siempre que te mantengas alejado de los barrios turbios.

—Mi tiempo es muy caro —dice.

—Y el mío también —replico. Él malinterpreta mis palabras porque me pone un billete de veinte libras sobre la barra, con sus manos de cerdo golpeando la superficie de granito como si fuera el culo de su secretaria.

Una mujer aparece a su espalda. Es delgada, de mediana edad y está sola. Su bronceado falso es de un color marrón como la nuez, su pelo teñido es demasiado oscuro y tiene los dientes sucios. Supongo que debe de estar borracha.

—Disculpe —dice. El trajeado la ignora, quizá no la ha oído.

—Ahí tienes, entonces, una buena propina para ti. —Es degradante, pero me embolso el dinero—. Entonces, ahora me perteneces por el día de hoy, ¿no?

—Tal vez los próximos cinco minutos. —Coloca otro billete de veinte y me lo embolso también—. Voy a atender a esta señora —le digo.

—¿Cuánto quieres que te pague para que accedas a largarte y venirte a mi casa conmigo?

—Es muy temprano para eso —repongo. Su expresión se oscurece en lo que yo tardo en poner los ojos en blanco.

—*Disculpe*. —La borracha ha empezado a gritar, pero el trajeado bloquea su camino con su cuerpo.

Se inclina sobre la barra y me agarra por la muñeca, apoyando la barriga sobre la superficie de granito. Resopla, con sus pequeños ojos de cerdo entrecerrados e inyectados en sangre por llevar toda la tarde bebiendo.

—Estás temblando —me dice. Es encantador que piense que estoy temblando por su culpa y no por lo que yo pensaba que era una resaca más que visible. Me agarra con más fuerza y me fijo en cómo mi piel se vuelve blanquecina bajo sus dedos. La sala me da vueltas. Se va a arrepentir de haber hecho esto cuando le vomite encima. Es una pena que no sea capaz de vomitar sin meterme los dedos en la boca, sería la manera perfecta de salir de esta sin tener que moverme. Podría gritar, claro, pero apenas tengo voz por el cigarrillo que me fumé anoche—. ¿Tienes miedo? —balbucea. Está mucho más borracho de lo que sospechaba.

—Suéltame. —No me suelta. No alcanzo los cuchillos que estaba usando para la fruta desde aquí. Tengo una fila de vasos de cerveza enfrente y agarro uno con la mano libre—. Voy a contar hasta tres —le digo.

La borracha da un golpe en la barra.

—¿Cuántos años crees que tiene mi hijo? —pregunta. El trajeado me suelta la muñeca como si le hubiese quemado.

—Gary, ¿qué cojones? —Otro hombre trajeado baja por las escaleras, dando tumbos y avergonzado, con un traje veraniego color crema. Debe de tener más o menos la misma edad que el otro, pero se conserva mucho mejor, aunque también está sonrojado por todas las copas de whisky que se ha bebido y probablemente también por usar poca protección solar en sus vacaciones—. Cielo… —empieza a decir, hablándome a mí. La mujer lo interrumpe. Al parecer no es una borracha como pensaba, sino tan solo una madre dura.

—¿Cuántos años crees que tiene mi hijo? —Me pone su teléfono en la cara. Mi página web está abierta. Me está enseñando una foto en blanco y negro: un chico arrodillado, con la lengua metida entre mis dedos índice y corazón, con mi dedo anular clavándosele en la mejilla.

Ah.

—Veinte. Firmó un formulario de consentimiento y me trajo su documento de identidad. Te lo puedo enseñar.

—Tonterías —dice—. Menuda ristra de tonterías. Ey. —Le da un golpe a Gary en el hombro. El del traje crema pregunta de qué va todo esto, pero la madre borde lo ignora—. ¿Cuántos años crees que tiene este chico? ¿Te parece que tiene veinte años? ¿Te parece que tiene unos malditos *veinte* años?

Gary se vuelve hacia la madre, después me mira a mí y por último observa la foto.

—Creo que deberíamos irnos —dice el del traje crema—. Hombre —lo llama—. Hombre, nos vamos.

Pero Gary sigue pensando. Gary sigue observando la foto.

—Tenía su identificación —digo. Saco mi teléfono móvil y busco el escaneo que le hice a su pasaporte. Primero se lo enseño a Gary—. ¿Ves? Veinte. Ahora, fuera —digo.

La madre borde quiere que los hombres se queden. La madre borde quiere testigos. Pero desaparecen en medio de una nube de colonia cara, con un olor tan penetrante que hace que la cabeza me dé vueltas. La madre borde quiere ver el escaneo del pasaporte.

—Ese es mi hijo *mayor*. Es *Dean*, zorra estúpida, ese es el pasaporte de mi hijo mayor. *Daniel* tiene *dieciséis años*. Pienso llamar a la policía si no borras esas fotos de tu página web ahora mismo.

Cuando lo conocí en el autobús ya había sospechado que *podría* estar en secundaria. Llevaba puesto un traje. Debía de ir a uno de esos institutos donde llevan uniforme como si sus alumnos en vez de ir a estudiar fuesen a trabajar a una oficina, pero tampoco podía esperarse que lo supiese con solo mirarlo. He visto a tipos de treinta años que parece que tienen doce. Por eso siempre pido algún tipo de identificación. Por eso llevo un registro.

Además, ningún tribunal me condenaría por esto. El parecido entre los hermanos es tan notable que solo una madre podría adivinar a cuál de los dos pertenece el pasaporte. Tampoco me puedo imaginar que algún jurado se pusiese en mi contra por esto; la gente siempre confunde la belleza por bondad. Me parezco mucho más a Mae West que a lo que se considera «una belleza británica tradicional». Puedo lloriquear un poco ante el jurado, hablar como si fuese imbécil, recogerme el pelo como si fuese una evangelista de la tele: cuanto más alto el moño, más cerca de Dios, ¿y todo eso?

—Bueno, *Daniel* me mintió y me trajo un pasaporte falso. Y saqué esas fotos en un día de diario, en horario escolar, así que tal vez deberías tenerlo un poquito mejor vigilado. —Arranco el servidor principal de mi página web delante de ella (que encima tarda una eternidad en abrirse en mi móvil) y borro la única foto que tengo de su hijo en mi portfolio—. Listo.

—Quiero ver a un encargado.

—Hola. —Me señalo.

—Quiero ver a *tu* encargado, entonces.

—Solo estoy yo.

—Vale —dice—. Muy bien, entonces. —Se queda ahí de pie, fulminándome con la mirada. Salgo de detrás de la barra, con la firme intención de abrirle la puerta y entonces me pega. Me pega, *con ganas*.

Sale corriendo del bar y yo intento perseguirla sin ganas, pero mis tacones de aguja me lo impiden. Por muy rápido que corra con botas o con plataformas, no tengo ninguna posibilidad de alcanzarla llevando esto.

Le lanzo un escupitajo a la espalda. Me quedo bastante impresionada con la distancia que recorre, aunque tampoco logro darle. Desaparece al doblar la esquina.

Vuelvo al bar, sin aliento, con ganas de vomitar. Me duele la cara por el golpe.

—¿Estás bien? —me pregunta Ryan—. ¿Qué cojones ha sido eso? —Quizá sea el verlo lo que me pone de los nervios. Es uno de esos hombres bajitos que pretenden compensar su estatura al ser extremadamente musculosos. Tiene el cuello grande y grueso, y la cabeza tan diminuta como un guisante; se está quedando calvo, tiene los dientes bien blancos y una barbilla pequeña. Grotesco. Si abro la boca, vomito. Salgo corriendo hacia el baño para discapacitados y me golpeo la cabeza con el váter al caer de rodillas frente a él. El bocadillo que ya he regurgitado antes vuelve a subir por mi gaznate, esta vez logrando escapar de mi cuerpo. Aterriza en el agua del váter con un chapoteo, como una rebanada de pan al caer en el interior de un cuenco de sopa desde las alturas. No suelo consumir carbohidratos; de hecho, pensándolo bien, no me debería sorprender en absoluto que mi cuerpo haya expulsado esa baguette harinosa del Tesco como si fuese un órgano trasplantado que hubiese sido rechazado.

—Lo tengo todo grabado con las cámaras de seguridad —dice Ryan, entrando en el baño y cerrando la puerta a su espalda—. Me dijiste que no tenías resaca —repone, traicionado, como si no me hubiese vendido cocaína él mismo hace solo doce horas.

—No —digo—. Lo que pasa es que mi cuerpo ha respondido al asalto así. ¿Has visto cómo me ha pegado? —le pregunto. Vuelvo a vomitar. Sí que la ha visto. Quiere saber por qué—. ¿Qué quieres decir con «por qué»? Ya la has visto, solo era una borracha violenta. Estaba hablando con uno de los tipos trajeados, no la estaba atendiendo y perdió los papeles. —Escupo. Meto la boca bajo el grifo y me enjuago. Me tiembla todo el cuerpo, me siento acalorada y estoy sudando por todas partes. Noto cómo la base de maquillaje que me he aplicado esta mañana se resbala por mi rostro con el sudor, cómo me corre un río de máscara de pestañas por las mejillas. Me gotea vómito por la nariz y estoy bastante segura de que mis ojos supuran bilis por los lagrimales—. Dame un chicle.

Él me lanza un pequeño envoltorio con un chicle de menta dentro, ni siquiera sabe mejor que el vómito.

—Sabes que si algún discapacitado *de verdad* entra…

—Vete a la mierda —digo—. Vete a la mierda, Ryan. No pensaba meterme en los servicios que usa la mayoría de los clientes. Me acaban de atacar, *literalmente*.

Ryan quiere que meemos con los clientes, como si fuésemos animales. Ryan siempre piensa que alguien cojo, en silla de ruedas o con síndrome del intestino irritable va a entrar en el bar de un momento a otro, con toda la junta directiva de Scope justo detrás.

—No pienso llamar a la policía —dice—. Tenlo claro.

—Bien, me da igual —respondo—. Pero me vas a mandar a casa, ¿no?

—No. Hoy estamos cortos de personal —repone Ryan—. No pienso mandarte a casa porque estés resacosa. ¿Es que te pensabas que me iba a creer que te había dado con fuerza? Si estaba como un palillo.

—¿Estás de broma? —replico—. Llevaba anillos. Y no estoy resacosa. Pídele a alguien que venga a sustituirme. La chica nueva, la que tiene el pelo rosa. Carrie.

—Cassie —dice—. Y no, es su día libre.

—No va a dejar que te la folles porque le des un día libre, ¿sabes? —le digo—. A lo mejor deberías darle un buen golpe en la cabeza para que te deje. A mí me parece bastante *despierta*[1]. —Formo unas comillas en el aire al decirlo y esbozo una sonrisa burlona—. Se te acabó el tiempo[2], Ryan.

Señalo con un gesto de la cabeza el póster en el que se lee «¡Grita!»[3] y que tenemos colgado en la puerta del servicio; el que deja claro que este bar es una zona libre de acoso sexual. Ryan me observa indignado. Cree que no cuenta como acoso sexual si quien lo ejerce es guapo, y se piensa que él es guapo. Antes de que pueda replicar, y antes de que pueda recordarme que «él también fue a las jornadas de formación en contra del acoso sexual y todo eso»,

---

1. N. de la T.: El término hace referencia al movimiento «Woke», muy popular en países de habla anglosajona, que lucha contra las desigualdades como el racismo o el machismo, entre otras.

2. N. de la T: Hace referencia a otro movimiento que lucha contra las desigualdades bastante conocido (Time's Up).

3. N. de la T.: Hace referencia a un movimiento de Reino Unido llamado «Shout Up!» que establece que ciertos locales son lugares seguros contra el acoso sexual.

Ergi aparece a su espalda. No sabía que trabajaba hoy. Nunca está en el local. El nuestro es uno de los tres bares de moda del centro que regenta, y creo que normalmente se olvida de que existimos.

—¿Qué está pasando aquí? —pregunta, lanzándole una mirada acusatoria a Ryan.

—¡Nada! —responde Ryan. Yo me echo a llorar. Me resulta fácil llorar cuando estoy cansada, cuando me encuentro mal, cuando ya me lloran los ojos.

—Una loca me ha pegado, mira. —Señalo la marca rojiza de sus dedos que se me ha formado en la mejilla—. Y me llevé un susto tan grande que tuve que venir corriendo a vomitar. Y Ryan no me deja irme a casa.

—¿Por qué no la dejas irse a su casa? —le pregunta. Su acento es tan extraño: una mezcla rara entre albanés y palabras propias de la jerga de un *geordie*[4]—. Llama a tu chica nueva, la del pelo rosa. ¿Carrie?

—Es su día libre, e Irina está de baja por enfermedad.

—Le acaban de pegar, macho —dice Ergi—. ¿Estás bien? ¿Por qué te ha pegado?

—No la atendí lo bastante rápido. Un hombre me estaba agarrando de la muñeca. Está todo grabado con las cámaras de seguridad. Fue horrible.

—Te pediré un taxi. Yo me encargo, no te preocupes —dice. Me pregunta mi dirección y me pide un Uber. Dice que va a comprobar las grabaciones de las cámaras de seguridad y a escribir un informe sobre el incidente, y le dice a Ryan que me traiga un vaso de agua y unos cuantos pañuelos de papel.

Ryan me fulmina con la mirada. Cuando Ergi se marcha, dejo de llorar.

—Da miedo que puedas llorar cuando te dé la gana —dice Ryan, tendiéndome el vaso de agua y los pañuelos.

—Da miedo que tú vendas cocaína —replico—. Esa mierda se consigue mediante esclavitud infantil y esa clase de movidas.

---

4. N. de la T.: Alguien que viene de Tyneside, al noreste de Inglaterra.

—¿Ah, sí?

—Búscalo en Google.

Me acompaña hasta la salida, furioso, asegurándome que *sabe* que tengo resaca. Me dice que se lo va a contar todo a Ergi. Yo le digo que le delataré por traficar como lo haga, un tira y afloja que no nos lleva a ninguna parte y esas cosas.

Entonces llega el taxi y me monto.

Mientras estoy en el Uber, recibo toda una ristra de mensajes de disculpa de Ryan. «Siento mucho haberme comportado tan raro, acabo de sentarme a ver las grabaciones, espero que estés bien, por favor, no me delates», etc., etc. Le respondo a base de emoticonos. Una pizza, un monigote encogiéndose de hombros, una carita sonriente, un monigote dándose con la mano en la cara, un sol sonriente. Interpreta esos glifos como quieras, Ryan.

No tardo mucho en llegar a mi casa. Flo sigue allí. Lleva mi pijama puesto y está pasando la aspiradora. Cuando entro, me sonríe, con sus dientes amarillentos por el café y con el pelo alborotado.

—¡No esperaba que volvieses tan pronto! —dice—. ¿Qué te pasa en la cara? Oh, cielos, ¿has estado llorando?

Suelto un gruñido como respuesta, me quito los zapatos de una patada y me dejo caer en el sofá como un peso muerto. Escondo el rostro entre las manos. El chicle de menta me sabe fatal desde hace rato. Le cuento lo que ha pasado a Flo, que contiene el aliento y grita «¡Por Dios!» justo en los momentos adecuados, como si perteneciese a una audiencia falsa que estuviese escuchando mi monólogo.

—Podrías denunciarla, perfectamente además —comenta. He decidido omitir la parte del niño, lo de las fotografías, en mi monólogo. Le digo que no me importa—. ¿Sabes?, si te atacan en el trabajo, te tienen que dar por ley seis semanas de baja. Pagadas y todo eso —dice Flo.

—No me jodas —suelto—. Bueno, eso sí que es encontrarle el lado positivo a las cosas. Ve a buscarme mi pijama y una toallita desmaquillante. —Flo hace lo que le pido.

—He limpiado la cocina —me grita desde la segunda planta de la casa—. Y también te he guardado toda la coca que te habías dejado sobre la mesita. He conseguido salvar un montoncito, así que te lo he dejado metido en una bolsita.

Me da el único pantalón de chándal que tengo y una sudadera vieja, reservada para las resacas más asquerosas. Me cambio delante de ella, dejando caer mi ropa sobre el suelo (hasta este momento) inmaculado del salón.

—Guay —digo. Estoy casi segura de que, después, cuando se ponga a escribir en su blog «privado» se fustigará por ello. «Privado» porque solo lo lee ella y sus otros doscientos amigos virtuales. Yo solo tardé cinco minutos en encontrarlo.

—Estaba por aquí y pensé que te podría venir bien que te echase una mano con la limpieza mientras trabajabas.

Suelto un gemido mientras me desmaquillo y me escuece la piel al frotar.

—Mucho mejor así —dice Flo. Me quita la toallita sucia de la mano y la sostiene en alto, examinando el rastro que ha dejado mi cara tras de sí, llenándola de base de maquillaje, máscara de pestañas y gel de cejas—. Mira esto. Está igual de sucio que la Sábana Santa. —Le suena el teléfono y el bolsillo derecho de mis pantalones de pijama se ilumina. Lo saca y cuelga la llamada—. Era Michael. Le he dicho que estoy en tu casa. Estoy segura de que solo me llama para preguntar sobre algo de la cena. ¡A veces es tan pesado! Me dan ganas de gritarle: «¡Relájate, Michael!». —Después apaga su teléfono, algo que solo pasa una vez cada mil años—. ¿Quieres que te traiga hielo para que te pongas en esa mejilla?

Sí. Le pido que me traiga el botiquín que tengo preparado para las resacas y dos vasos de agua. El botiquín en realidad es un táper lleno hasta arriba de analgésicos para los que no hace falta receta. Flo me lo trae y después también los vasos de agua. Primero un paracetamol efervescente y una pastilla de codeína (con cafeína) de la marca Boots, y después un Dioralyte. Me bebo el Dioralyte mientras se disuelven los otros dos analgésicos. Me tomo dos antihistamínicos (en realidad son antieméticos y un remedio para la resaca que cuando lo descubrí me cambió la vida), dos ibuprofenos lisina de 342 mg (de los buenos, los de la regla) y un Imodium. Cuando ya me he tomado el paracetamol y la codeína, vuelvo a sentirme casi persona de nuevo. Flo me entrega un puñado de hielo envuelto en un paño de cocina y yo me lo llevo a la mejilla.

—¿Quieres que me acerque al Tesco? Puedo ir a comprar una botella de vino para la resaca. ¿Y comida en mejor estado? He estado rebuscando en tu nevera. Y solo tienes una bolsa de hielo en el congelador y un paquete de lechuga.

—Sí, vale —accedo. Ella se marcha a la tienda, todavía con mi pijama puesto.

La bilis que aún me queda en el cuerpo se revuelve en mi interior al pensar en darle más vino.

Me siento con mi portátil sobre las piernas y me pongo a echarles un vistazo a las fotos de la sesión de Dean. De la sesión de Daniel. Como quiera que se llamase. Era muy mono y estaba muy emocionado de que me hubiese acercado a él en el autobús delante de sus amigos, muy emocionado porque le diese mi tarjeta y muy emocionado cuando me escribió veinte minutos después preguntándome cuándo podía venir a mi estudio.

Vino en ropa interior a la sesión y pensó que no me daría cuenta. Sinceramente, tuve el presentimiento de que en realidad no tenía veinte años, pero me dio su consentimiento. Firmó los documentos que le pedí y me dio un pasaporte de lo más convincente.

Las fotos son geniales. Un poco turbias. En blanco y negro, y aun así se nota lo sonrojado que estaba. Las pecas de su nariz y sus hombros contrastan con fuerza. Ya he enviado algunas a unos cuantos compradores que podrían estar interesados (hay unos cuantos a los que les gusta tener esa clase de fotos impresas a gran escala). Ninguno me ha respondido, de momento, pero ya sabía que iba a ser difícil venderlo. No es el chico más guapo del mundo, bendito sea: tiene la nariz enorme y muchas marcas de acné en las mejillas. Yo creo que esos rasgos son justo los que le dan carácter, pero no todo el mundo piensa lo mismo.

Esperaré un poco más antes de borrarlas. Probablemente debería borrarlas ya, pero ¿qué va a hacer su madre si no las borro? Ahora mismo ya tengo algo con lo que defenderme: las grabaciones de las cámaras de seguridad en las que se la ve pegándome.

Flo vuelve en ese momento, anunciando que ya está en casa con su voz cantarina, acompañada del crujido revelador de las bolsas reutilizables. El hielo que me había envuelto con el paño de cocina hace rato que se ha derretido, así que lanzo la tela empapada hacia la cocina. Tengo la mano adormecida por el frío y me la meto entre los muslos para calentarla.

—Te he comprado carbohidratos, latas y varias cosas más.

—Pasa a mi lado (pisando la alfombra con los zapatos puestos), recoge el paño empapado al ir hacia la cocina y empieza a guardar la compra. Carbohidratos. Hago una mueca de asco.

—El gluten es el demonio —le comento. Nunca me escucha cuando le hablo de la comida, aunque seguiría estando delgada si lo hiciese. No deja de hablar en su blog sobre mi *trastorno de la conducta alimentaria*. Lo mucho que le molesta, cómo siempre está intentando que coma algo de pan—. Y quítate los zapatos.

Se disculpa. Me habla sobre un chico nuevo del Tesco. Desde que vivo aquí, siempre hemos visto a los mismos empleados trabajando en ese supermercado, así que ese chico le ha sorprendido. Me cuenta que es muy guapo, pero le suelen gustar los hombres de lo más sosos. Le gustan aquellos hombres que piensa que se supone que han de gustarle. Su novio tiene una barba espesa y un corte de pelo horrible, porque cuando empezaron a salir era lo que estaba *de moda*. El novio que tenía cuando nos conocimos usaba un corte de pelo a lo hippie, junto con ese aspecto de tipo que escucha música indie de mierda que se pasa el día buscando vulvas en internet y que siempre lleva puesto un sombrero porkpie para ocultar su enorme flequillo. Hace años le gustaban los tipos como Harry Styles, y ahora le gustan los hombres blancos, que parecen un puñetero francés sacado de *Call Me by Your Name*.

—Te lo juro por Dios, es adorable —dice—. Se parece al protagonista de *Mr. Robot*, el actor ese que te gusta.

—Rami Malek. —Pongo los ojos en blanco. Flo cree que todos los hombres bajos y con la piel un poco morenita se parecen a Rami Malek.

—Te prometo que es mono. Sabrás de quién estoy hablando en cuanto lo veas. Confía en mí. —Me acerca una copa de vino y me pone sobre la mesa un poco de pan y hummus que sabe perfectamente que se terminará comiendo ella. Me agarra los tobillos para bajarme las piernas de la mesita y se sienta a mi lado, antes de dejar mis pies sobre su regazo—. ¿Te apetece que veamos una película? —me pregunta.

Yo asiento. Le paso mi portátil y ella halaga mis fotografías antes de meterse en mi carpeta de descargas. Si se fija en algo que no le cuadra del todo, si piensa que el modelo parece muy joven, no dice nada. Se dedica a rebuscar entre las películas que tengo descargadas y después busca en Google unas cuantas.

—¡Anda! —dice, señalando la pantalla. Se vuelve hacia mí, sacando un poco el labio inferior—. *¡El gato Fritz!* ¡Madre mía!

Me señala el archivo de la película *El gato Fritz* pero sé que está hablando de *nuestro* Fritz.

Cuando Flo y yo vivíamos juntas durante la universidad, ella se dedicó a dar de comer a un gato callejero. Un gato pelirrojo grande y feo, con las pelotas más grandes que he visto jamás en un gato. Lo llamé Fritz. Flo le compró un collar con este maldito cascabel que sonaba constantemente. Lo perdí cuando estaba viviendo sola, cuando cursé el máster. Flo me lo encasquetó cuando se fue a hacer unas prácticas a Leeds.

—Echo de menos a Fritzy —dice.

—Bueno, pues deberías habértelo llevado contigo —repongo, encogiéndome de hombros—. Supongo entonces que no te apetece ver *El gato Fritz*.

—De ninguna manera. —Me devuelve el portátil—. No pienso ver ninguna de estas películas.

—Eres tan básica. —No quiere ver nada que la haga pensar. Me hizo quitar *Nekromantic*, *Vase de Noces* e *Irreversible*; incluso me hizo quitar *The Poughkeepsie Tapes*. Y eso que solo es un falso documental de terror de los malos. Casi comercial: con una historia lineal, sin subtítulos ni diálogos y todo eso. Me pregunta si puede buscar alguna película entre la caja de DVD que guardo detrás del televisor.

—No —le digo. Me pregunta por qué no—. Ya hemos tenido esta misma conversación unas… *cincuenta* veces. Los guardo solo por si acaso. Pero ninguna de esas películas está en HD y todas se ven fatal en mi tele. —Señalo de nuevo mi carpeta de descargas—. Mira, *Pretty Baby* es bastante normal.

—¿No es esa la película de pedofilia de Brooke Shields?

—Si lo dices de ese modo, cualquier película suena mal, Flo. «Oh, *Parque Jurásico*, ¿no es esa la película de necromancia con dinosaurios de Jeff Goldblum?» —digo, imitándola. Siempre pone esa voz nasal, como si fuese un bebé, y tiene un leve ceceo. Incluso conmigo. A veces, cuando está borracha, se olvida de ponerla. No sé por qué lo hace.

—Por Dios, ¿es que no podemos ver *Moana* o algo así?

—No la tengo. ¿No te importa esperar a que se descargue?

A ella no, pero a mí sí. La convenzo de ver *Terciopelo azul*, porque sabe que se supone que le tiene que gustar David Lynch, aunque no le guste en absoluto. Siempre pone muecas y se tapa los ojos durante esa primera escena con Frank. Me dice que es horrible.

—No es tan mala. —Le doy un codazo en el costado—. Bébete tu copa de vino.

Recibo un mensaje de mi madre, quiere que nos veamos mañana para comer. Le digo que sí. Sabe que estoy libre (porque ya había pedido el día libre antes, no porque me hayan pegado), así que no tiene sentido discutir con ella, o intentar escaquearme. La última vez que le dije que estaba ocupada se presentó en mi casa sin avisar y sin tener ninguna excusa, y yo estaba literalmente sentada con el pijama puesto y tuve que fingir que estaba enferma. Cuanto antes responda, menos mierda tendré que aguantar cuando la vea.

Flo se queja cada vez que Kyle MacLachlan habla («¡Es un baboso!») y lloriquea como una cerda en celo cuando Frank aparece en la pantalla. Aunque también canta en voz baja cuando empieza a sonar «In Dreams» ya que, por alguna extraña razón, ha conseguido llegar hasta el repertorio de Roy Orbison ella sola.

En algún punto de la película me quedo dormida y me despierto con la casa completamente vacía. Flo me ha enviado un mensaje.

> ¡Se me había olvidado que tenía que irme a casa! LOL. No podía quedarme a dormir, mi bebé se sentía solito. Tiene una resaca que te cagas. Nos vemos pronto, un beso.

Pienso meterme en su blog mañana por la mañana por si le da por confesar algo más. No me fío ni un pelo de que no me haya peinado ni haya jugueteado con mi pelo mientras dormía.

Agghhhh hoy os vengo con una entrada de GayTriste (TM) de nuevo. Estoy teniendo muchos problemas con Rini. Siento que tengo que dejar de depender tanto de ella y estoy intentando centrarme en Michael y eso se me está dando fatal. Me cuesta saber si es solo porque mi cerebro me está intentando sabotear o porque soy tan jodidamente patética y estoy tan enamorada de ella como cuando nos conocimos y durante la uni. Jesúúúúússss ya han pasado casi 10 años desde entonces.

Me pregunto si es que nunca voy a superarla o qué, sé que en cuanto suba esto me van a llegar 10 comentarios diciéndome que ES UNA TÓXICA y bla, bla, bla, ¡¡¡y os juro que no es tan mala como parece aquí a veces!!! Pero ha tenido que pasar por muchas mierdas y no pienso compartir eso por aquí, y de verdad, de la buena, que no es el monstruo horrible que a veces pienso que creéis que es.

De verdad que creo que tiene TLP no diagnosticado o algo así y que por eso no sabe hacer amigos, es INCAPAZ de tener una relación sana con nadie y ¿¿necesita que la ayude?? Ayer fui a hacerle la compra cuando quedamos porque si yo no la hago por ella, viviría a base de agua y lechuga. Esto no es un problema que tengo con Rini, sino un problema que tengo conmigo misma, pero me alegro de que estéis tan preocupados por mí y de que me escuchéis cuando me quejo.

Leo su entrada en el autobús. La teoría de Flo de que tengo trastorno límite de la personalidad ya viene desde hace tiempo, y estoy segura de que si alguien intentase diagnosticarme sin estar cualificado para ello, ella sería la primera en decir que eso es justo lo que padezco.

Además, si alguna de las dos tiene TLP, es ella. Y odio cuando me llama «Rini». Jesús. Mi madre me manda un mensaje para decirme que ya está en el centro y justo entonces recibo un correo electrónico.

Querida Irina:

Soy Jamie Henderson, conservadora júnior de la galería Hackney Space. Tuve el placer de conocerte en una de las exposiciones en las que participaste cuando estabas cursando el máster hace unos años (¡cuando yo también era todavía estudiante, jaja!). Desde entonces he estado siguiendo tu obra a través de tu página web, y nos encantaría poder exponer algunos de tus trabajos más recientes en nuestra galería, en la exposición sobre arte fetichista contemporáneo. Ya tenemos a unos cuantos artistas de tu calibre a bordo (Cameron Peters, Serotonin, Laurie Hirsch, ¡y otros más!).

Nos gustaría exponer unas 5 o 6 fotografías tuyas en la exposición, a gran escala y preferiblemente que sean trabajos que no hayas expuesto antes. No se paga, pero cubriremos todos los gastos y esperamos que asistan muchos compradores, y estoy segura de que tus obras se venderán muy bien.

También les hemos echado un ojo a algunos de los trabajos en vídeo que hiciste durante el máster (¡están bien escondidos en tu web, ja ja!) y hemos leído las entrevistas que te hicieron para *Vice* y para *Leather/Lace*. Son de lo más innovadoras. Creemos que tus fotografías son impresionantes y nos encantaría proyectar también un vídeo en el que se vea tu proceso creativo como parte de la exposición, si te interesa. Si ya no ruedas cortos, no importa.

También vamos a imprimir una pequeña tirada limitada de álbumes fotográficos con las fotografías que incluyamos en la colección de la exposición. La tirada será de unos cien ejemplares más o menos, pero estaría genial si pudieses mandarnos los originales o las copias de algunas de tus obras, desde tus primeros trabajos hasta aquellas que vayas a querer incluir en la exposición.

Espero con ansias tu respuesta,
Jamie

No me acuerdo de esta imbécil, pero su correo me saca una sonrisa. De oreja a oreja, y me recorre el rostro. El estómago y el corazón me dan un vuelco.

Me tomo un segundo para serenarme. Quiero decir, pues claro que me quieren, ¿a quién si no?

Hola, Jamie:

¡Me alegra que me hayas escrito! Me encantaría participar en la exposición. También tengo algunos trabajos en vídeo mucho más recientes que te podría enviar. He trabajado con Serotonin antes; en realidad, hicimos un curso de seis semanas juntas.

De verdad, estuvimos en el RCA juntas (aunque me saca unos años, claro está) y solíamos salir juntas por ahí constantemente. ¿También va a actuar en directo? O solo va a exponer sus cortos.

También me gusta la idea del álbum fotográfico, aunque mi portfolio es enorme.

Irina

Vuelvo a leer el correo. Innovadoras. Me gusta. Envío una captura de pantalla al grupo que Flo y yo tenemos con algunos de mis parásitos.

«¡¡¡Hay que salir pronto para celebrarlo, porfa!!!», escribo, y me empiezan a llegar felicitaciones. Son tres, aparte de Flo, sus exalumnos de la universidad. Son una compañía horrible, todos fueron estudiantes de arte, así que os lo podéis imaginar, pero una solo puede beber sola hasta cierto punto.

Me bajo del autobús y mamá está ahí esperándome. No nos parecemos en nada. Le saco toda una cabeza.

—Por el amor de Dios, Rini —dice, tirando de mí y dejándome un rastro de su brillo de labios al darme un beso en la mejilla—. ¿De verdad voy a tener que empezar a llevar tacones? No me sorprende que sigas soltera si te pasas la vida aparentando que mides un metro ochenta. Al menos podrías haberte planchado el pelo, no necesitas ser más alta.

Tarda un momento en fijarse en el moratón que tengo en la mejilla. He hecho mi mejor intento para taparlo con corrector; incluso usé una base de maquillaje profesional para tratar de ocultarlo. Lo primero sobre lo que se queja es sobre toda la base de maquillaje que llevo, y me pregunta si es que después voy a mi propio funeral, antes de fijarse en la marca roja que mi maquillaje no consigue tapar.

—¿Qué *demonios* te has hecho en la cara? —espeta—. Eres demasiado mayorcita para estar metiéndote en peleas, Irina.

—Una borracha me pegó en el trabajo mientras intentaba echarla del local.

—¿Qué? ¿Y por qué la echaste tú? —Procuro caminar unos pasos por delante de ella, pero siempre termina alcanzándome, incluso con sus cortas piernecitas—. Eres una *estúpida*, Irina. ¡No eres el portero! ¿Dónde estaban vuestros porteros?

—Bueno, estaba sola. Fue ayer por la tarde, mamá. No tenemos porteros entre semana y, desde luego, tampoco los tenemos cuando todavía es de día.

Mi respuesta no le agrada. De camino a uno de los restaurantes de ASK Italian a los que le gusta ir a comer me dice que no debería involucrarme con gente inestable. Se queja de que la avergüenzo; yo, paseando por ahí, con un moratón como ese. Dice que parece que me he metido en una pelea o que me han apaleado, y que, de igual manera, eso es «caer bajo».

Cuando llegamos al restaurante, no le gusta que nos den una mesa junto a la ventana; no le gusta que la vean comer. Compartimos una tabla de aperitivos; ella se come todo el embutido y el queso, yo me como las verduras. Me dice que odia mis uñas. Que las llevo demasiado largas, rojas y afiladas.

—Es que no puedes parecer más barriobajera. Y encima con esa marca. La gente va a pensar que eres una prostituta. Y una muy *mala* además, una a la que sus clientes pegan. —Nos quedamos en silencio, y yo observo cómo los engranajes dan vueltas en su cabeza, buscando el comentario que me dé el golpe de gracia—. Además, te vas a terminar sacando un ojo.

Me imagino como una prostituta mala y sin un ojo. Mi madre me llama por mi nombre. Me exige que le responda, como si pudiese decirle algo que no fuera a usar en mi contra después.

—Bueno, pues acabo de ir a hacérmelas, así que no me las voy a quitar todavía.

—No te he dicho en ningún momento que no puedas llevarlas así, lo único que he dicho es que las odio. ¿Es que ya no se me permite dar mi opinión? —me pregunta.

—No he dicho que no puedas. Pero son *mis* uñas y...

—Sé que son *tus* uñas, pero las odio, Irina. ¿Por qué siempre estás discutiendo conmigo?

—¡No estoy discutiendo contigo!

—Bueno, cálmate, tampoco pierdas los papeles. Me estás fastidiando la comida —dice.

Siento que voy a estallar en cualquier momento. Me trabo al hablar y no consigo decir nada con sentido, y soy plenamente consciente de que tener la última palabra en esta discusión solo empeorará las cosas. Asiento y deslizo el tenedor debajo de la mesa y me lo clavo en el muslo. Mi respiración se tranquiliza. Cambio de tema.

—¿Qué tal está papá?

Ella pone los ojos en blanco.

—El Sunderland cayó de categoría la semana pasada, así que te lo puedes imaginar. —Nos reímos de él—. Lanzó una de mis velas buenas a la tele.

—Te lo mereces por haberte casado con un *mackem*[5], ¿no?

Ella asiente, de acuerdo conmigo, y guarda silencio durante unos minutos, en vez de echarme un vistazo con esa mirada vidriosa y perdida que pone cuando se acuerda de que llegará

---

5. N. de la T.: Un *mackem* es como se conoce en Reino Unido a la gente que viene de la ciudad de Sunderland, al noreste de Inglaterra, así como a los fanáticos del Sunderland A. F. C.

un día en el que se muera y que para cuando eso ocurra solo habrá estado casada con mi padre. A veces, cuando bebe, me habla de los otros (mucho más pobres pero más apuestos) tipos con los que estuvo quedando cuando empezó a salir con papá. Se refiere a ellos como sus momentos *Sliding Doors*, aunque empezase a salir con mi padre antes de que se estrenase la película.

Jugueteo con mi cinturón. Mi madre sale de su ensoñación en la que está casada con un marido apuesto.

—Deberías haberte comprado una talla más de esos pantalones. He pensado en decírtelo antes, te aprietan demasiado el trasero —dice.

—Se supone que tienen que apretarlo. Y si me quedasen sueltos en el trasero, me quedarían grandes de cintura. —No va a admitir que tengo razón, ya no me está prestando atención, desde que ha visto a una mujer por la ventana saliendo de un pub conocido por apoyar el Brexit que se llama The Dame's Garter, con un vapeador entre los labios pintados de marrón y llenos de arrugas, como un culo sin blanquear. Tiene todo el pelo apartado de la cara, con las raíces canosas y las puntas teñidas de rojo, finas y rotas. Lleva un dije de payaso colgando de una cadena dorada que rodea su cuello curtido.

—¿La has visto? —me dice mamá—. Fui al colegio con ella. Es más joven que yo. ¿Te lo puedes creer?

—¿De verdad?

Mamá se conserva bien, se viste bien y está delgada. En su frente no hay ni una sola arruga y sus labios están tan llenos como los míos. En 1997 hubo una época en la que tuvo alguna que otra arruguita en la frente, pero solucionó ese problema rápidamente.

—Eso es lo que pasa cuando fumas, y cuando no te echas suficiente crema hidratante —dice mamá—. Ella siempre fue la oveja negra de la familia, incluso aunque toda su familia estuviese formada por ovejas negras. Vivían en mi urbanización. Eran escoria, incluso para nuestros estándares.

Mamá es una borde con la camarera cuando nos trae las ensaladas y yo termino haciéndome un agujero en los pantalones de tanto pincharme el muslo con el tenedor. Se queja sobre todo delante de ella. Sobre que la ensalada está demasiado aceitosa; sobre su limonada, que está demasiado azucarada; sobre su amiga, que tiene cáncer, y no deja de hablar de ello en Facebook.

—Vaya, menuda zorra —digo. Estoy demasiado cansada, demasiado molesta, como para morderme la lengua ahora. Suelto el tenedor que me estaba ayudando a mantener la calma.

—*Irina*.

—No, lo digo en serio, mamá. Menuda *zorra*, quién la manda a hablar sobre que tiene cáncer en Facebook. Debería irse a alguna clínica Dignitas y terminar con todo eso de una vez por todas, ¿no?

—Siempre estás sacándolo todo de contexto, ¿verdad? No puedes dejar nunca que un comentario sea solo eso, un *comentario*; siempre tienes que estar montando una escena. Eres demasiado *exagerada*, Irina.

Yo soy la exagerada. *Ella* es la exagerada. Y si yo estoy siendo una exagerada es por su culpa, porque *ella* es demasiado exagerada. He perdido el apetito y ya no quiero comerme la ensalada (que he de admitir que sí que está demasiado aceitosa). Y encima ahora me observa con esa mirada de mierda que no deja de juzgarme y que viene a decir algo así como «¡Aah, así que eso era lo que hacía falta para que cerrases el pico!».

—*Da igual* —dice—. ¿Qué tal el trabajo?

—Bien.

—¿Y lo de la fotografía? ¿Qué tal te va eso? —me pregunta, aburrida. Yo sonrío—. Bueno, no te quedes ahí callada con esa sonrisa engreída, Irina, ¿qué pasa?

—Hoy he recibido una invitación para participar en una exposición bastante grande. En Hackney Space quieren exponer mis fotos y proyectar algunos de mis cortos en una exposición que están organizando sobre arte fetichista británico. Así que, ya sabes lo que dicen, mi trabajo duro *por fin* está dando sus frutos.

—¿Eso es lo que llaman «trabajo duro» hoy en día? Arte *fetichista*. —Pone los ojos en blanco—. Sinceramente, Irina, ojalá sacases fotos que pudiese colgar en las paredes.

—Mucha gente cuelga mis fotos en sus paredes.

—Sí, muchos hombres extraños y gais, y siento mucho si el no querer fotos de penes colgadas en las paredes de mi casa me convierte en una homófoba. —Es como si estuviese almorzando con la columna de opinión del *Daily Mail*—. Echo de menos cuando hacías esos cuadros tan bonitos, Rini. Se te daba tan bien pintar.

Eso es algo que se acaba de inventar ahora: sí que solía hacer cuadros *bonitos*, pero a ella nunca le gustó ninguno. Una vez me dijo que el cuadro que hice de Galadriel parecía el retrato de una víctima con quemaduras (en ese momento creo que tenía doce años). Me dijo que tenía un talento natural, que lo mejor sería que me dedicase a la pintura, y nadie puede hacer arte de ningún tipo si no posee un talento natural para ello.

Me dejé el culo durante los GCSE y se sorprendió al darse cuenta de lo mucho que había mejorado. Me dieron ganas de decirle: «¿No jodas?, eso es lo que pasa cuando trabajas mucho en algo». Ella siempre estaba diciéndome: «Irina, siempre que no se te da algo bien a la primera, te rindes».

Lo que pasó con Lesley jamás habría pasado si hubiese tenido un poco más de apoyo en casa. La psicóloga que tenía en ese momento me lo dijo con esas mismas palabras, más o menos.

—Sí, bueno, Hackney Space es una galería muy reconocida. Son buenas noticias.

—Supongo. Hace *años* que no participas en ninguna exposición. Y yo no había oído hablar de esa galería hasta ahora.

—Vendo muchas copias de mis fotografías. No *necesito* participar en una exposición, pero es… bueno, esto es grande.

—No puede ser tan grande, ni la galería tan importante si no he oído hablar de ello. No soy *estúpida* por no conocer todas las pequeñas galerías raras de Londres.

—En ningún momento he dicho que fueses estúpida, lo único que he dicho es que es una gran oportunidad. Porque *lo es* —siseo—. ¿Qué problema tienes, mamá? —Ahora estoy furiosa de nuevo y ella está ahí sentada. Enarca una ceja con dificultad.

—¿Problema? Me alegro por ti, cariño. ¡No necesitas tomártelo todo tan a la tremenda! Solo he dicho que no había oído hablar de esa galería. —Me hundo en mi asiento.

Se ofrece a comprarme ropa para la exposición como regalo. Yo acepto su oferta, a regañadientes. Toda una vida junto a esta mujer me ha enseñado que todo el mundo puede comprar mi perdón. Bastante fácilmente, además. Me compra un vestido negro y corto que está de rebajas en una tienda Westwood que está a punto de cerrar y, para cuando vuelvo a casa, estoy sonriendo como una colegiala.

Me bajo del autobús un rato más tarde y me acerco al Tesco. Me imagino que debo de dar una imagen de lo más peculiar, con mi bolso Westwood y mi cesta llena de botellas de vino tinto y una bolsa de lechuga ya cortada para ensalada.

Hay un chico nuevo. Está sentado detrás de la caja, mirándome fijamente.

Eddie
Atención al cliente
Cajas
Se unió al equipo en 2012

Debe de ser nuevo en esta tienda. Quizá lo tenían escondido en el Tesco de Kingston Park o en el de Clayton Street.

Tiene un hueco entre sus dos paletas y se le ve la lengua a través de él cuando me sonríe. Es raro. Le devuelvo la sonrisa, pero no se me da muy bien sonreír así porque sí. Normalmente necesito algo más de preparación previa, un momento delante de un espejo compacto para prepararme.

Tiene el cabello negro y rizado, la piel morena y está lleno de pecas. Lleva un pendiente, me encanta esa clase de detalles cursis. Es como un recorte de poliéster de una estrella de cine; es el Oscar Isaac de los chicos cualquiera que trabajan en Tesco. También me recuerda a alguien, a un viejo modelo.

Eddie del Tesco tiene un pequeño llavero de anime del que cuelgan sus llaves, uno de los personajes de *Madoka Magica*, algo que sé porque a Flo le encantaba esa serie.

Dejo caer unas cuantas verduras fálicas en mi cesta, solo porque sí, y me acerco a la caja. Me dice «hola» y se queda mirándome fijamente las tetas. No me mira a los ojos en ningún momento; de hecho, su mirada pasa de mis tetas a mis labios, y después a las cajas de tampones que tengo a mi espalda. Me saluda amablemente, tiene unos modales impecables, pero no para de mirarme las tetas cada pocos segundos.

Yo me fijo en él. Sería capaz de convencerlo de que accediese a hacer cosas de lo más raras, los machos beta como él suelen tener las mentes más sucias. Cuando no has practicado sexo oral con una mujer en tu vida y te pasas casi toda tu adolescencia metido en el pozo oscuro del porno, terminas como uno de esos frikis que tienen la imagen de una *ahegao* como foto de perfil en Twitter y un historial que se basa en un setenta y cinco por ciento en búsquedas de vídeos de porno bukkake y un veinticinco por ciento en búsquedas de Google de lo más tristes.

«¿Cómo saber si le gustas a una chica?».

«Cómo coquetear con una mujer con naturalidad».

«Cómo hacer una lasaña para una persona».

«Cómo sentirse menos solo».

«Colegiala gokkun».

«¿Cómo limpiar semen de una alfombra?».

Entonces me doy cuenta de que me acaba de hacer una pregunta.

—¿Qué?

—Te he preguntado que si vives por el barrio —dice. Lo que es una buena señal. Sin duda es una pregunta de lo más extraña para hacerle a un cliente, así que eso implica que le gusto lo suficiente como para arriesgarse a perder su trabajo por hacerme una pregunta inapropiada—. Lo siento —dice—. Es que me suena tu cara.

—Siempre estoy por aquí. Vivo a la vuelta de la esquina.

—Guay —responde—. Me... me gustan tus... zapatos.

Espero que no tenga un fetiche con los pies. Quizá solo le gusten los tacones, o las mujeres altas, o probablemente sean las dos cosas. Le entrego mi tarjeta de visita y le suelto el mismo discurso de siempre: «Bla, bla, bla, fotógrafa, bla, bla, bla, buscar modelos por ahí».

—No pago pero, si te interesa, necesito modelos para una nueva exposición en la que voy a participar. ¿Has oído hablar de Hackney Space?

Sí que ha oído hablar del sitio. Lo que me sorprende, sobre todo porque parece más o menos de mi edad y trabaja en un maldito Tesco.

Para cuando llego a casa tengo un correo del señor B. Es uno de los compradores privados al que le mandé las fotografías como vista previa de «Deaniel». En realidad, es mi mejor cliente. Suelto un gruñido. El asunto dice: «¿Más?». Y en el correo me pide más información sobre «la criaturita pelirroja». Se ha fijado en que he borrado de mi página web las fotos que había subido de él. Suelto otro gruñido.

El señor B apareció un día de la nada, consiguió mi correo electrónico personal y todavía no tengo ni idea de cómo. Siempre me hace ofertas generosas aunque esporádicas. Compra originales e impresiones a gran escala, y siempre me deja propina. Cuanto más explícita sea la imagen, más dispuesto a pagar está. Le gustan los hombres jóvenes y con un aura femenina. Le gusta cuando salgo yo en las fotos. Estaba claro que estaría siendo una completa estúpida si pensara aunque fuese por un momento que estas fotos no le iban a gustar. Las fotos de Deaniel cumplen con todos sus requisitos.

B:

Sí, sobre él. He descubierto que me dio un documento de identidad falso. Ya he borrado todos los archivos y las fotografías de mi web (incluso las cosas que suelo subir solo para los suscriptores de pago) ((especialmente las cosas que suelo subir solo para los suscriptores de pago)). Te enviaré mis próximas fotos pronto. Lo siento.

Voy a participar en una exposición dentro de poco, en Hackney Space. Estoy emocionada.

Besos,
Irina

Me responde al momento. Mi teléfono vibra al recibir su respuesta incluso antes de que haya colocado la compra.

Queridísima Irina:

Lo primero, querida, déjame que te felicite.

Ahora, déjame censurar esta repentina muestra de moralidad tuya que debería haberse quedado en la Edad Media. Deberíamos alinearnos mucho más con las ideas de hombres más importantes que los tontos con togas y pelucas. Adriano, Confucio, Da Vinci. ¿Por qué negarle a Zeus su Ganímedes? El Olimpo está lleno de tesoros.

Pero, es ilegal, claro. Lloraré por mi Antínoo.

Señor B

B:

Lo siento. ¿Te mandaré algunas muestras gratis? Fotos que descarté, las que le saqué con la cámara del ordenador a ese chico rubito, flaco y afeminado en abril. No me acuerdo de cómo se llamaba, pero te las adjunto como disculpa. ¡Y va en bragas! Muy mono.

Besos,

Irina

Queridísima Irina:

Eres tan encantadora como justa. Eres una artista, tanto de la fotografía como de la seducción. Recuerda: el señor B es una criatura omnívora y se deleita tanto con tu participación como con la de tus modelos.

Señor B

Consigo imprimir diez fotografías. Flo me cuela en la universidad después de que se haya ido todo el mundo y me deja usar las impresoras grandes e impresionantes que tienen aquí. Tomo las fotos con un par de guantes libres de látex y las envío de camino al autobús. Se las mando como correo urgente a la dirección de su «contacto»: a un tal *Benjamin Barrio* que vive en Belmopan, Belice. Mira que es estúpido. Normalmente me paga en cuanto sabe que le he enviado lo que me ha pedido, así que le mando un correo para hacérselo saber.

Voy de compras un rato y termino dándole mi tarjeta a un viejo buenorro en el autobús.

Por lo demás, paso una tarde tranquila. Encripto lo mejor que puedo los archivos con las fotografías de Deaniel y los guardo en una carpeta también encriptada, en las entrañas de mi portátil, donde conservo el resto de mi mierda de dudosa calidad.

A la mañana siguiente me despierto temprano. B me manda un buen fajo de billetes que me trae un mensajero especial, que clava la mirada en mi pecho, porque la parte alta de mis pechos queda al descubierto por la bata entreabierta (a pesar de que estoy con el pelo despeinado y que todavía no me he lavado los dientes) cuando acepto el paquete que me trae. Al menos B no ha intentado pagarme en putos bitcoin como la última vez.

También recibo un mensaje de Ryan, a mediodía más o menos, uno cabreado, sin «besos» ni emoticonos, pidiéndome que lo llame.

A partir de hoy me tomo seis semanas de baja remuneradas, insistió Ergi. Ni rastro de la policía, pero sí que tendré que firmar el informe del incidente. Ryan ni siquiera se despide de mí al colgarme el teléfono.

Nuestro grupo acuerda salir de fiesta el lunes por la noche, es la noche estudiantil. Flo cambia su día libre al martes. Los estudiantes tienen un seminario por la mañana los martes y deciden saltárselo, por mí. Pero solo durante veinte minutos. Después dicen que no pueden, así que al final solo somos Flo, Finch y yo. De todas formas, Finch es el parásito menos pegajoso de ese grupo. Siempre está callado, siempre tiene MDMA y tabaco, y siempre comparte.

Me estoy tomando un café en el Pilgrim y observando algunas de mis viejas fotos. Intentando decidir qué hacer para el Hackney. Uno de mis modelos trabaja aquí: Will, que tiene el pelo largo y ondulado, y una cara bonita. Es más convencionalmente atractivo que la mayoría de mis chicos, pero tiene un aura lo bastante femenina que me encanta. Unos muslos gruesos y blandos, todo grasa y poco músculo, que adoro. Flo una vez me dijo que siempre le había dado la impresión de que los culos de los chicos se encogían al lavarse, y desde entonces no he podido dejar de pensar en ello de ese modo. Fotografío a muchos hombres que cualquier otra persona catalogaría como feos o que tienen un aspecto extraño. Pero *siempre* intento encontrar a algunos que tengan un trasero proporcional a su cuerpo, lo contrario me parece de lo más triste.

Will me trae mi pedido de siempre antes de que pueda acercarme a solicitarlo: un americano solo, con extra de café. Se queda junto a mi mesa, intentando forzar alguna clase de «coqueteo». Ya me ha pedido salir unas cuantas veces, y siempre le digo que quizá. A veces me cruzo con él cuando salgo por ahí, y me invita a droga y a alguna copa.

Me burlo de su nueva barba. Tiene la barbilla afilada y la cara en forma de óvalo, la barba le cuadra la mandíbula y le hace parecer un carnicero, y mucho mayor. También tiene los labios gruesos, como los de una chica, y el bigote le cubre las puntas afiladas de su arco de Cupido. Supongo que lo ha hecho deliberadamente.

—Pareces un hombre de verdad —me quejo.

—Sí. Como un vikingo, con todo este pelo, ¿verdad? —me pregunta.

—No lo sé —respondo—. No creo que los vikingos llevasen coleta. —Lleva el pelo recogido con un coletero rosa. Y su coleta se mece de un lado a otro al caminar. Él hace una mueca.

—Es una broma —me dice, como si se hubiese olvidado de ello. Se lleva la mano a la coleta para quitársela.

—Déjatela. Es adorable —digo—. ¿Cuándo terminas? —le pregunto.

—En media hora.

—Ven a jugar a los disfraces conmigo.

Lo obligo a que me lleve a casa; un camarero para llevar, por favor.

Volvemos juntos a mi casa en su nuevo coche, un Beetle negro con el que parece encantado.

—No ganas tanto como para comprarte un coche nuevo.

—Todavía está estudiando su posgrado. No me acuerdo de qué estudiaba.

—Fue un regalo de cumpleaños —repone. Cuando está borracho pierde por completo el acento, creo que es de las Tierras Medias o de por ahí, pero cuando está sobrio, tiene un marcado acento cockney. Supongo que cree que ese acento lo hace parecer más exótico de lo que es, más de clase media, pero suele forzarlo demasiado y al final siempre termina pareciendo Oliver Twist.

Llegamos a mi casa.

—Vamos directos al estudio —le digo.

—¿Te refieres a tu garaje?

—No, me refiero a mi estudio —repongo, con sorna. Lo *convertí* en un estudio cuando me deshice del coche. Garaje. Y una mierda.

Se sienta en el sofá; es un sofá de dos plazas de estilo kitsch que le compré a la British Heart Foundation, y mientras tanto, empiezo a rebuscar entre la ropa que suelo tener guardada para los chicos. Tengo que guardar muchos trajes de todo tipo. La mayoría de los hombres se visten fatal. A veces, aparecen para la sesión con unos pantalones cortos tipo cargo y me preguntan que por qué creo que lo que llevan puesto está mal, y a mí solo me queda reírme en su cara. Selecciono un chaleco fino de algodón y unos pantalones de poliéster bien cortos y brillantes. Parece todo un deportista, por lo que decido colocarlo en posiciones de yoga e ignorar por completo lo mucho que le chascan los huesos y las articulaciones al moverse. Yo me pongo un sujetador deportivo y unas mallas de deporte y saco unas cuantas fotos con temporizador para que salgamos los dos, y gruño mientras posiciono y doblo su cuerpo demasiado blando y rígido hasta formar las posturas más incómodas e improbables que se me ocurren.

—¿Cómo te has hecho ese moratón? —me pregunta.

Me sorprende que pueda verlo debajo de tanto maquillaje.

—Estaba intentando echar a una borracha mientras cerrábamos el bar y me pegó. A mí me parece bastante guay en realidad. Me pagan por estar de baja —digo.

—¿Me estás diciendo en serio que eso te lo ha hecho una borracha? —me pregunta. Alza la mirada hacia mí al mismo tiempo que yo intento subirle los tobillos hasta las orejas—. Si te lo ha hecho un tipo sabes que puedes decírmelo —dice. El moratón debe tener peor aspecto del que pensaba. Aun así, ese comentario parece el de un hombre que nunca en su vida ha tenido que pelearse con una chica en un local de comida para llevar en el Bigg Market a las tres de la mañana. Cuando tenía diecinueve años, una chica que medía la mitad que yo una vez me rompió dos dientes de un puñetazo. Mis padres tuvieron que pagarme la reconstrucción de los dientes.

—¿Me estás tomando el puto pelo? —le digo—. No sé qué es lo que quieres que te diga, colega. Llevaba anillos. —Suelto un bufido—. ¿Cuál es la norma sobre hablar mientras estamos en medio de una sesión? —«No hables a menos que te hable yo primero».

—Lo siento —se disculpa. No sé qué cojones se cree que podría haber hecho al respecto si hubiese sido un chico el que me hubiese pegado. ¿Ir a por él? ¿Consolarme? Will es un blando. Yo levanto pesas todas las mañanas, y voy a yoga avanzado y a pilates dos veces por semana. Le acerco el tobillo izquierdo un poco más a la oreja y él suelta un gruñido, noto sus glúteos tensos contra mi estómago. Me aseguro de que perciba lo fuerte que soy, lo fácil que sería que lo dejase enganchado en esa misma postura sin temblar siquiera.

Lo suelto y le digo que se arrodille. Lo agarro del pelo, enrollándolo alrededor de mi puño y tiro de su cabeza hacia atrás.

—Eso duele. —Entonces se dispara el flash del temporizador.

Le digo que no sea un bebé mientras se viste. Me invita a ir a una fiesta que da en su casa el lunes por la noche. Le digo que ya veré y lo echo del estudio.

Las fotos son increíbles. *Sí* que me gusta su pelo. Ya se lo he dicho antes; si se lo cortase, lo nuestro habría acabado.

Observo el resto de sus fotos. Lo conocí cuando regresé al norte después de haber cursado mi máster. A medida que cambio de fotos van pasando los años; me fijo en cómo le va creciendo el pelo y cómo sus atuendos tienen cada vez menos ropa. Observo cómo aumenta cada vez más y más su desesperación por complacerme.

El bajón después de una buena sesión de fotos me afecta más de lo normal, y termino acercándome al Tesco tras revisar las fotos de Will durante más o menos una hora.

Eddie del Tesco sí que trabaja hoy, menos mal (ayer no estaba), y mientras me cobra la botella de vodka le digo que me gustaría *mucho* que modelase para mí.

—No es gracioso —me dice. Se ha sonrojado desde la raíz del pelo hasta el cuello. Echa un vistazo a mi espalda, como si estuviese nervioso por si alguien pudiese oír nuestra conversación. Hay una anciana enorme detrás de mí reponiendo mercadería en el pasillo de la comida congelada, aunque está lejos. Creo que es la encargada.

—¿Crees que estoy de broma? —le pregunto, bajando la voz y acercándome a él lo suficiente como para que pueda oler mi perfume—. No estoy de broma. Busca mi página web. Voy en serio —le digo—. Siempre voy en serio. En realidad no tengo sentido del humor.

Él se ríe.

Y se queda mirándome fijamente cuando me voy.

Pienso en Eddie del Tesco al volver a casa. ¿Será regordete? ¿Delgado? ¿Me sorprenderé al encontrarme ante un loco del gimnasio? ¿Tendrá mucho pelo en el pecho? Parece bajito. Pero no sé si en realidad lo es, porque siempre está sentado detrás de la caja.

Creo que es de esa clase de chicos a los que de verdad disfruto fotografiando. Es un chico *bueno*. Un chico que tiene un trabajo degradante y a quien las mujeres glamurosas y la industria estética suelen pasar por alto por las sutilezas de su belleza. La clase de chico que se queda perplejo y después me agradece mi trabajo, que se quedará mirando el objetivo de mi cámara maravillado y que haría *cualquier cosa* por mí.

Es como descubrir una flor nueva que nunca ha visto nadie. Retratada para siempre en una fotografía; preservada y archivada, que jamás envejecerá, que será hermosa y toda mía.

Me paso toda la tarde pensando en él. Incluso saco mi cuaderno de dibujo y boceto algunas de mis ideas para sus fotos. Intento encontrarlo en Facebook pero sin éxito, porque no me sé su apellido.

Le mando un mensaje a Flo.

Tenías taaaaaaanta razón con lo del chico nuevo del Tesco por Dios

Le di mi tarjeta la semana pasada

Lo tengo loquito

> Sí ja ja ya sabía que te iba a gustar

> ¿¿Ves como sí que era mono??

A ver qué tal se le da la sesión de fotos, pero creo que podríamos sacar algo bastante interesante.

A lo mejor le dejo que me invite a cenar, ¿quién sabe?

> ¿Eh?

> Pensaba que ahora no querías salir con nadie

Y no quiero

Pero quizás haga una excepción.

Ya veremos

> Ehh vale.

> Ten cuidado, supongo

Una hora más tarde me meto en su blog. Ha publicado una entrada titulada «La he cagado», solo eso, y no responde a sus preocupados espectadores.

De vez en cuando necesita que le dé una llamada de atención. Puedo salir con quien me dé la gana. Puedo hacer amigos.

OBRAS DE JUVENTUD

L os de Hackney Space quieren un poquito de todo para su álbum de fotos, incluyendo viejas fotografías mías que creen que podrían servir como un «reclamo» para acompañar a mi pequeña biografía al principio del álbum.

Rebusco entre todos mis archivos. Entre mis álbumes de fotos y portfolios, rebusco entre mis cuadernos de dibujo, los que tengo envueltos con papel y plástico, guardados en cajas debajo de mi cama, dentro de mi armario, y apilados en mi estudio.

También tengo un repertorio digital, pero ahí solo guardo «lo mejor de lo mejor». Y además, allí solo guardo lo más nuevo que he hecho. Hay cosas que he borrado, cosas de las que me he olvidado y, al final, esto solo es una buena excusa para echarles un vistazo a todos mis trabajos. A veces conviene tener un repertorio en físico en el que poder rebuscar con tus manos o incluso, de vez en cuando, al que poder romper en pedazos para después recomponerlo.

Todavía recuerdo cuando tenía seis o siete años y me encantaba poner en fila a todos mis muñecos de My Little Pony, ordenándolos por colores; siempre empezaba con los rojos y los rosas, los colocaba hasta formar un arcoíris, y terminaba con los morados. En este momento me siento igual que en aquel entonces, casi hasta emocionada, al sacar las cajas que guardo en orden cronológico.

Me siento en el suelo frente a la caja más antigua de todas, en la que escribí: A-LEVEL[6] / CURSO PREPARATORIO, 2006 – 2009,

---

6. N. de la T.: Los A-Level en Reino Unido son asignaturas avanzadas que normalmente se cursan durante los dos últimos años de secundaria. Al terminar esos cursos se rinden los exámenes de AS Level, que no son exámenes de acceso a la universidad.

con permanente sobre el cartón. No sé si terminaré encontrando algo que me guste aquí dentro, son solo un montón de dibujos, de todo tipo.

Los trabajos que hice para los exámenes AS son flojos, muy flojos. Hay una pintura a acuarela de Galadriel y muchas ilustraciones de Brigitte Bardot y, poco después, también me dio por pintar a Pamela Anderson en *Barb Wire*. Hice un proyecto en el que me dediqué exclusivamente a intentar adaptar *Barb Wire* a una novela gráfica sin saber que antes de ser una película fue un cómic, y después de aquello mis obras fueron mejorando exponencialmente.

El segundo cuaderno de dibujo que utilicé ese año empieza con ilustraciones de mujeres pero termina con dibujos y bocetos de hombres. Abro el cuaderno: Barbarella, Dita con su copa de Martini de decoración, Jayne Mansfield y su cintura imposiblemente diminuta. Deseos. «¿Sus objetivos como esposa o sus objetivos vitales?», como suele decir Flo cuando se encuentra con una mujer hermosa. Es graciosa la forma en la que mis obras han ido cambiando con los años, es como si alguien hubiese pulsado un interruptor. Paso a la siguiente página y me encuentro con un estudio anatómico del pecho de un hombre adulto —no tiene cabeza, y está flácido y lleno de vello—, y junto a él dibujé el pecho de un hombre joven y andrógino. Como es habitual conmigo, el trazo es perfecto, pero el sombreado deja mucho que desear.

Antes de Lesley ya había estado tonteando con otros chicos. Durante el verano, me aseguré de vestirme acorde a mi nueva figura, me teñí el pelo de negro, me pinté las cejas, me delineaba los ojos y me pintaba los labios de rojo; también cambié mis fotos de perfil y me aseguré de que me *viesen* allí donde sabía que se reunía la gente. Entonces infinidad de chicos empezaron a agregarme al Messenger, me empezaron a invitar a toda clase de fiestas. Y yo iba, y me emborrachaba hasta perder la conciencia y me despertaba a la mañana siguiente con la ropa interior por los tobillos o la falda subida y enrollada alrededor de la cintura. Recuerdo especialmente una vez en la que salí dando tumbos de la habitación de invitados de uno de ellos después de una fiesta y su indulgente madre solo me dijo: «Llevas la camisa al revés, flor», y después me dejó un pañuelo fino y de seda para que me tapase un chupetón del tamaño de un puño que tenía en el cuello.

Cuando volví al instituto ese año, era de lo más popular. Las chicas que solían meterse conmigo empezaron a acercarse a mí, porque podía conseguirles cigarrillos y vodka, y yo les sujetaba el pelo cuando tenían que vomitar. Cuando comencé a sentarme en la mesa de las chicas guapas, cuando los chicos que me rompieron los tirantes del sujetador de tanto jugar con ellos siempre estaban revoloteando alrededor de mi mesa, fue entonces cuando Lesley se fijó en mí.

Mi madre le dijo al director que había empezado a acosarme en secundaria, lo que era mentira. Lesley era un hombre de lo más superficial; ni siquiera me prestó atención hasta que el resto del mundo se fijó en mí. Después de una clase a finales de septiembre, me pidió que me quedase para hablar un momento conmigo, y me dijo: «Tienes mucho potencial, Irene (*Me llamo Irina, señor*). Pero no has trabajado mucho durante el verano, no deberías dejar que tu carrera como modelo te distrajera».

Por supuesto, en ese momento pensé que me había confundido con Molly Jones, mi compañera de mesa. Mi nueva amiga solía ser jugadora de netball y medía más de dos metros: era preciosa y estaba tan delgada como un palo, se había pasado la mayor parte del último curso fardando de que había firmado con una agencia de modelos. Las dos teníamos el cabello negro, pero ella era tan plana como una tabla. En ese momento me sentí tan halagada como ofendida, y supongo que eso era justo lo que él andaba buscando. Lo corregí, con timidez, y me terminé tragando sus cumplidos como si fuesen una cucharada de helado que me había comido a escondidas de mi madre y su estricta dieta.

Ahora sé que lo que estaba haciendo era manipularme, disfrazando con piropos sus comentarios negativos sobre mi aspecto.

En aquel entonces fui lo bastante estúpida como para creer que de verdad me había confundido con Molly. Pero no fui tan estúpida como para no darme cuenta de que estaba coqueteando conmigo. No consigo recordar su aspecto al detalle, lo que me molesta muchísimo. Tampoco tengo ninguna fotografía de él, ni siquiera un mísero boceto. A veces lo busco en Google, busco alguna foto de perfil en sus redes sociales o su nombre en las revistas de cotilleo: «Profesor que acosa sexualmente a sus alumnas vuelve a trabajar en un instituto», o algo así. Pero no hay ni rastro de él.

Para aquel entonces ya rondaba los cuarenta años, tenía el cabello grueso y negro, y llevaba gafas. Era delgado, y más alto que yo, pero no recuerdo ninguno de sus rasgos con claridad.

Sí que recuerdo que en aquel momento lo encontraba atractivo; aunque, a esas edades, cualquier hombre que te preste atención se puede transformar rápidamente de un sapo en un príncipe con solo decirte que le gusta tu pelo.

Me dejé llevar por la estupidez. Me reía con todo lo que decía para agradarle, y le sonreía con timidez mientras él se internaba cada vez más en mi espacio personal a cada día que pasaba. Se inventaba motivos para que me quedase después de clase; al principio eran solo unos minutos para decirme «oh, espera, ¿esta chaqueta es tuya?» y después pasaron a ser quince minutos para decirme «creo que tienes mucho talento y deberíamos hablar de tu futuro». A finales de octubre, me castigó después de clase por no haber completado la tarea (solo había hecho tres de los cuatro dibujos que había pedido). El castigo fue quedarme a las dos y media de la tarde, después de clase, y para las cuatro y media tenía su polla metida en mi boca, hasta la campanilla. No me dijo que iba a terminar, así que me atraganté y tosí, rociando el semen que había eyaculado en mi boca dolorida por toda su entrepierna. Fue asqueroso; ese olor inesperado, ese sabor que no reconocía en mis labios y la textura del vello de sus partes íntimas entre mis dientes, y la carne (que, de alguna manera, era dura y blanda al mismo tiempo) penetrando por mi garganta.

Me terminé acostumbrando a la sensación.

Al seguir pasando las páginas de mi cuaderno, me fijo en que los dibujos pasan a convertirse en una mezcla de miembros peludos, pechos planos y bultos demasiado grandes dentro de pantalones vaqueros; Tom of Finland, chúpate esa. Lo cierro, lo dejo en el suelo, y me pongo a hojear los siguientes, en los que me encuentro con más bocetos de hombres y, esta vez, un poco más atroces. Fue más o menos para esa misma época cuando me empecé a aficionar al cine extremo, y cuando empecé a apreciar lo violento, lo perturbador y lo extraño, así como cuando me empecé a interesar cada vez más en los hombres adultos. Por eso mis bocetos se van transformando en una mezcla de carne, cabello y fluidos corporales, retratados a carboncillo y con acuarelas demasiado pegajosas.

De mi cuaderno de dibujo para los exámenes AS se cae una tarjeta de cumpleaños con una flor prensada y pegada en su interior. Ahí está, lo que lo delató. Un enorme número diecisiete hecho de purpurina reluce en la tapa. La mancha todavía sigue ahí.

Hago a un lado un par de cuadernos de dibujo más y, debajo, me encuentro con un montón de tarjetas de cumpleaños amontonadas al fondo de la caja. Son distintas entre sí, todas tarjetas de felicitación por mi decimoséptimo cumpleaños y todas del M&S. Debieron de costarle una fortuna.

Lesley solía hacer eso, comprarles tarjetas de felicitación por sus cumpleaños a sus alumnos de último curso, y las metía en nuestros cuadernos de dibujo sin decirnos nada.

En esta está escrito: «Feliz cumpleaños, espero que disfrutes de tu fiesta el viernes por la noche, ¡me han dicho que la comida en el Princess Garden está deliciosa!». Ese viernes por la noche nos vimos en el Princess Garden. Me envió una tarjeta de felicitación por si mi madre la encontraba, para que solo dijese: «¿Qué cojones? Si tu cumpleaños es en noviembre y estamos en enero», y así yo solo tendría que decirle que mi profesor se había equivocado y me había confundido con *Molly Jones* cuyo cumpleaños sí que era en enero, y que siempre nos confundía a Molly y a mí.

Mi madre es muchas cosas, pero no es estúpida. Ahora, pensándolo en retrospectiva, no sé cómo conseguí salirme con la mía durante tanto tiempo. Siempre estaba cotilleando mis cuadernos de dibujo cuando salía por ahí, como si fuese una rata rebuscando en un contenedor de basura: en silencio, pero cada vez más perturbada por lo que se encontraba.

Él me dijo una vez que lo había llamado por teléfono. Quería saber por qué me dejaba dibujar cosas como esas. Lesley le dijo que solo estaba expresándome a mi manera, y que los adolescentes eran criaturas impredecibles y macabras. En ese momento yo estaba mareada por el vino que habíamos bebido y recuerdo que lo único que pensé fue que tendría que encontrar otro escondite para todas esas tarjetas de cumpleaños a partir de ese momento, podía esconderlas debajo de la cama o algo así. Pero ese pensamiento se esfumó tan rápido como había llegado, y recuerdo que me reí, y le dije que no me hablase de mi madre mientras me masturbaba.

A la semana siguiente, mamá se presentó de improviso en una de nuestras citas, con una tarjeta de felicitación en la mano, y montó una escena. Me arrastró fuera del restaurante, tirándome de la manga de mi vestido, maldiciendo a todos los empleados y gritándole a Lesley que era un pederasta, que el instituto debería hacer una verificación de los antecedentes penales de sus profesores y que iba a llamar a la policía para denunciarlo.

Aunque ella no cuenta la historia de esa manera, claro está. Por lo que saben sus amigas, mi difunta abuela y mi padre, aquel día consiguió descifrar el código de las tarjetas de felicitación y me recogió tranquilamente del restaurante. Dice que yo me derrumbé en sus brazos, llorando como una niña pequeña. Se asegura de llamarme «mi niñita» siempre que cuenta esa historia. «La gente se suele olvidar de que solo era una niñita, porque es alta y está muy desarrollada», como si hubiese tenido doce años y no diecisiete. «Estaba llena de moratones», dice siempre, llorando a moco tendido.

Intentaron mantener el escándalo en secreto, pero al final todo el mundo se terminó enterando. Siempre digo que el que todos lo supieran fue mucho más traumático que el acostarme con él. Porque: me gustaba. Me gustaba cómo me hacía sentir. Me gustaba que me enseñase cómo follar, me gustaba que me tirase con fuerza del pelo, que me mordiese y la sensación de tener sus enormes manos rodeándome mi pequeño cuello. No me gustaba que mi padre, que mi abuela y su cáncer, que el director, que Molly Jones, me mirasen y solo viesen a una chica a la que habían violado en vez de ver solo a Irina.

La flor atrapada dentro de la tarjeta es una rosa blanca, con el tallo cortado y bien prensada. Solía prensar flores constantemente durante el instituto y la universidad, pero dejé de hacerlo cuando me aficioné a la fotografía.

En la teoría, las flores prensadas no son tan distintas a las fotografías. Las dos son imitaciones de seres vivos, como si fuesen fósiles; las flores se prensan y se preservan para siempre, del mismo modo en el que una imagen se imprime en un rollo de película. Quiero decir, ni aunque me pagasen podría recordar todo lo que aprendí en los primeros seminarios de fotografía a los que asistí, pero esa teoría me gusta bastante. Siempre resulta de lo más interesante poder hacer ese tipo de conexiones con tus obras.

El primer trabajo que les entregué a mis profesores de la universidad fue un álbum de flores prensadas, una vez que me especialicé en el curso preparatorio. Cuando estudias arte en la universidad se suele hacer antes de entrar un curso preparatorio, un año en la escuela de arte, o en la universidad, en el que tienes que decidir a qué disciplina artística te quieres dedicar. Es decir, ¿quieres ser ilustrador? ¿Diseñador de moda? ¿Un grafista pajillero? ¿Un fotógrafo erótico? Sueles pasar por las distintas disciplinas para formarte una opinión y después te hacen elegir una. Yo hice Bellas Artes, porque odio que me digan lo que tengo que hacer. Si te seleccionan para cursar Bellas Artes básicamente puedes hacer lo que te dé la puta gana. Y eso es justo lo que Colin y

Kevin, los tutores veteranos de Bellas Artes, les ofrecían a sus alumnos: anarquía, con entregas quincenales.

Ahí fue también cuando conocí a Flo y donde pesqué el equivalente de una epidemia social de herpes de lo más desagradable.

Colin examinó mis delicadas y hermosas flores (a las que les había robado cualquier rastro de vida con mis manos expertas) y me preguntó si me gustaba coleccionar flores, si me gustaba crear pequeñas colecciones como aquella. Le dije que sí. Me preguntó si les tenía envidia a los que tenían pene, así, delante de todo el mundo, como si fuese una pregunta sencilla de «sí» o «no».

Me citó el ensayo de Baudrillard titulado *El sistema de los objetos* y me explicó que los coleccionistas son niños u hombres adultos sexualmente insatisfechos. Así que, o era una niña, emocionalmente al menos, o debía de querer con todo mi ser tener pene en vez de vagina si me gustaba coleccionar flores a mi edad. Me señaló el reloj de pulsera que llevaba puesto, que solía mirar con una regularidad compulsiva. Me dijo que eso era una prueba más de su teoría. Más Baudrillard: el reloj era un objeto reconfortante y masculino, algo que mirar constantemente, para disipar la «ansiedad temporal» y proporcionar un «pulso orgánico constante» gracias al movimiento de las manecillas. Le dije que se fuese a la mierda y salí hecha una furia de su clase. Supongo que fue a partir de entonces cuando dejé de llevar reloj. Creo que terminé reemplazándolo con la constante vibración de mi teléfono móvil, como si fuese el latir de un corazón guardado en mi bolsillo.

En el siguiente proyecto que hice dibujé una escena de porno gay y lo titulé «XXXtrema envidia a los penes». Al echarle un vistazo a los bocetos de este cuaderno me doy cuenta de que esa fue la última vez en la que hice una ilustración detallada. Es muy buena, anatómica y proporcionalmente hablando. Me paso un buen rato admirando el delicado sombreado que les hice a un par de testículos hinchados.

Colin me dijo que apreciaba la naturaleza desafiante del proyecto, pero que con eso solo acababa de demostrar con *creces* su argumento. A esas alturas, el factor sorpresa de los dibujos sexuales brillaba por su ausencia, y las frecuentes acusaciones de un hombre de unos sesenta años de que me moría por tener pene a un profundo nivel psicológico me terminó cansando muy rápido. Así que decidí probar con la fotografía.

Tengo un pequeño álbum lleno de mis primeras fotos, es pequeño y azul pero, sorprendentemente, pesa bastante cuando lo levanto. Son todas fotos de Flo y mías haciendo el tonto en el estudio de fotografía de la universidad, cuando aún estaba delgada y con el pelo pelirrojo teñido, con ese aspecto que era una mezcla entre Boho Chic y The Machine. Sale en posturas de lo más raras, como si intentase seducir a alguien y retorciendo las manos de una forma de lo más extraña, una que supongo que habría visto hacer a Florence Welch en *NME* esa semana. Hay unas cuantas fotos en las que salimos las dos juntas que son de lo más graciosas. En aquel entonces yo me había teñido de castaño y siempre me perfilaba las cejas con un delineador negro en vez de con un lápiz de cejas. Tengo una especie de anillo azulado dibujado en la frente por donde el tinte (que está claro que me lo había echado hacía poco) se ha filtrado y ha formado una reacción peculiar con la base de maquillaje blanquecina y espesa que solía usar para cubrir mis pecas. Tengo el labial rojo corrido por todas partes, porque saqué estas fotos antes de que tuviésemos labiales líquidos y tutoriales de maquillaje en YouTube, y antes de saber que había perfiladores de labios de más colores y no solo de ese marrón oscuro que se quedó obsoleto en 1996. También llevo puesto un ridículo vestido de día. Me favorece pero, es como... puaj, esa mierda de *rockabilly* gótica que se llevaba antes, es... tan *básico*.

Estas fotos son una mierda, pero me lo pasé muy bien sacándolas. Me encantó decirle a Flo dónde se tenía que colocar y lo que tenía que llevar puesto. Me encantó juguetear con los ajustes de la cámara réflex digital que me habían regalado por mi cumpleaños durante mi último curso de secundaria. Me encantaba cómo el más mínimo cambio en los valores de apertura o el balance de blancos cambiaba por completo la calidad de la imagen, el ambiente. Me encantaba jugar con las luces, y con el vestuario, y con el maquillaje.

Estaba enganchada.

Fui de visita a Londres entre trimestre y trimestre, y volví con una bolsa llena de esas tarjetas de visita que usan las prostitutas para publicitar sus servicios y que suelen dejar en las cabinas telefónicas. Todas de mujeres, por supuesto. Se me ocurrió la idea de recrearlas pero, en vez de publicitar servicios sexuales, quise fotografiar a la gente de mi curso publicitando su arte. Me costó mucho convencerlos a todos de que se pusiesen el vestuario que había conseguido para el proyecto: los uniformes escolares demasiado pequeños y con pocas prendas, los pantalones cortos y los cascos de construcción que hacían juego con lo que las prostitutas llevaban puesto en sus tarjetas. Pero lo conseguí, con mayor o menor éxito.

En este primer álbum fotográfico propiamente dicho, junto a una de las tarjetas de visita de las prostitutas en la que se lee: «La colegiala traviesa necesita castigo: ¿le dejamos las mejillas rojas a Louise? Una foto real», pegué una fotografía en la que sale un chico llamado Luke con un atuendo parecido, pero en su tarjeta se lee: «Un pintor blanco heterosexual cree que la copia de Rothko es revolucionaria: ¿le damos ideas originales a Luke? Un ataque real».

Fui una zorra con esas descripciones. Colin pensó que era de lo más divertido, pero a Kevin no le hizo ninguna gracia. Kevin era un hombre amable que se había pasado la mayor parte de su carrera dando clases en colegios privados, y que no estaba preparado para la brutalidad que traían consigo la carrera de Bellas Artes y sus estudiantes. Se solía tapar la boca con la mano cuando soltaba una palabrota y parecía realmente molesto siempre que se cruzaba con Flo y conmigo cuando estábamos fumando fuera del edificio, o cuando nos quejábamos de que estábamos de resaca un martes por la mañana.

«Irina, esto es demasiado mezquino. Avergonzar a tus compañeros de tal manera cuando te han hecho un favor es cruel. Ven a verme el lunes a mi despacho, por favor».

Eso mismo está escrito con bolígrafo rojo, arrancado de un documento de evaluación y pegado en la portada; justo debajo he dibujado dos estrellas y escrito el nombre de Kevin, como si fuese una reseña negativa. Recuerdo que tuvimos una fuerte discusión en su despacho, mientras Colin se reía en voz baja sentado en una esquina.

—Este es mi arte, y es transgresor y siento mucho si eso te ofende. —Todavía puedo oír mi propia voz diciendo esas mismas palabras, femenina y estridente.

Colin se puso de mi parte y recuerdo que entonces Kevin y él empezaron a discutir como un viejo matrimonio. Alguien se había quejado de mi trabajo, así que tuvieron que interceder. Después a Colin se le escapó que había sido Luke el que se había quejado. Ni siquiera había sido tan cruel con él, comparado con el resto.

Encuentro la página en la que está la fotografía de una chica que se llamaba Georgie y que me dejó que la fotografiase sujetando un par de esposas de juguete, y eso fue lo más picante que me permitió hacer. Debajo escribí: «Zorra pija insípida, retrataría al perro de tu abuela por solo diez libras». A su lado, una foto de Tessa, que ahora es una completa racista en Facebook. Está vestida como una obrera cachonda, poniendo morritos y con los labios llenos de brillo de labios pegados contra la cabeza de un martillo. Debajo he escrito: «¡Una tía calentorra! Tíratela antes de que se quede preñada (por favor, ponte en contacto lo antes posible)». Ahora esa frase resulta mucho más graciosa que en aquel entonces, dado que es una racista de manual y todo eso. Y *sí*, terminó quedándose embarazada un año después de que finalizase el curso.

Intentó pelearse conmigo por esto. Me dijo que nos veríamos detrás del edificio cuando los profesores se hubiesen marchado. Al final resultó ser una perra ladradora pero poco mordedora. Se enfrentó a mí y yo me presenté en la pelea con un cigarrillo encendido. La punta del cigarro ni siquiera le había rozado la mejilla antes de que saliese huyendo. Después de aquello no se atrevió a volver a acercarse a mí.

Pero ella no se quejó de lo que había hecho. No como el maldito Luke. Supongo que mi comentario le molestó porque *adoraba* a Rothko de esa forma tan genuina en que solo los adolescentes pueden admitir que adoran a los artistas que aman, porque es un pecado capital idolatrar a un artista cuando se cursa la carrera de Bellas Artes. Tuve que pedirle disculpas por escrito *y encima* su padre me gritó insultos durante nuestra última exposición. Kevin se escondió en su despacho mientras un hombre adulto me insultaba a gritos; mis padres ni siquiera se molestaron en venir.

Despego la foto de Luke de mi cuaderno de dibujo y la meto en un sobre de plástico en el que he escrito con rotulador permanente: «¿Incluir?». Eso es lo único de lo que estoy segura en este momento. Quizá también podría incluir algunos de mis dibujos de «XXXtrema envidia a los penes».

A mitad del curso preparatorio fue cuando los profesores empezaron a decirme que tenía que experimentar más y probar algo que no fuese tan erótico ni «inspirado en el erotismo» (intentando empujarme a que probase esa mierda de conceptos artísticos simplistas de los que los tutores de arte siempre se enorgullecen), y cuando me quejé de que a Luke le seguían dejando copiar a Rothko, me dijeron que no era cierto y que le habían dado el mismo consejo que a mí.

Nos obligaron a hacer un proyecto de transformación, en el que teníamos que elaborar algo que fuese justamente lo opuesto a nuestras obras de ese momento. Bueno, no nos *obligaron*. Pero yo sí que seguí sus sugerencias aunque solo fuese por curiosidad intelectual. Y, cuando quieres entrar en una buena universidad, tienes que jugar un poco a su juego, ¿no? Así que hice justo lo que me habían pedido que hiciera y elaboré alguna que otra gilipollez abstracta e investigué sobre el Dadá y el expresionismo alemán y vi los primeros veinte minutos de *Painters Painting*.

Al tomar un cuaderno de dibujo tamaño A, que se abre ante mí como el Mar Muerto, cae el resultado de ese experimento: un enorme dibujo pintado a bolígrafo de un pene, con el título *Je suis not un penis,* a lo que Kevin, al verlo, tan solo musitó: «Creo que es un avance», y Colin soltó un suspiro pesado antes de comentar: «Yo creo que hemos dado un enorme paso atrás».

Luke pintó a una mujer desnuda en vez de un cuadro de Rothko.

Flo ocupó el puesto de Kevin cuando este se jubiló y el cadáver disecado de Colin sigue impartiendo clases. Nos tomamos una cerveza con él de vez en cuando. Sigue pensando que me gustaría tener pene en vez de vagina.

lachicadecorazóndeconejo:

Michael y yo volvimos a discutir sobre Irina anoche jajaja. Va a venir más tarde para tomarnos algo juntas antes de salir por ahí y él vuelve a estar enfadado por ello. Sabe que tuvimos algo durante la universidad y, desde que lo descubrió, siempre le molesta que pase tiempo con ella. Le solté que solo tenía celos y ¿¿¿sinceramente??? ¿¿¿¿también es un poco bifóbico????? ¿¿¿¿Es como si pensase que, porque irina y yo seamos las dos bi y hayamos tenido algo breve durante la universidad estuviésemos teniendo algo ahora????

La verdad, menuda tontería. Le dije que se fuese a la mierda y que se marchase al bar a tomar algo para que se tranquilizase. Dejando lo que siento por ella a un lado, JAMÁS LE PONDRÍA LOS CUERNOS, y él lo sabe, así que ¿qué cojones quiere? De dónde cojones salen estos celos y ¿por qué, de repente, le supone este ENORME PROBLEMA que tenga una mejor amiga a la que le gusten las mujeres? Dice que no tiene nada en contra de las personas bi y que lo que pasa es que no le gusta irina o «cómo me habla» pero… ella nunca ha intentado controlar con quién salgo y con quién no.

Así que esta noche le había dicho que durmiese en el sofá pero he terminado dejando que durmiese en la cama conmigo. Pero sigo enfadada con él.

WILL

Flo grita la letra de «Good as Hell» de Lizzo como una gata en celo y yo me encojo de dolor. Su lista de reproducción titulada «ESTE EVENTO ES SOLO PARA GAIS, VETE A CASA» se termina y después vuelve a empezar con la canción «Cool For The Summer» que tanto *odio*. El trasfondo homoerótico de la letra mientras estamos sentadas en el salón solo en ropa interior y con rulos en el pelo es... demasiado.

—Acércate y delinéame los ojos —dice Flo.

—*Acércate y delinéame los ojos* —repito, con un deje burlón.

—A mí nunca me sale tan bien como a ti. Estás esperando a que se te asienten los polvos compactos, tienes tiempo de sobra.

—Ahí me ha atrapado; tengo el polvo compacto amontonado en los pómulos y no puedo tocarlo hasta dentro de un rato.

—Vale. —Me acerco a ella arrastrándome de rodillas por el suelo y me siento entre sus piernas. Aquí no hay nada lésbico que ver. Solo somos un par de chicas normales y corrientes maquillándose juntas. Tiene los labios entreabiertos al mirarme.

Le apoyo la mano en el hombro para no perder el equilibrio y ella respira hondo bajo mi contacto. Demi sigue gritando de fondo. Le digo a Flo que se quede quieta y deslizo con suavidad el delineador líquido por la comisura de su ojo y a través del párpado, y le hago un delineado tan largo que la punta casi toca su ceja. A mí me parece que esa clase de delineado es un tanto ridículo, pero a ella le gusta.

Casi estoy esperando a que se incline hacia mí y me susurre: «Ah, Irina, ¿te acuerdas del verano en el que éramos "guais"?».

Flo se pasa la lengua por los labios para humedecérselos. En este momento podría darle una bofetada, está volviendo a hablar de ese verano en su blog. Casi puedo ver los recuerdos que están surcando su cabeza ahora mismo. Para que conste: ese verano *no* fuimos nada guais. De hecho... siempre se nos han dado mejor los septiembres u octubres en ese aspecto.

Odio que le hable de aquella época a la gente. Odio que escriba en su blog sobre ello, como si creyese que mi vida sexual es de dominio público. Para alguien que dice ser súper «despierta» en realidad no le importa una mierda el consentimiento de la otra persona cuando se trata de abrir su bocaza para divulgar mis cosas.

—¿Te había dicho que Serotonin también va a participar en lo de Hackney?

—No —dice Flo—. Ahora es bastante conocida, ¿no? ¿No vive en Nueva York y todo?

—Eso creo. Será agradable volver a verla. Solía tener... —cambio del ojo izquierdo de Flo al derecho— *muy buena relación* con ella. Es raro que no hayamos seguido en contacto después de entonces. —Flo murmura un asentimiento. Joder, ella odiaba a Sera. Todo el mundo lo sabía, lo dejó claro con sus comentarios y su manera de actuar, como aquella vez en la que le dije que en ese momento no podía hablar con ella por teléfono y me soltó un: «Supongo que estarás muy ocupada *con ella*». Siempre supuse que uno de los principales motivos por los que nos pasamos una temporada sin hablarnos, cuando yo estaba viviendo en Londres y ella no, fue justamente por Sera, porque yo había hecho una nueva amiga.

La siguiente canción que empieza a sonar es de Ariana Grande. «Greedy». Termino el delineado de Flo y vuelvo arrastrándome por el suelo hasta mi rincón.

—No pienso ponerte también las pestañas falsas —le digo, mientras me esparzo el polvo compacto que tenía amontonado en las mejillas. Cuando llega el estribillo de la canción canto «greedy for cum» en vez de «greedy for love», lo hago siempre que toca esa estrofa, y lo hago sobre todo porque Flo piensa que es asqueroso.

Me decido por ponerme una sombra de ojos de color bronce, cualquier otro color suele destacar demasiado cuando eres pelirroja. Flo lleva el pelo cortado justo a la altura de la barbilla, y se lo ha decolorado entero, así que eso también significa que tiene muchas más opciones de sombras de ojos entre las que elegir. Esta noche se ha decantado por una sombra morada.

—¿Debería pintarme los labios de rojo?

—Si quieres parecer una puta, claro, dale, sin miedo —le digo. Flo tiene el gusto en el culo y lo único que hace es copiar a los demás. Si la dejase que hiciese lo que quisiese, siempre iría vestida fatal. Pero no fatal en el buen sentido, no como cuando yo me visto «fatal».

—¿No crees que me daría un toque sofisticado?

—No, con tu estructura ósea, no —le digo. Flo es… mona. Quiero decir, es guapa pero no *impresionante*, no es *hermosa*—. Tienes las mejillas demasiado redondas y grandes, como las de un bebé. Si te pintas los labios de rojo parecerá que has estado jugando con el maquillaje de tu madre.

—Mmm. Probablemente tengas razón —repone—. ¿Me los pinto de rosa o de marrón?

—Si lo combinas con algo lila y te pones un colorete con un ligero tono lavanda… el marrón te quedaría… *sofisticado*, pero sin ser exagerado.

—Eres un genio —dice. Tampoco tiene la estructura ósea para conseguir que le quede bien un maquillaje monótono, pero esta noche me he pintado los labios de un tono muy natural y preferiría que no fuésemos a juego. Siempre está intentando ir a juego conmigo. Por eso nunca le digo lo que me voy a poner.

Alguien llama a la puerta de Flo, probablemente sea Finch. Se pone una bata de andar por casa antes de salir corriendo hacia la puerta para abrir.

Tenía razón, es Finch. Esta noche tiene buen aspecto. Se ha tapado los granos de la cara con corrector y lleva la camisa medio abierta. Desde que se operó el torso siempre está intentando ir con el pecho al descubierto lo máximo posible. También se ha cortado el pelo hace poco. Se ha hecho una especie de degradado, con los laterales y la parte de atrás bastante rapados y muy largo por arriba. Nada que destacar; creo que es el mismo corte que los peluqueros les están haciendo a todos los chicos últimamente. Le he ofrecido más de una vez que pose para mí, pero siempre me dice que no, aunque sí que sé que es bastante fan del trabajo de Irina Sturges. Creo que se dio cuenta de que solo me interesaba porque no tenía ningún otro modelo como él, o tal vez tan solo me rechazó porque es tímido. Han pasado unos cuantos años desde que se lo propuse, a principios de su transición. Y su piel se ha vuelto una mierda asquerosa desde que empezó con la testosterona, así que he perdido totalmente el interés.

Lleva una botella de champán en la mano, una bebida que odio. Flo la abre de inmediato y lanza el corcho hacia el jardín, que atraviesa la puerta de la entrada.

—Estáis muy guapas —dice Finch. Flo se cuelga de su brazo.

—Oh, madre mía, es un *mujeriego* —comenta Flo, volviéndose a mirarme. Finch esboza una sonrisa incómoda, apretando los labios con fuerza.

—Voy a ir a buscar unas copas —dice, quitándole la botella a Flo de las manos y escabulléndose hacia la cocina. Flo balbucea «qué mono»—. ¿Ya has elegido? —me pregunta desde la cocina.

—Hace un mes. Espera, voy a ir a preguntarle a mi carcelero si tenemos…

Interrumpo a Flo antes de que termine.

—Yo me encargo, iba a ir a prepararme una copa igualmente. —Atajo por la cocina y me choco con Finch sin querer. Le quito una copa llena de ese meado repleto de burbujas de sus pequeñas manos.

—Me gusta tu camiseta —me dice.

—Es un sujetador —respondo. El escote me cae hasta encima de la cintura. No me apetecía mancharme la blusa que me voy a poner después del maquillaje. Me dirijo a la «cueva» de Michael, una pequeña habitación junto a la cocina donde Flo lo mantiene oculto. Tiene un sillón reclinable, un escritorio enorme y un ordenador grande y ruidoso con tres monitores donde solo juega a videojuegos. En este momento está jugando a un videojuego de rol medieval con un aspecto de lo más dudoso en la pantalla central, está viendo un partido de fútbol en otro de los monitores y tiene un episodio de *Archer* reproduciéndose en las otras.

Mi falda de plástico cruje ligeramente cuando abro la puerta de su cuarto.

—Hola.

—Qué —dice, quitándose los auriculares. No tiene motivos para ser amable conmigo si Flo no anda cerca. Me lanza una mirada hosca y lasciva. Me observa con el ceño fruncido y pasa la mirada por mis muslos, mis tetas y la pequeña franja de mi abdomen que mi sujetador y la cintura de mi falda dejan al descubierto.

—Flo quiere la caja de la droga —digo. Suelta un suspiro y empieza a rebuscar en el cajón de su escritorio. Michael no es poco atractivo, pero su aspecto de leñador urbano pasó de moda en 2015. Es corpulento: gordo pero macizo, si eso es posible. Me gustan sus brazos, pero siempre lleva camisetas de manga larga. Me tiende un táper y abre la boca como si fuese a decir algo, pero entonces decide no decirlo.

—¿Qué?

—Nada.

Le guiño un ojo y le quito la caja de las manos. Me aseguraré de que Flo le mande una foto ligeramente subida de tono por Snapchat más tarde, cuando esté borracha. Una paja para llorar las penas y una caladita de marihuana para Mikey esta noche.

Flo les pone pegatinas a sus drogas para catalogarlas, lo que me parece de lo más estúpido, pero siempre nos ahorra mucho tiempo. Michael tiene su hierba en otro táper, así que en este solo hay polvos y alguna que otra pastilla desperdigada metida en bolsitas de plástico. Me bebo mi copa de un trago y regreso al salón donde Finch me la vuelve a llenar al ver que ya está vacía. Flo se ha quitado los rulos y ahora se está peinando los rizos con los dedos.

—¿No crees que se parece un poco a Marilyn Monroe con ese peinado? —dice Finch. Ni de broma. Ella se vuelve a mirarme, expectante, como un cachorrito después de haber ido a buscar la pelota que le has lanzado. Yo asiento, sin mojarme, y me dejo caer en el sofá, antes de abrir el táper.

—Tienes unos... —empiezo a levantar cada bolsita y las sostengo a la luz, sacudiéndolas un poco para que todo el polvo se asiente en el fondo— unos ¿dos gramos de coca? Un gramo de MDMA, y la bolsita de ketamina casi vacía. ¿Menos de un tercio de gramo más o menos? —También hay un pequeño rollo de papel de aluminio sin etiquetar dentro de una bolsita de plástico y se lo tiendo—. ¿Qué es esto?

—Ácido. La última vez que fuimos a comprar droga compramos un montón —dice Flo—. Nos quedan unas... diez pastillas, por si a alguien le apetece compartirlas conmigo esta noche. —El ácido es la nueva droga favorita de Flo. Ácido y ketamina. No para de decir que ha dejado los estimulantes y que ahora solo le gustan los alucinógenos, aunque físicamente nunca puede decir que no cuando le ponen una raya de coca debajo del septum que tiene en la nariz, aunque ese piercing ya esté más que pasado de moda. Mañana tendrá que sacarse la coca reseca que se le haya quedado pegada en el agujero, no me cabe la menor duda.

—No, gracias. No creo que el ácido sea la droga más adecuada para consumir cuando pensamos salir de fiesta después —comenta Finch. Flo protesta, ella cree que sí que lo es. Finch niega con la cabeza—. Me siento como si volviese a tener tres años cuando lo tomo, todo el mundo me da miedo pero me encantan las formas extrañas que veo y las distintas texturas. Es como... no, gracias.

—Tú mismo —dice Flo. Flo y Finch se ponen a discutir durante unos minutos sobre si Flo debería o no tomarse media pastilla. Él le dice que es una antisocial cuando la consume y yo estoy de acuerdo con Finch y dejo claro lo impredecibles que son sus viajecitos, así que ella termina poniendo mala cara y aceptando—. *Vale.* Entonces solo tomaré MD.

—Buena chica —le digo. Un ochenta por ciento de las veces le vale solo con consumir LSD. Dice que la mantiene despierta, sin que corra el riesgo de vomitarlo todo de un momento a otro, y se olvida convenientemente de todas las veces que he tenido que meterla a rastras en un taxi porque se ha puesto paranoica por nada.

Me bebo mi copa de champán de mierda, y me guardo la cocaína y la ketamina en el sujetador, justo en la raja que forman mis dos pechugas de pollo bien apretadas.

—¿Llevas puesto un sujetador *push-up*? —me pregunta Finch—. Tus tetas tienen un aspecto increíble.

—No —repongo—. Para que lo sepáis, me guardo yo la coca y la ketamina. Con eso debería bastarnos.

—¿Deberíamos hacernos unos cuantos canutos antes? —pregunta Flo. Yo me encojo de hombros.

—Yo creo que esta noche solo voy a tomar coca —digo. Flo me pone mala cara.

—He dejado la coca.

—No, no la has dejado.

—Me refiero a *moralmente* —repone Flo con suficiencia. Yo la miro con desprecio y le ordeno que cierre la puta boca.

—Yo me encargo de preparar unos cuantos canutos —dice Finch—. Mejor que los tengamos y no los necesitemos que si los necesitamos y no los tenemos. —Le lanzo el MD de Flo y él se pone manos a la obra para preparar unos cuantos canutos con papeles de fumar. A mí no me gusta mucho el MDMA, siempre termino con un bajón horrible el día después, de esos que les ponen de ejemplo a los adolescentes cuando les dan las charlas sobre las consecuencias del consumo de las drogas, de esos que te dejan pensando «mi vida es una mierda pero al menos esto lo ha mejorado un poco, aunque solo sea por un rato»—. ¿Quieres que te haga uno? —me pregunta Finch, volviéndose a mirarme.

—No, gracias —respondo, dándome golpecitos en las tetas—. Creo que con lo que llevo, me sobra.

—Ay, chicos, esta noche ni se os ocurra dejarme fumar —dice Flo. Finch y yo intercambiamos una mirada.

Terminamos de peinarnos, vestirnos y maquillamos y optamos por ir al antro caminando en vez de llamar a un taxi. Flo vive bastante más cerca del centro que yo, y esta noche no hace mucho frío; de hecho, hace calor, tanto que la piel se me impregna de sudor. Mis muslos empapados se rozan bajo la tela plástica de mi falda y Finch se arremanga la camisa. Flo se queja durante todo el camino de sus tacones y le pregunta a Finch si le puede dar uno de sus porros para fumárselo antes de arrepentirse y cambiar de opinión.

Nos hace pararnos en el Saintsbury para comprar chicles y, cuando sale, lleva en la mano un paquete enorme de Malboro y el paquete de chicles. Se enciende uno de los cigarrillos al momento, poniendo los ojos en blanco de placer cuando le da la primera calada.

—Dame uno —le digo, y ella hace lo que le pido, dándome el cigarrillo que acaba de encender y prendiéndose otro para ella. Finch ya está fumándose su segundo porro y quejándose de que se le ha salido todo el tabaco en el bolsillo.

Yo me adelanto mientras ellos siguen haciendo el tonto. Flo se para e intenta acariciar a un gato pelirrojo que dice que es igualito a Fritz. Intenta que yo me pare también para acariciarlo pero sigo caminando como si no la hubiese oído.

—Bueno. —Finch aparece a mi lado, trotando como un perrito junto a su dueño—. ¿Así que la Hackney Space? Joder.

—Sí —digo—. Es muy tocho.

—Lo es —repone—. Odio ser esta clase de tipo pero ¿podría mandarte algunas de mis fotos el lunes? Me vendría muy bien una crítica constructiva. Es que... son las fotos que saqué para documentar el proceso de mi cirugía de pecho, pero todos mis compañeros lo único que me dicen es que soy «muy valiente».

—Le da una larga calada a su porro.

—Por Dios —suelto—. *Odio* cuando la gente suelta esa clase de tonterías. A mí solían decírmelas constantemente.

—Es odioso —repone Finch, soltando el humo por la nariz—. Te lo juro, podría sacar una foto desenfocada de una paloma muerta y decir alguna chorrada como «la paloma representa mi necrónimo» y todo el mundo se limitaría a soltar: «Ooh» —dice, colocándose el porro en la comisura de sus labios y poniéndose a aplaudir. Yo suelto una risa burlona—. Lo único que quiero saber es si mis fotos son *buenas*. Y, ahora mismo, no tengo ni idea.

—Claro —digo—. Mándamelas. Ya sabes que yo no tengo piedad.

—Gracias —dice—. Lo sé. Por eso te lo estoy pidiendo a ti y no a... —Señala con un movimiento de cabeza a Flo—. Tú al menos eres sincera. Eso me gusta. De verdad... Y si, eh... si necesitas un asistente o algo así para que te eche una mano en la exposición o para cualquier cosa, me encantaría hacerlo. Si es que necesitas a alguien, claro.

—No puedo pagarte, cariño.

—¿Trabajaré gratis? —se ofrece.

—No me siento muy cómoda dejando que alguien trabaje para mí sin ninguna clase de remuneración. Además, ya tienen a gente en las galerías que se encarga de esa clase de cosas.

—Sí. Claro. Cierto. Eh. Bueno, no retiro la oferta... por si acaso.

Llegamos al centro sobre las diez y vamos directos a Beer-Haus, donde el encargado me regala una copa. Los demás pagan las suyas.

Nos sentamos en una mesa apartada que hay en una esquina del local. Yo me tomo mi Negroni; Flo no para de ponerme mala cara por encima de su piña colada y de preguntarme a gritos cómo puedo beberme algo así.

—Tengo un paladar mucho más refinado que el tuyo —contesto—. Además, lleva menos azúcar.

—Agh, no quiero hablar de las calorías y del azúcar de la bebida —se queja Flo, hablando exactamente como alguien que solía llevar una talla S hasta que cumplió los veinticinco, y que después empezó a hincharse y pasó a llevar una talla XL un año y medio después. Enarco las cejas al mirarla y le doy un sorbo a mi copa. Finch suspira dentro de su vaso de cerveza y se queja de los precios.

Nos tomaremos otra copa más aquí y después nos iremos a Universal Subject (o UnSub, como ha empezado a llamarlo la gente), porque tenemos entradas para la noche «alternativa» del club que dicen que va a ser *una pasada*. No fui yo la que eligió los planes. De hecho, preferiría ir a cualquier antro de mala muerte que no intentase con tantas ganas ser un local «alternativo»; porque esa clase de locales luego terminan siendo los peores. Sé que esa clase de sitios tienen un público muy definido al que quieren atraer: la clase de gente que se emociona mucho, *demasiado*, cuando el DJ empieza a pinchar canciones de The Smiths. Sospecho que va a estar lleno de chicos y niñatas de diecinueve años vestidos con chándales de Adidas *vintage*; aunque, si resulta ser insoportable aguantar a esa clase de gente, siempre nos queda la opción de irnos a la fiesta de mierda en casa de Will. Me mandó un mensaje esta mañana con todos los detalles, y no tengo ni idea de cómo ha conseguido mi número.

Convenzo a Flo y a Finch de que nos tomemos unos chupitos antes de marcharnos.

Terminamos haciendo cola durante muchísimo tiempo para entrar en el UnSub. Flo se fuma dos cigarrillos más, yo solo uno. Finch recoge el tabaco que se le había quedado en los bolsillos, intentando salvar todo lo que puede. A Flo y a él les va entrando el bajón mientras esperamos, lo que significa que Flo empezará a quejarse y a ponerse nerviosa en aproximadamente una hora. El alcohol suele dejarla sensiblera y ensimismada sin tener que consumir nada de MDMA, así que me espera una noche muy larga teniendo que cuidar de ella. Podría vomitar todo lo que ha consumido, pero si se lo comento corro el riesgo de que, como me haga caso, después se ponga a llorar, o de que empiece a contar otra vez cómo se metían con ella en el instituto.

Hay un grupito de chicas menores de edad detrás de nosotros que no paran de hablar en murmullos sobre sus identificaciones falsas. Al parecer una de ellas ha traído el pasaporte antiguo de su hermana, pero el resto han decidido jugársela para ver si las dejan entrar. A mí nunca me piden ninguna clase de identificación. Eso me era de gran ayuda cuando era más joven, pero estos últimos años... quiero decir, ahora el reto es aparentar veinticinco. Es absurdo que nunca me pidan identificación.

Cuando llegamos a la cabeza de la fila, el portero solo le pide el documento de identidad a Finch. Lo reconozco, al portero. Nos pasamos de cháchara un rato («¡Sí, trabajo con Ryan! Es un capullo, ¿verdad? ¡Ja, ja!») y le comento que debería comprobar bien las identificaciones que le den las chicas que tenemos detrás. Después las oigo lloriquear cuando ven cómo me sellan el dorso de la mano.

Para cuando conseguimos entrar en el local, ya hace rato que ha pasado la medianoche. Voy directa al baño. Hay una cantidad impresionante de niñas pijas de cháchara dentro. Oigo a una llamar a su amiga Pollyanna, sí, *Pollyanna*. Un nombre que algún británico pijo decidió ponerle a su hija en 1998. A Pollyanna le piden que pase el papel higiénico y Pollyanna no encuentra ningún rollo de papel. Me llama a la puerta de mi cubículo mientras estoy meando.

—Aquí tampoco hay. Solo me estoy cambiando el tampón —respondo.

—Pero te he oído mear —dice.

—Es el ruido de las tuberías. No me sirve de nada mentirte diciéndote que no tengo papel de váter aquí dentro. *Cielo*.

—Lo siento, cariño —responde Pollyanna. Y por su acento puedo adivinar que no es de Surrey. Solo por ese acento no le dejarían entrar en cualquier otro pub de la zona.

Sí que hay otro rollo de papel higiénico nuevo aquí dentro; ojalá contraiga una infección urinaria. Tengo una ristra de mensajes de Will pendientes de leer para cuando me saco el teléfono móvil del bolsillo de mis pantalones.

Hola

¿Vas a venir esta noche?

Qué bebes, te compro algo ntes de que cierre el bazar de la esquina

antes*

Bueno, te compro vodka y escondo pa ti ;)

una botella**

perdom, estoy bastante colocado

¿Vas a traer aimgos?

Me encanta que vayas a venir

Todos mis amigos piensan que no existes

Jajaja

¡Estamos en el Universal Subject!

A ver qué tal este sitio.

Si es una mierda iremos para tu casa sobre la 1

Él me contesta antes de que pueda borrar el último mensaje.

Oléeeee

No sé si este ambiente te va a gustar es bastante fuerte

Me explico

Drogas y esas cosas

Creo que encajaremos perfectamente

Mierdecilla condescendiente. Me vuelve a mandar su dirección, tan solo por si la he perdido cuando me la envió hace apenas un par de mensajes.

Ni siquiera me molesto en responderle. También tengo, como regla general, una política en contra de esnifar drogas de la tapa de un retrete. Sé que es trágico, pero ya he tenido más de un virus estomacal por hacerlo, y no hay nada como una diarrea explosiva para hacerte pensar dos veces en volver a esnifar cocaína de la tapa de un retrete.

Me saco la bolsita de plástico del sujetador y extraigo un pequeño montoncito de coca con la uña del dedo. Existe algo particularmente visceral en esnifar droga del interior de tus uñas. Es como comer arroz cocido directamente de la olla con las manos. Como al principio de *Indiana Jones y el templo maldito*, cuando la mujer de Steven Spielberg y Harrison Ford están viendo las caricaturas racistas de 1980 de las tribus indígenas y ella suelta: «Puaj, están comiendo con las manos, asqueroso» y él solo responde: «Esto es más de lo que esa gente come en una semana». Una comparación que me parece de lo más adecuada, porque estoy segura de que me acabo de tomar tres veces, o incluso cuatro veces, la misma dosis de cocaína que suelen esnifar los aldeanos oprimidos de esa clase de películas.

No se puede romantizar el tener que esnifar droga de tus uñas mientras estás sentada a solas en un cubículo. Yo lo estoy haciendo porque lo necesito, no porque lo disfrute especialmente.

Cuando termino de esnifar y me froto el polvo que me queda por la encía, caigo en la cuenta de que podría haber usado una llave. Pero ya he sacado otro montoncito metido en mi uña. Ya no hay vuelta atrás.

Me vuelvo a meter la bolsita en su escondite y salgo del cubículo, me encuentro con el baño más o menos vacío cuando compruebo que no me queda polvo en la nariz con la ayuda del espejo del baño. Me la limpio con delicadeza, intentando no quitarme el maquillaje de la punta de la nariz.

Hay una chica mirándome fijamente. Lleva uno de esos pantalones de chándal con botones a los lados, una camiseta barata de satín y unos aros enormes. Me sigue sorprendiendo encontrarme a gente con esta clase de atuendo, sobre todo a aquellos a los que no les pega nada; suelen ser chicas ricas que fingen ser pobres (que supongo que ellas mismas se apropiarían de la ropa que llevaban durante los 2000 aquellos aficionados al hip-hop) que fingen ser mujeres negras ricas. Es raro.

Me quedo mirándola fijamente y ella no aparta la mirada. No estoy muy segura de quién empieza con este concurso de miradas.

—¿Qué? —le pregunto. Ella termina de lavarse las manos y yo me lavo las mías—. ¡¿Qué?!

—Eres preciosa —dice. Tiene las pupilas enormes.

—Gracias, cielo.

—Tienes un pelo tan bonito. —Parpadea pero no aparta la mirada de mí—. ¿Llevas… extensiones?

—Nah, pero tengo buen pelo. Solo uso aceite de coco y rulos calientes para peinarlo, por si te sirve —comento. Ella asiente y repite «aceite de coco» sin parar, esbozando una sonrisa soñadora, y se marcha del baño dando saltitos con sus Nike Air.

Voy en busca de los otros dos y observo la pista de baile. Está mucho más llena que de costumbre. Todos son estudiantes. ¿Qué otra cosa esperaba de un lunes por la noche? Todos son estudiantes universitarios, y la mayoría chicos. Es como si estuviese de vuelta en una discoteca de instituto, unos cuantos grupitos solo de chicas todavía juntas, y otros que hace rato que se han separado, mientras que los chicos que siguen solteros bailan despreocupados en medio de la pista agarrando con fuerza el cuello de sus botellines de cerveza y echando un vistazo de vez en cuando hacia la entrada, o hacia los servicios, o hacia la zona de fumadores, como si en cualquier momento una horda de mujeres fuese a ir directa hacia ellos. Yo me encamino hacia la barra. Están sonando The Smiths, menuda ironía, en este mundo post racista, y Morrissey, el racista número uno, suena por los altavoces. Es decir, podríamos argumentar que el mundo lleva siendo racista desde hace una maldita eternidad, y una mierda desde hace todavía más tiempo, y no sé por qué *ahora* hemos decidido que eso es malo.

Observo a los jóvenes blancos bailar horriblemente mal en medio de la pista al son de la voz del viejo racista mientras espero a que me atiendan. Este es un club de blancos de mierda, y eso me gusta... sé que soy blanca, pero hay mucha gente blanca y gente a la que le encantaría ser blanca en un espacio tan pequeño como este antro, como si estuviésemos todos metidos en un bote de mayonesa súper denso o algo así. Un bote de mayonesa súper denso que no para de sacudirse, sin saber qué hacer con los brazos y mucho menos con los pies, meciéndose a destiempo al ritmo de la música.

—HOLA. HOLA. ¿QUÉ QUIERES BEBER? —me pregunta un hombre. Somos más o menos de la misma estatura. Lleva el pelo recogido en un moño. Los moños pasaron de moda tan rápido como llegaron, ¿no? Es raro ver a alguien de esta edad con un moño por ahí. Ni siquiera tiene barba. Quizá tan solo tenga calor; hacerse un moño es algo de lo más normal cuando tienes el pelo largo y tienes calor. No está nada mal. Es grande. Con músculos. Suelo fijarme en los hombres a los que podría dominar físicamente si quisiera—. ¿TE APETECE UN CHUPITO?

—NO, GRACIAS —respondo. Él o no me escucha o decide ignorarme, porque me termina sirviendo un chupito y me mira fijamente mientras me lo bebo (sambuca blanca, del barato) y después me pide que choque los cinco cuando ya me lo he bebido. No le hago ni caso. Tiene las pupilas enormes, muy dilatadas, pero ¿no son todas nuestras pupilas enormes?

—LUEGO NOS VEMOS. NOS VEMOS EN LA ZONA DE FUMADORES, ¿VALE? TE DARÉ MI NÚMERO. ¡SOLO IMAGÍNATE LO ALTOS QUE PODRÍAN SER NUESTROS HIJOS! JUGADORES DE RUGBY, MODELOS, CUALQUIER COSA. ME ENCANTA ESTA CANCIÓN. —Ahora está sonando The Cure. Sale corriendo, bastante rápido a pesar de lo enorme que es. Lo observo bailar al son de «Just Like Heaven» como si fuese música tecno. Sigo sin ver a mis supuestos amigos, así que supongo que tienen que estar en la zona de fumadores. Por fin consigo una copa. Tengo otra ristra de mensajes de Will sin leer y solo uno de Flo, en el que solo pone «FUMNDO FUERA», y yo sonrío, porque acaba de empezar a sonar la versión de Weezer de «Africa», como si este antro no fuese lo bastante cutre ya. ¿Es que el ambiente de este sitio no puede ser más blanco? Y, como ya he dicho antes, sé que yo también soy blanca y me mezclo con todo este delirio de blancura, pero al menos yo sí que soy de aquí, y no de uno de los *home counties*, que es donde se encuentran los más blancos de los blancos. Las chicas *geordie* están a la altura de las irlandesas y de las escocesas; son como las mujeres negras dentro de las blancas, por así decirlo.

Salgo del local. Fuera se respira una mezcla extraña de humo de tabaco y aire fresco. Mis supuestos amigos están en una esquina; Finch está fumando y liándose otro porro al mismo tiempo, y de pie, junto a Flo, hay dos tipos que parecen estudiantes hablando con ella. Hombres beta, los dos, pero son beta *alfa*, es decir, mucho más seguros de sí mismos que sus nerviosos y sudorosos colegas a los que les gusta *Star Wars* y creen que eso forma parte de su personalidad. Ni siquiera estoy haciendo una suposición; hay otros tres chicos más un poco alejados de ellos y dos llevan puestas camisetas de *Star Wars*. Uno con una camiseta con un diseño de Darth Vader y el otro con una en la que solo pone «Han disparó primero».

—Hola —los saludo. Señalo a Flo—. Tiene novio.

—¿Y tú?

—Estoy con él —respondo, señalando a Finch. Él me fulmina con la mirada—. Cuidado, es muy celoso. Os pateará el culo si os atrevéis a hacer algo. —Finch no mide más de un metro setenta y está delgado como un palo, la idea de que pueda darle una paliza a cualquiera es irrisoria. Tanto que no puedo evitar reírme al pensarlo, y me llevo la mano a la boca para intentar ocultar mi risa.

—Cállate, Irina —dice Finch—. No es mi novia, y no pienso pelearme con nadie.

—¿Veis lo que tengo que soportar? —Pongo una mueca triste y me acerco a Finch. Le quito el porro que acaba de liarse de las manos y le paso el brazo por los hombros—. Enciéndemelo, cariño. —Finch enciende el canutillo, observándome con el ceño fruncido—. Oh, venga, ¡fus! —les digo a los chicos de *Star Wars*. Se vuelven a meter en el club, obedeciendo mis órdenes como si fuesen unos cachorritos, demostrándome lo débiles que yo ya sabía que eran y con ello también mi hipótesis sobre los hombres beta alfa. Cualquier hombre beta, sea de la categoría que fuere, me obedece siempre sin rechistar. Finch me fulmina con la mirada—. Bueno, he conseguido que se largasen, ¿no?

—Eres horrible cuando estás puesta de coca. Me voy a mear. —Pone los ojos en blanco al mirarme.

—Ni se te ocurra volver a ponerme los ojos en blanco —lo regaño. Él me ignora—. ¡Oye! —Y después se gira sobre sus talones, apretando la mandíbula con fuerza y con el ceño fruncido. Respira hondo y parece perder parte de su enfado.

—¿Sabes qué? No me importa —dice—. No me importa. Se han largado. Bien hecho.

—Eso ha sido muy borde por tu parte, Rini —me dice Flo—. Ya sabes lo inseguro que es. —Le pongo los ojos en blanco.

—Oh, venga ya, solo le estaba haciendo un cumplido. No es mi culpa que nunca haya tenido novia, ¿no? Hay muchos hombres que literalmente me dejarían que les partiese los dedos al darles la mano por solo dejarles fingir ser mis novios delante de otros tipos. —Le doy un trago a mi cerveza y una calada a mi porro—. Es tan jodidamente sensible.

Ya volverá. Me termino mi cerveza.

Arrastro a Flo de vuelta dentro del local, donde todo el mundo está gritando y aplaudiendo porque está sonando David Bowie; se nota que el DJ conoce muy bien a su público. Yo frunzo el ceño.

—TIENES CARA DE CULO, RIRI.

—¿QUÉ?

—HE DICHO QUE TIENES CARA DE CULO.

—HAY MUCHA GENTE BLANCA AQUÍ DENTRO ACTUANDO COMO SI NO SUPIESEN QUE SON BLANCOS, PERO LO SON Y PARECEN ESTÚPIDOS.

—¿QUÉ?

—QUE VOY A MEAR.

Flo me sigue. Se va directa a su cubículo pero, antes de que pueda meterse, la agarro de la muñeca.

—Flo —le digo—. Oye, Flo. —Le hago señas para que entre en mi cubículo—. Entra en mi despacho.

—¿Qué?

—Que entres en mi despacho. Tenemos una reunión de negocios pendiente —le digo. Ella entra y yo cierro de un portazo a su espalda—. ¿Te apetece una raya?

El cubículo es muy estrecho; hay mucha mujer dentro de un espacio tan pequeño. Me agacho junto al retrete, el suelo está un poco mojado, y espolvoreo la coca sobre la tapa del váter, la corto y formo un par de rayas con mi tarjeta sanitaria, que es mi tarjeta preferida para esta clase de cosas. Mi madre la encontró una vez tirada en el suelo de mi casa y lo único que dijo fue: «¿Qué hace tu tarjeta sanitaria aquí?». Y en ese momento no supe qué explicación darle, no se me ocurría ningún motivo de peso por el que la tarjeta pudiese estar ahí tirada. Así que solo le respondí: «Bah, déjala ahí. Siempre la tengo ahí, mamá. En el suelo. Déjala donde está. Si no la perderé».

—Venga, dale —me responde Flo. Flo quiere esnifar una raya de coca. *Pues claro* que Flo quiere esnifar una maldita raya de coca.

—¿Tienes un billete?

Sí que lo tiene. Tiene un billete de cinco libras. Me siento mucho más segura con el dinero de plástico, siento que hay menos posibilidades de contraer hepatitis con el plástico. Al cobrar con dinero en efectivo siempre te sientes como si pudieses hacerte el interesante abanicándote con los billetes y, si te roban, al menos siempre puedes salvar un buen fajo. El dinero de plástico, sin embargo, no tiene ese mismo efecto. Claro que si te sangra la nariz usando una tarjeta de crédito o débito tampoco arruinas un billete con tu sangre y puedes limpiarla con agua y ya. Dejo que Flo vaya primero, porque el billete es suyo, y veo cómo esnifa esa raya como el gremlin que sé que es en realidad. A la mierda los valores. A la mierda todo ese tema del consumo ético de las drogas. Es como esa mierda en los pósteres de *Trainspotting*, esos que todos teníamos colgados de las paredes de nuestra habitación cuando teníamos dieciséis años, en los que ponía «Elige la vida. Elige tener un trabajo», y toda esa mierda. Elige mandarlo todo a la mierda. Elige venir a mi despacho y esnifar una raya de cocaína porque te lo digo yo. Elige seguirme a la barra después de esnifar esa raya y tomarte un chupito de tequila.

Lo que pasa con Flo, y con mucha gente de nuestra edad, es que siempre está culpando a los demás de su mierda a la mínima de cambio. Y eres tú quien *elige* hacer todas esas cosas. Eliges sentirte como un maldito montón de mierda sin carácter, al que es muy fácil manipular, sobre todo cuando a la mañana siguiente te despiertas con una resaca y un bajón horribles. Tal vez incluso te sigas sintiendo así mañana por la tarde. La noche es joven, y a mí todavía me queda mucha cocaína dentro del sujetador.

Cuando Finch vuelve con nosotras, pido otra ronda de chupitos, y le digo que es un chupito de disculpa y que *tiene* que bebérselo.

Y entonces me doy cuenta de que me he olvidado de mear.

El tequila hace que se me adormezcan los dedos, así que mi teléfono no para de escurrírseme de entre las manos mientras intento pedir un Uber. Vamos a ir a la casa de Will en Heaton, que probablemente no sea más que un cuchitril de mierda. Flo llama a ese vecindario «la Ciudad Universitaria», como si no viviese a una calle del barrio de Sandyford. Me siento en el asiento del copiloto porque soy la única adulta esta noche, y la única que puede soportar el tener que estar hablando con un extraño durante largos periodos de tiempo. Me encargo de pedir nuestras copas, de pedir los taxis, hago que los hombres se alejen de nosotros, nos consigo droga, nos consigo acceso a los sitios a los que queremos ir. En un mundo lleno de autistas, aquel que puede mantener el contacto visual con otras personas es el rey. Conozco a Finch desde hace tres años y jamás me ha mirado a los ojos.

—¿Qué tal te está yendo la noche? —pregunto. No soporto el silencio. Finch se ha quedado completamente callado, mascando un chicle con furia, y Flo está doblada sobre sí misma; se está meando y tiene la mano metida en la boca para no reírse.

—Solo llevo a estudiantes y a jóvenes de un lado a otro. Voy y vuelvo de Heaton al centro constantemente —dice—. ¿Vosotros volvéis ya a casa?

—Nah, vamos a una fiesta.

—¿Está… está bien la chica? —El conductor (Iqbal) señala a Flo con la cabeza.

—Sí. De hecho, yo que tú me preocuparía más por el chico que va sentado ahí atrás. —Señalo a Finch—. El que se está comportando como un imbécil. Se ha olvidado de tomarse sus pastillas de magnesio, y mira cómo está. A este paso va a perder un diente si sigue así. ¿Has visto alguna vez *Bounce by the Ounce*? En YouTube, ¿te suena *Bounce by the Ounce*?

—No… ¿qué se supone que es? ¿Un vídeo musical?

—Algo así. Es un vídeo que grabaron en un club asqueroso, en una zona de mierda. En una ciudad de mierda. Sale un tipo calvo con las tetas al aire. Se parece a Gollum, aunque solo a la visión más dejada de Gollum, como Gollum en la Tierra Media al caer la noche, como una especie de grano que puede gobernarlos a todos, un grano que es capaz de controlarlos, un grano que... lo que sea, es como la cuerda que los mantiene unidos —digo. Flo estalla en carcajadas, dando pisotones en el suelo del taxi.

—Dios, te encanta *El señor de los anillos*, ¿eh? —dice Finch—. Solo hablas de la saga cuando estás muy puesta, y por eso sé que te encanta.

—Tenía un póster de Aragorn cuando estábamos en la universidad —comenta Flo, jadeando entre carcajadas—. En 2008.

—Idos a la mierda. —Se me vuelve a caer el teléfono de las manos. Flo se ríe con más ganas—. Oye, ya que estamos compartiendo datos graciosos, ¿sabíais que Flo en realidad no se llama Flo? En realidad su nombre de pila es *Lauren*. —Flo deja de reírse—. *Lauren* decidió cambiarse el nombre cuando empezó el curso preparatorio y se puso Flo en honor a Florence, de *The Machine*. Se lo cambió legalmente y todo.

—Bueno, creo firmemente que todos deberíamos poder ponernos el nombre que más nos guste. De hecho, Irina, si tú quisieses cambiarte el nombre a la señora de Frodo Baggins, te apoyaría sin dudar —dice Finch.

—Eso no tiene gracia porque no tuve un póster de *Frodo*, tuve un póster de *Aragorn*, así que, si lo que querías era que tu broma tuviese gracia, Finch, no lo has conseguido, para eso tendrías que haber sugerido que me cambiase el nombre a... En realidad, tiene unos cuantos alias, ¿no? Por ejemplo, podría ser Irina Telcontar, Reina de Gondor, o algo así, ¿no? Dios. Si ibas a soltar una broma como esa, si vas a soltar... —suspiro—: esa clase de mierda, suelta algo que no haya oído antes, ¿vale? Algo menos básico que decir que me cambie el nombre a la señora de Frodo.

—Telcon... ¿qué?

—Es la casa real de Gondor —suelto—. Por Dios.

Mi bocaza me ha vuelto a meter en un pozo mucho más profundo que si lo hubiese dejado estar con solo la referencia a los pósteres que tenía en mi cuarto de adolescencia, o si no hubiese mencionado nada sobre «Flaurence». Ahora no tengo forma de salir de esta. Noto cómo se me caldean las mejillas. No están calientes en modo «me estoy poniendo enferma», sino simplemente calientes, y el calor que emana de mi piel me da escalofríos. Me hundo un poco más en mi asiento. Sin quererlo he dejado al descubierto una versión mucho más débil, más pequeña y grande de mí misma, que se resguarda siempre tras mi copia maltrecha de *La comunidad del anillo*.

Es la misma sensación que cuando alguien se fija en una cicatriz que te ha dejado la herida que te hiciste para intentar autolesionarte, y te pones la mano sobre el corte, la quemadura o el moratón para intentar ocultarlo pero ya es tarde. Has intentado taparla y, al hacerlo, has dejado claro que esa cicatriz no ha sido un accidente.

Por Dios, autolesiones y *El señor de los anillos*. Me asaltan los recuerdos de mi adolescencia.

—Nunca he visto *El señor de los anillos*. ¿Son tan buenas las películas? —me pregunta el conductor.

—No están mal, sí —le respondo.

Él nos deja frente a una casa con un jardín que necesita ser podado y cuidado urgentemente, con una papelera llena hasta arriba de basura y con la música *trip hop* escapándose del interior en medio de una nube con olor a marihuana.

Saco la bolsita de cocaína de mi sujetador y extraigo un montoncito de lo más generoso con la uña.

—¿Esa es la casa? —pregunta Finch.

—Sí, dame un segundo. —Vuelvo a guardarme la cocaína en el sujetador, me acerco a la puerta y llamo al timbre—. ¿No vives tú también por esta zona?

Finch asiente. Vive en la calle de al lado. Bien. Puedo mandarlos a su casa sin remordimientos cuando me supongan un problema.

Will abre la puerta. Lleva una camisa bonita, abierta, remetida en el interior de unos vaqueros de tiro alto, con el pelo ondulado y suelto, una flor detrás de la oreja izquierda y un porro en la derecha. Todo su aspecto está medido al milímetro. Está claro que se ha esforzado, y estoy segura de que lo ha hecho porque sabía que iba a terminar viniendo. Dice mi nombre y me da un beso en la mejilla. Normalmente no le dejaría que me tocase, pero no me avisa de lo que piensa hacer con la suficiente antelación, y ya no siento la mitad inferior de mi rostro de todas formas, lo único que siento de nariz para abajo es el paladar superior, que me duele por todo el alcohol y la droga que he consumido y que se han ido depositando en mis encías poco a poco, como si se me fuesen a caer los dientes por toda la acumulación de sustancias.

—¿Tus amigos? —me pregunta Will.

—Supongo. —Me adentro en su casa haciéndole a un lado. Hay gente hablando en el pasillo, son sobre todo chicos, la mayoría trabajan como camareros en cafeterías o en bares, también hay vigilantes de galerías de arte y, en general, son gente que tiene algún tipo de relación con el arte y que siempre estoy viendo por todas partes pero con la que no he hablado en mi puta vida. Son como los figurantes de la historia de mi vida, un puñado de personajes con los que no se puede jugar, que son todos prácticamente iguales y que llenan ciertas zonas de la ciudad.

Incluso con el pelo revuelto, la punta de la nariz sin base de maquillaje y con el pintalabios corrido, consigo que todos los tipos se vuelvan a mirarme al entrar. Me abro camino hasta la cocina y consigo un vaso de plástico. La cocina está asquerosa, llena de colillas de cigarro, cubatas derramados, y vasos y platos amontonados en la pila.

Flo se pondría a limpiar por nerviosismo en esta clase de fiestas si la dejasen. Empieza a recoger de inmediato todos los vasos vacíos y a tirarlos a la basura. Finch comienza a reírse al verla.

—Es real —dice alguien—. Quiero decir, es real, real. —Acento escocés, pero escocés pijo. Un hombre gordo, de un metro noventa, con una barba cuidada y un rostro apuesto aunque aniñado. Con los ojos azules. Está soltando palabrotas sin parar, lleva un sombrero de copa y un bastón en la mano—. No te ofendas, es que siempre he pensado que estaba, bueno... mintiendo. Exagerando. Quiero decir, míralo. Mi madre siempre dice que está hermoso pero... *aun así.*

—No soy fotógrafa de moda, ¿sabes? Quiero decir, no le voy a sacar fotos que vayan a salir en el *Vogue* o algo por el estilo —digo.

—Claro. Nunca nos enseña las fotos, así que pensaba... Bueno, no pensaba nada, porque creía que estaba mintiendo. —Se encoge de hombros—. Soy Henson. Bueno, Jack, pero ya me entiendes. Todo el mundo me llama Henson.

—Te dije que era real. —Will se quita el porro enorme de detrás de la oreja y lo enciende. En algún momento ha perdido la flor que llevaba en la otra, en el trayecto de la entrada hasta la cocina—. ¿Lo ves?

—¿Eso significa que ahora vamos a poder ver algunas de esas fotitos? ¿Esas fotos sensuales de nuestro Willy? —Henson se acerca a mí y me da un suave codazo en el costado, y me guiña un ojo de una manera muy poco natural, una que grita: «Estoy intentando ligarme a todas las chicas guiñándoles el ojo». Le ofrezco enseñarle las fotos de Will si me sirve una copa y Will no tarda en sacar una botella de vodka sin abrir que tenía guardada en un armario, escondida detrás de un saco de patatas.

—Te he comprado una botella de vodka, así que no hace falta que te tomes nada de lo que te sirva este, nena —dice Will. Abre la botella y me llena el vaso de plástico, derramando un buen chorro sobre mi mano como si quisiese marcar su territorio. Bien podría haberme meado encima—. Ups.

—No pasa nada. —Me chupo la muñeca. Sigo su mirada. Finch arrastra a Flo fuera de la cocina para que deje de limpiarlo todo y Will le ofrece su porro como una especie de «calada a la pipa de la paz», como si quisiese impresionar al grupo con un chiste malo lleno de racismo arcaico. Ella no lo acepta, es cauta, incluso cuando está más que borracha y drogada, y se limita a decir: «¿Qué cojones?», así que se lo presento a Flo y a Finch antes de que ella pueda darle una paliza. Finch le quita el porro a Will de las manos, le da una calada, y se lo deja metido entre los labios, anidado en la comisura de su boca, mientras se saludan.

—Así que el ambiente de la fiesta es sucio, turbio, como si estuviésemos... ¿toda la noche echando «rapidillos»? —le pregunta Flo.

—Oh, sin duda, ese es justo el ambiente que buscábamos, es definitivamente el ambiente, sí, como *una sesión de rapidillos bien dura.*

—Colega, creo que lo ha entendido —dice Henson. Y entonces se vuelve a mirarme como si con ese gesto quisiese decir: «Mira a este maldito idiota, no quieres acostarte con él». Es gracioso que cualquiera de los dos piense que esa opción está sobre la mesa. El porro ha terminado en manos de Henson. Inhala y después suelta el humo formando un anillo.

—Pregunta rápida para todos, porque siempre está haciendo eso: ¿alguien piensa que ser capaz de soltar el humo en forma de anillo es seductor o también os parece que solo le hace quedar como un imbécil? —pregunta Will. Todos lo ignoramos. Creo que Flo está intentando convencer a Finch de que le prepare otro canuto. Yo me llevo mi vaso de vodka a los labios—. ¡Oye! ¡Que tenemos mezcla también! Tenemos hielo y refrescos de todo tipo. ¡No tienes por qué tomártelo a palo seco! —Will me quita el vaso de las manos. Normalmente me resistiría un poco más pero, como ya he mencionado antes, tengo los dedos adormecidos por haber bebido tequila.

—Mi constitución tan delicada *no podría* soportar el beber vodka a palo seco —comento—. Pero no te voy a decir que no a un poco de tónica para rebajarlo. —Will rebusca por toda la cocina y vuelve con mi vaso de vodka con tónica, hielo, un gajo de lima seco y una maldita pajita. Todos nos lo quedamos mirando. Henson no para de mirarme, dándome suaves codazos en el costado como si nos hubiésemos hecho amigos gracias al asco que nos da el idiota que tenemos en común. Henson me ofrece el porro y, cuando le digo que estoy hasta arriba de coca y que preferiría dejar la hierba para cuando me dé el bajón, me ofrece una raya. Le pregunto si todos nos podemos tomar una raya.

—Bueno. Eh, supongo que puedo conseguir tres rayas. ¿No, Will?

—¿Tres? —Pone una mueca y después se acuerda de con quién está—. Ah, mierda, claro. Hay como... quiero decir, es como si estuviésemos metidos en *El precio del poder*. ¿Habéis visto *El precio del poder*?

—Sí, Will. He visto *El precio del poder*. —Y comparto una mirada de complicidad con Henson. Nuestras miradas se encuentran y vuelve a guiñarme el ojo. Will pone una mueca y frunce el ceño.

—Solo era una pregunta.

Nos vamos al salón para esnifar las rayas. Hay dos chicas allí, muy guapas, mucho más jóvenes que yo, y tan metidas en su conversación que parecen un tanto sorprendidas cuando Will saca un disco de su estantería bien organizada y lo deja sobre la mesita, justo frente a ellas. Se saca una bolsita de plástico del bolsillo y echa casi todo el polvo sobre el disco. Finch comenta que podría haber elegido un vinilo negro en vez de uno blanco. Will le dice que ya va tarde. Las chicas se levantan, dispuestas a marcharse. Will me mira y después pasa la mirada hacia las chicas, luego de vuelta hacia mí, y parece como si estuviese contando todas las gallinas que tiene en su granja. No dice nada y deja que se vayan, sin siquiera ofrecerles una raya o despedirse con un gesto de la cabeza.

Flo se va al baño y cuando vuelve comenta que hay mucha gente en las habitaciones de arriba, y Henson explica que su otro compañero de casa, Sam, está ahí arriba. Sam quería «ponerse de keta» y se subió a su cuarto con otros tantos invitados más o menos para cuando llegamos; habían colocado un montón de edredones y colchones en el suelo antes de que empezase la fiesta para crear una especie de ambiente cómodo y relajante en el que la gente pudiese estar a gusto y después hacer cosas raras tranquilamente. Debieron de pensar que vendrían más chicas a la fiesta. Incluyéndome a mí, a la que ha venido conmigo, y a las dos que acaban de largarse del salón, solo somos cuatro mujeres, en comparación con los quince o dieciséis hombres que debe de haber en la fiesta, a menos que haya más mujeres ahí arriba, escondidas en la habitación de la ketamina. Que no haya mujeres ya es una señal de alarma de que esta fiesta es una mierda, pero si no hubiese hombres también sería alarmante. Lo que se suele buscar en esta clase de fiestas de mierda es un cincuenta por ciento de hombres, cincuenta por ciento de mujeres.

Creo que Flo debe de haberse fumado su segundo canuto de la noche sin que la viese. Si después se pone a vomitar, yo no pienso quedarme a cuidarla.

Will sale corriendo a la cocina y luego regresa al salón, cortando con cuidado un par de pajitas con unas tijeras, y pasa los pequeños tubos a los distintos integrantes del grupo. Nos asegura que él se encargará de guardar el alijo.

—Creo que la proporción entre chicos y chicas de esta fiesta no está bien —comento. Me vuelvo a mirar a Flo.

—Quiero bailar —dice. Will pone algo de música disco y Flo agarra a Finch por las muñecas y lo obliga a bailar con ella.

—Ah, ¿entonces no tienes novio? —pregunta Henson, como si fuese una pregunta de lo más normal en esta conversación.

—Nah —respondo—. No me gustan las relaciones. No son lo mío, nunca he tenido ninguna pareja seria. —Henson me sonríe y me dice que él es un monógamo en serie, pero que en este momento está soltero. Flo suelta una carcajada burlona al oírlo mientras no deja de bailar.

—¿Y qué pasa con Frank? —pregunta.

—Cierra la boca. —Me sonrojo con violencia; no hablamos de Frank. Sinceramente, preferiría mil veces que hablase de Lesley. Finch quiere saber quién es Frank.

—*Frank Steel* —dice Flo—. ¿La fotógrafa?

—¡Oh! —exclama Finch—. *¿En serio?* —Una sonrisita demente se dibuja en su rostro, como si le sorprendiese de verdad.

—Cierra la puta boca, Flo —advierto. Y cuando se ríe, le lanzo mi vaso vacío. Eso hace que deje de reírse. Eso hace que todo el mundo se calle.

—Señoritas —dice Will—. Por favor.

—Rini, te pones de lo más agresiva cuando vas puesta de coca, por Dios —se queja Flo. Ni siquiera me molesto en responderle.

—¿Debería liarme un porro después de esto? —pregunta Will—. Este ambiente es un tanto agresivo. Además, después de esto ya casi no me queda coca.

—Tanto que decías que esto era como en *El precio del poder* —comento. Dejo mi bolsita de cocaína sobre la mesa.

Son las cuatro de la mañana y el sol ya ha empezado a salir por el horizonte, iluminando el cielo, amenazante. Henson tiene una solución para ello, y corre las cortinas hasta dejar toda la sala a oscuras, unas que compró especialmente para esta clase de situaciones. También ha tapado todos los espejos, así no tenemos que preocuparnos por nuestro aspecto. Esto parece un funeral judío, pero con más clase. Nos hemos quedado sin coca, literalmente, no queda nada. Flo no para de parlotear con Finch sobre el género. Finch hace rato que se ha retirado; está sudando y gesticulando sin parar. Will está escribiendo a su camello, pero dudo sinceramente que le responda.

Will lanza a un lado su teléfono. Está sentado en un puf, poniendo una mueca y liándose unos cuantos porros más mientras yo hablo con Henson. Will intentó enrollarse con Flo antes, pero ella lo rechazó diciendo: «Tengo novio, lo siento», y desde entonces no ha intentado siquiera hablar con ella. Se volvió a dejar caer en su puf con un gruñido.

Conmigo ha perdido puntos. Lo he degradado de un amigo guapo y mucho más delgado a un hombre con las articulaciones demasiado afiladas. El mero hecho de que le hable a su amigo gordo y mono de esa forma me pone de los nervios. Es increíble. ¿Quién dijo que la masculinidad no era frágil?

Henson y yo llevamos hablando un buen rato. No parece la clase de tipo que necesita interrumpirte para comentar algo gracioso o que considera más importante, lo que me parece un cambio a mejor con respecto a lo que estoy acostumbrada, o tal vez esté demasiado drogado como para responder. Sigue llevando el sombrero de copa de antes. Le he explicado la trama de *Saló o los 120 días de Sodoma* al completo y la visión de Pasolini: la forma en la que criticaba la naturaleza voyerista de la película y su inherente hipocresía al hablar del mundo cinematográfico. La forma en la que no podía evitar que el plano siempre terminase centrado en los chicos. Cómo habla de las mujeres víctimas de abusos sexuales con frialdad y sin prestarles realmente atención y, sin embargo, se centra en los hombres con *ansia*, con los planos que se focalizan por completo en ellos constantemente, no solo en sus traseros, sino también en sus pestañas, en su cabello suave y suelto, y en sus labios llenos. Le dije que «como artista» creo que esa película fue una de mis mayores influencias. Gracias a ella descubrí que yo también podía hacer, si me apetecía, lo mismo que había hecho Pasolini en esa película con los hombres. Podía fijar la escena en un hombre que me gustase y mirarlo del mismo modo en el que los hombres suelen mirar a las mujeres, o como los chicos miran a las chicas, como si solo fuesen un objeto de deseo.

Le enseño algunas de las fotos de Will que tengo guardadas en mi teléfono como ejemplo. Elijo una en la que está desnudo, salvo por una camisa abierta. No se le puede ver el pene. Solo el vello púbico, pero solo porque sé usar la luz a mi favor.

—¿Lo ves? Parece *débil*, ¿no crees? Mira a la cámara con deseo, ¿ves? Como... una chica en un anuncio de perfume o algo así. —Amplío la foto en su rostro. Tiene los ojos entrecerrados, los labios entreabiertos y se puede ver la punta de su lengua brillando bajo sus dientes—. Toma, échales un ojo.

—Vaya. Eh... Estaba... No me había dicho que fotografiabas desnudos —comenta Henson.

—Oh. No fotografío tantos como mi madre piensa, pero sí. De hecho, Will ha hecho toda clase de mierdas de lo más cuestionables para mí.

—*Irina* —sisea Will. Se ha acercado a nosotros en silencio, dejando a su paso un fino reguero de hierba sobre la alfombra—. Para, por favor.

—Oh, venga ya, ahora no te hagas el tímido. Está claro que no lo eres —dice Henson. Se ha parado en una foto de Will en la que se le ve en lo que yo llamo «rezagado perezoso». Lleva brillo de labios y unas pestañas falsas que le puse con cuidado y que rematé con un toque de delineador, y tiene puesto uno de mis camisones (de seda, rosa) y una bata corta (transparente, rosa, con adornos de plumas de marabú en el bajo y en las mangas). Lleva el pelo suelto y está... está muy *guapo*.

—No te avergüences —le digo—. Ahí sales exuberante.

—Sí, muy guapo. —Henson tiene una sonrisa engreída dibujada en su rostro—. Me sorprende que no las hayas subido a tu Tinder. Serían toda una declaración de intenciones. —Will intenta quitarle el móvil de las manazas gordas a su amigo—. Las estoy viendo.

—Creía que te *gustaban* mis fotos —me quejo.

—Y me gustan. Pero no quiero que él las vea.

—Bueno, no modeles para nadie si no quieres que la gente vea lo que haces —repongo.

—¡La mayoría de las fotos no me importan! No me importa que vea *esas* fotos, Irina. ¿Me entiendes? *La mayoría* están bien pero, hay un par que no. —Will me está suplicando y Henson ahora las está examinando todas con rapidez. Le lanzo una mirada como si le quisiese decir que no tengo ni idea de qué está hablando. Aunque supongo que se refiere a que no quiere que su amigo vea las fotos que le saqué hace un año en las que sale masturbándose.

De nuevo, en esas también usé la luz a mi favor. Tan solo se le ve la punta del pene sobresaliendo del puño. Sale de rodillas, con la frente pegada al suelo. No planeé en ningún momento hacerle una sesión de fotos masturbándose, pero supongo que las cosas se nos fueron un poco de las manos.

—Vaya —dice Henson. Y después bloquea mi teléfono y lo deja boca abajo sobre la mesita.

—¿Qué? —pregunto, fingiendo que no sé a qué viene ese comentario, y desbloqueo mi teléfono—. *Oh.* Ah, mierda. Lo siento. Me había olvidado de que estas estaban aquí también.

Will está rojo como un tomate. Con los labios fruncidos en una mueca enfadada.

—Que te habías olvidado —dice—. A veces eres una zorra, ¿lo sabías? —No me escupe. No está enfadado. Lo suelta como si fuese un hecho desagradable, uno que ya tenía más que asumido. Como que la temperatura mundial no para de subir, que el Brexit es el Brexit, y que Irina es una maldita zorra. Me acerco a él y le paso un brazo por los hombros.

—*Corazoncito* —le digo, poniendo una mueca como si me arrepintiese—. No puedes pretender que me acuerde de cada foto que saco, ¿no? —Se sacude mi brazo de encima y se enciende un porro—. Dame uno. —Me da el que acaba de encender, y se enciende otro para él, volviéndose a dejar caer en el puf, todavía con la cara roja. Henson escoge uno de la pequeña pila que ha dejado sobre la mesita del comedor.

—Bueno. —Henson da una palmada—. ¿Qué os parece si nos colocamos con un poco de keta? Después de haber visto eso, me vendría bien.

—Dale —dice Flo. Se ha puesto un poco verde. Se levanta de un salto y sale corriendo del salón hacia la entrada. Las ventanas del salón están abiertas, por lo que la oímos vomitar en el jardín.

—Por Dios —dice Finch—. Esa es la señal de que ha llegado la hora de volver a casa. —En cuanto Flo empieza a vomitar, ya no hay manera de pararla. No puede retenerlo, por más que lo intente. Vuelve un minuto más tarde, negando con la cabeza.

—Ay, cielo. No deberías haber tomado coca, ¿eh? Quiero decir, iba *en contra de tu moral* —comento. Flo asiente. Finch ya ha ido a buscar su bolso y suelta un suspiro con pesar.

—Nos vamos —dice—. ¿Vienes, Irina?

—Nah, creo que paso —respondo.

—¿Estás segura? —pregunta Flo, conteniendo un eructo.

—Eh... ¿sí?

—Lo digo porque... te vas a tener que volver luego sola a casa y esas cosas... —comenta.

—Sí, estoy segura de que me van a violar en grupo en cuanto salgáis por esa puerta. —Pongo los ojos en blanco. Ella se estremece en cuanto digo que me van a «violar en grupo». Y Henson también.

Se marchan, y poco después les sigue también un goteo constante de la gente que estaba arriba, volviendo a sus casas. Nos fumamos un par de porros más entre los tres. Normalmente no fumo hierba, porque no me suele hacer mucho efecto; me siento relajada, pero me da náuseas, y me hace ser mucho menos consciente de lo rápido que me late el corazón. La mezcla de sustancias hace que mi sistema nervioso se confunda. ¿Estoy relajada, excitada o agotada? No tengo ni idea. Todo está borroso. ¿Tal vez solo tengo hambre? Llevo un rato sin hablar. Dejo la keta sobre la mesa.

—Creo que ya tenemos suficiente para seis rayas pequeñas o, más bien, para tres rayas *bastante grandes* —digo. Lanzo una moneda al aire: cara si son seis rayas pequeñas, cruz si son tres grandes.

Cruz.

Me doy cuenta de que han pasado cuatro horas desde la última vez que fui al baño, y dejo que Will se encargue de las rayas mientras que yo me encierro en el baño enano de la planta baja, me quedo mirando la entrepierna de mi ropa interior mientras meo como un caballo de carreras. Me siento mareada, nauseabunda. Todo mi cuerpo está cubierto por una delgada capa de sudor. Me doy un rápido repaso en el espejo del baño, pasándome un trozo de papel higiénico por el cuello, las tetas y la frente; al hacerlo me llevo de una pasada una buena capa de maquillaje que se me había olvidado de que llevaba. Alcanzo una toalla. Ahí está, mi reflejo ondulado, con sus ojos inyectados en sangre, las pupilas como un enorme agujero negro en medio del gris color hormigón de mis ojos. Tengo el maquillaje reseco y resquebrajado alrededor de la nariz y de la boca, el pintalabios y la máscara de pestañas corridos, esta segunda formando un río negro por mis mejillas. Mis rizos pelirrojos son ahora una maraña de nudos, aunque en algún momento fuesen un moño elegante.

—Eres un puto desastre —le digo a mi reflejo—. Por Dios, menuda zorra. —Devuelvo la toalla a su sitio y me limpio los restos del pintalabios antes de salir del baño y regresar al salón tambaleándome.

—Pensábamos que te habías colado por el retrete.

Hay tres rayas gruesas de ketamina sobre el vinilo en la mesita. Los ignoro, selecciono mi raya y esnifo mi keta, y me dejo caer en el sofá.

A partir de esa raya fue cuando perdí por completo el control. Lo último que recuerdo con nitidez es a Will sugiriendo que sacásemos el gas de la risa y, después de eso, mis recuerdos están borrosos, como si fuesen escenas de una cinta que se grabó hace demasiado tiempo y que lleva muchos años metida en un proyector, reproduciéndose sin parar. Recuerdo haberme tumbado en el suelo y ser consciente de cómo el tiempo y los años volaban a mi alrededor. También recuerdo que escuché las voces de Henson y de Will, que no se aceleran ni se ralentizan con el paso del tiempo. Pasan décadas a nuestro alrededor. Y no tienen ni idea, ninguno de los dos. Me hundo en la alfombra, consumida, mareada y consciente.

Consciente, porque mi visión no solo se ha desconectado de mi cerebro, sino de toda la realidad. Soy consciente por encima del tiempo, lo veo pasar, veo su interior, veo a través de él, soy la única superviviente del paso de los siglos.

Mis recuerdos regresan a mi cabeza como destellos y ecos del pasado. Escucho un timbre, un timbre incesante y tintineante. Al final termino con la cabeza metida en el retrete, regresando a través de un portal a la realidad. El cuenco del retrete, el agua siseando en su interior; veo a Galadriel en el espejo, soy yo, veo todas las líneas temporales dibujándose ante mí, dentro del retrete. Y era yo, en cada una de las líneas. Yo con la cabeza metida en el retrete. Miles y miles de yoes sobre mí, todos con la cabeza metida en el retrete.

Recuerdo que Will me intentó hablar y que me sujetó la cabeza en alto y, al hacerlo, escojo una de las líneas temporales. Y al levantar la cabeza para decir algo, me interno en esa línea temporal, en la que levanto la cabeza, y veo a Will, agachado junto a la puerta del baño de la planta baja de su casa, intentando ver si estoy bien.

Por supuesto, el ver mi cuerpo desde arriba y por encima del propio tiempo, me mareaba, y entonces me lanzaba a vomitar de nuevo. Me golpeaba la cabeza al volver a meterla en el retrete y la fuerza del impacto me dejaba semiinconsciente y poco después me devolvía a ese estado en el que era capaz de ver a través del tiempo.

A veces era Will el que estaba en la entrada, otras era un gato rojo con un maldito cascabel. Otras veces era un chico completamente distinto, mucho más joven, con el cabello oscuro y cicatrices, ahogándose. Lo conocía. Tosía y balbuceaba, tenía un aspecto tan patético y mono que me daban ganas de acunarlo entre mis brazos y abrazarlo con fuerza. Quería quedármelo para mí. Pero cuando estiraba el brazo hacia él, intentando alcanzarlo, él se estremecía, tosía y se apartaba corriendo de mí. Desaparecía al salir por la puerta del baño hacia el estrecho pasillo. No podía seguirlo. Regresé al baño, donde vi su rostro en el agua del váter, arremolinándose al tirar de la cadena.

Cuando Will regresó a mi mundo, parecía enfadado, y el chico de antes no volvió a aparecer. Creo que recuerdo que Will tiró de mi cabeza hacia atrás, agarrándome por el pelo, y que me echó agua en la boca, casi ahogándome por la sorpresa y, un momento más tarde, recuerdo haber vuelto a vomitar. Lo recuerdo limpiándome la cara con una toallita para bebés y, cuando ya no me quedaba nada más que bilis por vomitar, recuerdo cómo me arrastró hasta la planta de arriba (¿probablemente para pedirle ayuda a Henson?) y cómo me cepilló los dientes. Los cepilló con fuerza, con la suficiente fuerza como para que me sangrasen las encías, con tanta fuerza que, de hecho, recuerdo el dolor que me produjo cuando no podía sentir nada más que eso. Todavía me duele la boca.

Regresé de verlo todo desde arriba cuando me lanzó a su cama. Fui incapaz de gemir como protesta siquiera, estaba completamente vulnerable, paralizada. Creo que lo recuerdo tumbándose encima de mí, enfadado, recuerdo cómo me agarró con fuerza la cara y la apretó. Creo que él no llegó a esnifar su raya de keta. Me dijo que era una puta, de eso sí que me acuerdo, porque recuerdo cómo me escupió con rabia en la cara. Recuerdo que me quitó la falda y el corpiño de encaje. No pudo desabrocharme el sujetador, tampoco pudo ponerme boca abajo para alcanzar el cierre, así que se rindió, y se limitó a sacarme las tetas de las copas del sujetador y a manoseármelas un rato, antes de proceder a quitarme las bragas e intentar meterme a la fuerza su polla *completamente flácida*.

Al final, cuando se cansó de intentar metérmela, se rindió, observó durante un rato lo que había hecho, después entró en pánico e intentó volver a vestirme. Me metió de nuevo los pechos dentro del sujetador y me puso una de sus camisetas y un par de calzoncillos suyos también.

Sigo intentando recordar todo lo que pasó después de despertarme en su cama, con su ropa puesta, con él durmiendo en el suelo. Sospecho que está dormido porque se tomó un Xanax, porque hay media pastilla sobre su mesita de noche y, cuando le doy una patada, no se mueve. Le vuelvo a dar una patada.

No sé cómo voy a hablar con él de ahora en adelante. Es la clase de persona a la que no le gusta que le ignoren, me lo ha dejado *bastante* claro en más de una ocasión. Pero ¿qué hago?, ¿le mando un mensaje? ¿Y qué le digo? «Oye, Will, solo por confirmar, ¿anoche intentaste violarme con tu polla inútil?».

Me pongo la falda y recojo mis bragas sucias. Mis zapatos están a los pies de las escaleras, así como mi vómito. Supongo que es mío, vaya. Rebusco mi bolso por toda la casa y lo encuentro en el sofá, así que meto mi ropa interior dentro. Para mi sorpresa, mi teléfono todavía tiene un treinta por ciento de batería, y tengo un montón de mensajes de Flo y, con cada mensaje, se nota que se fue preocupando cada vez más. Son las nueve y media de la mañana, y está preocupada porque todavía no le haya respondido. También me asegura que ella se encuentra bien, como si me importara.

Me metí en un pozo de keta pero peor

Todo ha ido mal

Me fui al infierno, pero una especie de infierno que viaja en el tiempo

Fui al infierno del tiempo

Sigo donde will

Por favor, ven a buscarme

Me responde de inmediato.

Llega bastante rápido. La mañana es lo bastante cálida como para que incluso a medio vestir, con los pies descalzos sobre la acera, no tenga frío.

En el taxi, de camino a casa de Flo, me doy cuenta de que está muy nerviosa. No para de preguntarme si estoy bien. No respondo.

Cuando llegamos a casa, me encierro en su baño de la segunda planta. Vomito, y tiemblo, y Flo me arropa con toallas. Me trae agua y me hace preguntas. Me paso el resto de la mañana alternando entre vomitar y explicarle a Flo por qué no voy a llamar a la policía. En resumen: drogas, y porque me puedo encargar yo de él.

—¿Te acuerdas de cuando vimos *Escupiré sobre tu tumba*? —le pregunto. Ella hace una mueca—. ¿Qué pasó con eso de que «todos los polis son imbéciles», Flo? Puedo encargarme de este asunto yo sola. En realidad no consiguió metérmela, por lo que recuerdo… —Me encojo de hombros—. Quiero decir, no pienso volver a trabajar con él, si eso es lo que te preocupa.

Se sienta en el suelo del baño a mi lado. De su baño. Michael está en el trabajo.

—Me siento fatal. No debería haberte dejado allí sola —dice. No ha dormido nada; le lagrimean los ojos al hablar. Todavía tiene el delineado corrido y emborronado hasta las cejas, manchándole la frente, y la máscara de pestañas oscureciéndole los párpados. Se aprovecha de que me pongo a toser y solo puedo balbucear para hablar sin que la interrumpa durante un rato—. Piensas que eres… que no eres como las demás, pero lo eres, ¿sabes? Sigues siéndolo… así es como el resto del mundo, como los *hombres*, te ven. Sabes que odio las *etiquetas*, pero… vives en el cuerpo de una mujer. Eres vulnerable. Sin importar lo que creas, eres vulnerable y, a veces, te hace falta que te acompañen. Estar con amigos. Conmigo.

—Y entonces, ¿por qué me dejaste sola? —espeto—. Si soy tan *vulnerable*, si *sabías* que todo saldría mal, ¿por qué cojones dejaste que me hicieran eso? —Se echa a llorar. Intenta tocarme y yo me aparto, acercándome un poco más al retrete. Que, para ser sincera, ha demostrado ser más amigo mío que ella en estas últimas doce horas—. Déjame sola.

Se marcha. Entonces abro su blog. De momento solo ha publicado muchas tonterías sobre lo que supone estar drogado. Volveré a echarle un vistazo esta tarde.

Cuando me siento capaz de moverme sin tener que abrazar el retrete al segundo, voy a ver a Flo. Está durmiendo, boca abajo, en su cama. Me marcho, pido un Uber, no le dejo ninguna nota ni le envío ningún mensaje.

¿Estoy chiflada por pasarme por el Tesco justo después de bajarme del taxi? Sí.

¿Lo hago igualmente? Por supuesto.

En mi defensa, tan solo tengo una bolsa de lechuga en la nevera y necesitaré urgentemente productos a base de patata esta tarde para la resaca. Llevo puesta una de las camisas de Flo, la misma falda que llevaba anoche y he metido el resto de mi ropa en una de sus muchas bolsas de tela de la galería de arte. Por suerte, la genética y las cremas de La Mer le dan un aspecto impecable y joven a mi piel, así que no me importa no ir maquillada. Mi pelo está un poco... bueno, es lo que hay. Sigo teniendo buen aspecto, *más o menos*. He conseguido escapar del infierno del tiempo, así que eso se merece un ocho sobre diez.

Me compro una bolsa de patatas fritas. Él no está aquí.

Vuelvo a casa, me dejo caer en el sofá y le mando un mensaje a Will con la firme intención de bloquearlo en cuanto se lo mande.

¿¿¿¿¿¿¿Algún motivo en particular por el que me
he despertado esta mañana con tu puta
ropa puesta, colega???????

No le escribo nada más, pero le dejo claro que tengo pruebas.

lachicadecorazóndeconejo:

Pooooooor Dioooos, jodeeeeer, he tenido las peores 24 horas de mi vida y estoy…. ¡¡¡¡¡¡¡RRRRRRRRR!!!!!!!!

Estoy aquí sentada, llorando, después de una enorme discusión con Michael sobre irina OTRA VEZ. Me da miedo que esta vez vayamos a romper. Me da mucho miedo, pero ha dicho unas cosas horribles sobre ella. ¡¡¡Le pasó algo muy malo durante la fiesta del lunes por la noche y él ha dicho que solo se lo había inventado todo para darme pena y hacerme sentir culpable por todo y estoy tan enfadada con él!!! ¿¿¿¿Cómo se atreve a decir algo así de ella???? ¿¿¿¿¿Cómo SE ATREVE????? Sé que Irina tiene una vena manipuladora, y sé que cuando está molesta le gusta meter el cuchillo en la herida y retorcerlo y culpar al resto del mundo. Mucha gente hace eso, pero no por eso son malas personas y eso tampoco significa que sea una maldita mentirosa. Es asqueroso. Y dijo literalmente: «Si me dijeses eso mismo de cualquier otra persona que no fuese ella, te creería sin dudar, al 100%, pero ella es un maldito monstruo». Y después va y me dice que me quiere y que está preocupado por mí.

No sé, me siento rara, tengo ganas de vomitar. Los quiero a los dos. Y creo que, al trabajar 4 días a la semana y todo eso, probablemente debería mudarme de vuelta con mis padres si michael y yo rompemos. No quiero romper con él, pero es ASQUEROSO sugerir algo así, aunque una parte de mí se pregunta si podría tener razón, ¿sabéis? Con esa clase de cosas no se juega, no se miente, y en realidad no creo que haya mentido (¿¿¿???). ¿¿¿Me ha mentido??? Pero pasó de no decir nada a culparme por todo muy rápido…

Aaah yo qué sé, esto es muy lioso de explicar, pero ya la he pescado mintiéndome en otras ocasiones, aunque solo con tonterías como las notas que había sacado en sus proyectos de cuando estábamos en la universidad, como esa vez en la que le dijo a todo el mundo que había conseguido una matrícula de honor, aunque solo le hubiesen puesto un sobresaliente, y solo en esa clase de cosas, pero también es cierto que siempre está mintiendo. Se pasó la universidad emborrachándose hasta perder el conocimiento (cuando yo no la acompañaba, y cuando todavía no estaba tan jodida) y ella después se encargaba de rellenar todos los vacíos que tenía y los repetía hasta convencer a todo el mundo de que eso era lo que había pasado, y yo me quedaba a su lado pensando «¿¿¿Bueno, eso no es todo lo que ha pasado???». Como la vez en la que contó la historia de que una macarra cualquiera la había empujado en un club y que por eso tenía heridas en las rodillas, aunque en realidad era porque se había caído... esa clase de mentiras que contaba constantemente. Y es cierto que es una mierda tener que rellenar los vacíos de una noche, aunque también creo que es peor inventarse cosas así, pero... por dios, ¿por qué no me sorprende? Soy una amiga de mierda por solo pensarlo. Una amiga de mierda y una feminista de mierda. Agh.

PRIMER AÑO
DE UNIVERSIDAD

Me despierto veinticuatro horas más tarde en mi sofá, con una bolsa de patatas completamente vacía en mi regazo. La tiro a la basura y me meto directamente en la ducha, donde me quedo sentada bajo el chorro durante media hora, resguardada en una esquina.

He tenido uno de esos sueños horribles tan característicos que suelo tener después de una noche de fiesta. Normalmente no sueño nada. Y si lo hago, siempre son una especie de escenas repetitivas en blanco y negro en las que tengo que pasar por unas puertas enanas o perseguir algo, o incluso en las que se me caen los dientes. Pero, claro, cuando bebo o consumo algo, la cosa cambia.

Soñé con un chico. El chico que vi en el baño, creo. Estaba sentado en la parada del autobús y yo estaba intentando hablar con él. Entonces empezó a gritar, y yo trataba de taparle la boca. Mi mano se deslizaba dentro de su boca, bajando por su garganta. Entonces echaba la cabeza hacia atrás. Sin dejar de chillar, yo veía cómo su cabeza se enroscaba alrededor de mi brazo como una pulsera y mi mano asomaba por la base de su cuello. La sacaba de su interior de un manotazo, apartando su cabeza, que caía al suelo como un plato. Entonces me desperté.

El tinte con el que me aclaro el pelo tiñe el agua de un tono naranja oxidado; formando un charco a mi espalda, retenido por mis muslos, que producen un chirrido al deslizarse por la bañera. Champú, acondicionador y tres lavados más con el jabón más fuerte que ofrece Lush y, sin embargo, no consigo quitarme de encima el olor de la noche del lunes. Mi abuela, que fumaba como una camionera, solía lavarse el pelo con un tapón de detergente para la ropa; seguro que eso logra sacarme este olor de encima. No puedo quitarme la peste a tabaco, alcohol y hierba del pelo.

Me rindo al cabo de una hora, tengo demasiada hambre como para darme otra ronda de champú y acondicionador.

Las opciones de comida en mi casa son de lo más limitadas, pero no tengo ganas de salir a comprar. Y tampoco pienso pedir a domicilio: pedir comida a domicilio cuando estás pasando por una resaca horrenda completamente a solas es propio de mujeres que solo quieren ahogar sus sentimientos en comida.

Supongo que eso significa que me toca comerme una ensalada. Saco una bolsa de lechuga de la nevera y la abro. Escurro una lata de atún, la echo en la bolsa y la sacudo con ganas. Echo también un puñado de aceitunas y una cucharada de mostaza, vuelvo a sacudirla y ya está hecha una ensalada nizarda. Vuelvo al sofá y le echo un vistazo a mi móvil: tengo un dos por ciento de batería y unas cincuenta notificaciones, lo que solo me da ganas de lanzarlo por la ventana.

Me gusta salir de fiesta, pero odio el día después. Tengo que dejar de darle mi número de teléfono a todo aquel con el que me encuentro. Tal vez debería hacer justamente eso hoy: conseguir una nueva tarjeta sim, quizás incluso hasta un nuevo *teléfono*. Tengo todo ese dinero en efectivo que me pagó el señor B quemándome en el bolsillo. Mi teléfono zumba con ganas cuando lo conecto al cargador. Cuatro llamadas perdidas de Flo, también me ha enviado unos cuantos mensajes, otros tantos de Will, y uno o dos de Finch. Abro primero los de Finch; solo me dice que ya me ha enviado sus fotos y que les puedo echar un vistazo cuando deje de vomitar, y también me pide que llame a Flo cuando vuelva en mí y esté completamente despierta. Lo primero que hago es responderle. No tengo ganas de leer el discursito que me ha mandado Will ni la ristra de disculpas de

Flo. Tengo unos veinte mensajes solo de Flo y diecisiete de Will.

Me ocuparé de ellos más tarde. Dejo mi teléfono en la cocina y opto por aprovechar la tarde rebuscando entre mis archivos. Todo lo que hice durante la universidad está en mi estudio. Tomo las dos primeras cajas y las dejo en el salón. Me siento en el suelo a su lado con una taza de café, un cojín y mi *salade niçoise dans un sac*.

Levanto la tapa de una de las cajas en las que puse «CSM, PRIMER AÑO DE UNIVERSIDAD» con un rotulador permanente. Solo presenté mi solicitud para entrar en las escuelas de arte de Londres, y conseguí que me aceptasen en unas cuantas, pero al final terminé decidiendo estudiar en Central Saint Martins. Me parecía la universidad más guay de todas, para ser sincera. Colin me dijo que no lo hiciera; decía que el grado de Bellas Artes en el CSM era más para aquellos a los que solo les importaba el dinero que terminarían ganando en el futuro y no para los artistas con talento de verdad, que si me quisiese dedicar a la moda las cosas serían muy distintas, o algo así, pero que no me quería dedicar a eso. Tenía razón, aunque solo a medias.

El primer día de universidad tuvimos que llevar una obra propia que mostrase nuestro estilo, creo que no he visto tantas esvásticas ni pezones en mi vida. ¿Te acuerdas del chico que dijo que iba a perder su virginidad como una especie de representación artística de su obra hace unos años? ¿El que lo exageró tanto que terminó saliendo en algunos tabloides de mierda, y después tan solo le hizo una felación a un plátano delante de una audiencia (probablemente) decepcionada? Era alumno del CSM.

Podría haber estudiado en Goldsmiths. Pero hubo un lío enorme con mi solicitud. No recuerdo qué fue lo que pasó. Y en Slade solo aceptan a gente que ha estudiado en colegios privados, así que da igual. Y el Chelsea es... aburrido, ¿verdad? Allí solo estudia gente engreída. Así que estudié en el CSM, y no estuvo mal. Fue un choque cultural, pero no estuvo mal. En Newcastle soy de una familia bastante pija, prácticamente de clase media, pero allí… era la que había estudiado en un instituto público, con acento y una bebedora empedernida. La ropa que estaba de moda y era sexi en casa estaba «tan pasada de moda» y era hortera y llamativa allí en todos los malos sentidos. Incluso me preguntaron el primer día de clase si mi padre era minero y a mí solo me dieron ganas de gritar.

Flo me siguió. Ella encajaba mejor, era de Durham, la ciudad, no el condado. No tenía mucho acento y solo tardó un trimestre en ponerse al día con su vestuario, tanto que después de aquello ya no destacaba entre la multitud en absoluto. Ella fue a Camberwell, donde básicamente solo imparten Bellas Artes, y terminó saltando de la escultura a la pintura antes de cambiarse de grado y elegir dedicarse a la ilustración, donde terminó quedándose al final. Pasó de hablar de que en 2012 la nominarían para un premio Turner, a llorar porque solo quería volver a dibujar sin que criticasen constantemente sus ilustraciones. No sentí ninguna lástima por ella.

Mis trabajos no empezaron a ser relativamente buenos hasta finales de ese año, cuando me di cuenta de que tenía que hacer las cosas un tanto distintas para diferenciarme de todos los clones de los Jóvenes Artistas Británicos, de esos que solo pintan esvásticas y pezones.

Y tengo que admitir de que nunca he pretendido *deliberadamente* hacer nada solo para escandalizar a la audiencia. No puedo evitar que todo me moleste mucho menos de lo que le suele molestar a todo el mundo. Eso me ayudó muchísimo a la hora de seguir adelante con mi trabajo. Todos los demás se dedicaban a apropiarse de la iconografía que creían que podría llamar la atención, en vez de interesarse de verdad por temas mucho más transgresores.

Mi primer cuaderno de trabajo de mi primer año de universidad está lleno sobre todo de notas, páginas arrancadas de revistas, imágenes de mujeres con poses que más tarde intentaría replicar con mis modelos masculinos, doblando sus extremidades como si fuesen mis muñecas de trapo personales. En mi primer año la mayoría de mis modelos fueron chicos de mi clase, que conseguí que accediesen a posar para mí aceptando yo a cambio posar para ellos después; yo poso para ti si tú posas para mí, y esa clase de cosas. Había un chico con el que me llevaba especialmente bien, aunque nuestra buena relación solo duró una corta temporada; se llamaba David, y le encantaba el cine de explotación. No sé por qué estoy siendo tan tímida al hablar de él, era David French. Sí, el David French que ganó el premio Turner. Fue amigo de Peaches Geldof durante una temporada, así que solía verlo siendo portada de las revistas del corazón, lo que era raro de cojones.

Las primeras fotos que encuentro en mi cuaderno son suyas. En realidad, son bastante graciosas. En una está tumbado en uno de los sillones que teníamos por los pasillos de la universidad (que cubrí con una manta rosa del Ikea); está desnudo, con los pies en alto, y recostado boca abajo. Tiene en la mano un teléfono de juguete que conseguí en una tienda de segunda mano, con el cable de plástico rojo enredado entre sus dedos. Hay dos fotos, una al lado de la otra, más o menos idénticas, pero en una David se está mordiendo el labio inferior y mirando el teléfono, y en la otra se está riendo y mirando directamente a la cámara. Sonriéndome. Sonrojado.

Debajo escribí: «La foto 1 es más lo que tenía en mente, pero la foto 2 es mejor». Las despego las dos del cuaderno y las meto en la carpeta «para incluir». La página siguiente del cuaderno está llena de notas, un tanto confusas, pero se puede ver cómo intenté deducir por qué me gustaban tanto esas dos fotos en dos frases.

«La foto 1 es posada y bonita y está bien, pero en la foto 2 está interactuando con el espectador. En la imagen 2, David me lanza una mirada que dice "fóllame" y, por eso, en mi opinión, es mucho mejor que la primera, ¿¿porque es como si estuviese pidiéndole a la audiencia que lo follase?? Resulta mucho más atractivo que en la primera. ¿¿¿¿Tiene sentido????».

Sí que lo tiene. Tiene todo el sentido del mundo.

Paso a la siguiente página y, entonces, una copia de las fotografías de David se cae de entre las páginas, de ese intercambio de modelos que accedí a hacer con él. Es una foto en la que salgo vestida como el personaje homónimo de la película clásica que pertenece al subgénero del *nazisploitation*: *Ilsa, la loba de las SS*. Es una fotografía que, en esta sociedad constantemente «despierta», sería toda una vergüenza. Creo que ya ha enterrado todo este material en lo más profundo, o a lo mejor es que a nadie le importan demasiado sus primeras obras; ahora todas sus mierdas son serias, en blanco y negro, y cutres.

No llevo puesto un brazalete con una esvástica (está claro que David ha cambiado el atuendo un poco y reemplazó la esvástica con un pene) pero sí que tengo en la mano un consolador gigantesco. Todavía hoy sigo sin saber cómo consiguió ese atuendo. Las botas que llevo puestas en la foto son mías, pero el resto, hasta la peluca rubia de sorprendente calidad, no. Estoy de pie sobre su cuello.

Si no recuerdo mal, su excusa fue que quería narrar una historia rara sobre lo que significaba ser un hombre judío y tener que conciliar su identidad con el capitalismo, la estética nazi y el fetichismo por las mujeres rubias y corpulentas. Escribió «Diosa Shiksa» en el reverso de la foto.

Recuerdo que discutió con una chica israelí de nuestro curso una vez, cuando tuvimos que criticar las obras de nuestros compañeros en clase; ella se pasó un buen rato echándole la bronca por utilizar la crítica al capitalismo y las narrativas en torno al antisemitismo interiorizado para cosificarme y fetichizar el sufrimiento de su pueblo. O algo así le dijo. También me echó la bronca a mí, diciéndome que debería sentirme avergonzada por seguirle la corriente, y recuerdo que yo solo respondí: «Bueno, el buen arte incita esta clase de preguntas, ¿no crees?». Porque, bueno, en ese momento nos gobernaba el Partido Laborista y Obama estaba en la Casa Blanca, y toda esa mierda liberal sobre la libertad de expresión terminó cayendo por su propio peso sin oponer mucha resistencia.

Incluso le ofrecí firmarle una copia de la foto después de clase, porque era una fotografía increíble. Sinceramente, estoy impresionante. La peluca me queda muy bien. Recuerdo que poco después me decoloré el cabello negro que tenía en aquel entonces con la firme intención de teñirme de rubia, aunque al final me lo terminé dejando al natural.

En otro cuaderno de ese mismo año me encuentro con unas cuantas fotos en las que sale David en pleno coito; esa clase de fotografías son mucho más difíciles de sacar de lo que se puede pensar. Quiero decir, logísticamente hablando. No paraba de caérseme la cámara cuando las saqué, porque él no paraba de moverse, de gemir y de gritar. Sí que he conseguido capturar la incomodidad física y emocional de la situación, pero no sé por qué, no terminan de gustarme. Creo que lo que más me gusta de esta sesión son los primeros planos que saqué. Hay una foto en la que se ve su mano aferrándose a mis sábanas horrendas del Ikea, y una en la que salen sus ojos cerrados con fuerza.

Debajo de las fotos escribí: «Se le da mejor mirarte con ganas de querer follar que follar en sí, la verdad».

Y recuerdo que después de aquello no paró de insistir para que lo volviésemos a hacer, lo que me desconcertó durante un par de semanas, hasta que se encargó él solito de fastidiar lo que teníamos, que era una relación completamente platónica, por cierto. Al menos, eso era lo que yo creía. Pensaba que solo éramos dos artistas que habían encajado profesionalmente. Pero los chicos siempre tienen que arruinarlo todo, ¿verdad? Todo tiene que ser como si hubiese salido de *Cuando Harry encontró a Sally*, y claro, el sexo siempre se interpone en la ecuación.

Un día, estábamos juntos en el autobús, David y yo, y él no paraba de hablar de una fiesta que una amiga suya iba a dar y sobre lo agobiada que estaba por la cantidad de gente que iba a tener que meter en su piso, y comentó que había prohibido que nadie trajese acompañantes. Él me estaba recreando la conversación que habían tenido:

—Y yo le dije: «¿Es que no puede venir ni siquiera mi novia?».

Y yo recuerdo que estaba en el autobús pensando: «Mmm, me pregunto quién es su novia». Y cuando se lo pregunté, él tan solo se echó a reír.

Entonces pude oír las sirenas de *Kill Bill* resonando en mi cabeza porque caí en que estaba hablando de mí. «Piensa que soy su novia». Debí de poner una mueca, porque él dejó de reírse en cuestión de segundos y se sonrojó con violencia. Yo me bajé inmediatamente del autobús.

Una chica de nuestro curso a la que le gustaba acabó echándome la bronca por haberme comportado de ese modo con él en medio del estudio de fotografía, y él, mientras tanto, se quedó de pie frente a ella, diciéndole que lo dejara estar; yo recuerdo que me quedé donde estaba, sentadita, dejé que terminase de echarme su discursito y después le di una bofetada.

Eso consiguió ponerme en la lista negra de la universidad durante unos seis meses. La chica ni siquiera se quejó, pero yo pasé de ser una chica sexi, atrevida y moderna a una tipa extraña, violenta y de colegio público. Aquella concepción me marcó el resto del curso, incluso los profesores hacían referencia a mi difícil pasado, y yo tenía que estar corrigiéndolos constantemente.

Meto también en la carpeta las fotos de David medio follado. Son fallos interesantes, y bastante bochornosos para él, eso seguro.

Oigo cómo suena mi teléfono en la cocina. Dejo que suene y después voy a buscarlo. Es Flo otra vez. No le devuelvo la llamada, pero sí que abro sus mensajes. Son todo disculpas, y pánico, no para de amenazarme con presentarse en mi casa si no respondo al teléfono en los próximos cinco minutos. Le digo que se calme, que acabo de despertarme de una siesta de veinticuatro horas. Ella me responde: «Pase lo que pase, eres mi mejor amiga, y te quiero». Pero luego va y me pregunta si estoy segura de lo que pasó anoche.

Qué cojones quieres decir con que si *estoy segura*

110

¿Ya sabes la mala costumbre que tienes a veces de llenar los vacíos con cosas que no son verdad?

Porque las dos sabemos que lo haces

Y a veces, cuando te dejas en ridículo o cuando bebes hasta desmayarte, echas la culpa a los demás (¿?)

¿¿¿Sobre todo a mí???

Por dios, que te den por culo, jajajajaja

Ni siquiera me responde después de eso. Yo vuelvo a lo que estaba haciendo. No tengo fuerzas ni ganas de hablar con Will en este momento, aunque el número de mensajes que sale junto a su contacto no pare de aumentar por segundos.

Saco otro de mis cuadernos, uno que contiene unas cuantas fotos de chicos que iban conmigo a clase (que saqué antes de que me metiesen en la lista negra) y que no son nada del otro mundo, pero que terminé enviando a la revista *Barely Legal*. Camisones, labios pintados con brillo y mucho rosa. Son bonitas, retro, con ese toque brillante y rosa pastel un tanto erótico, en todas salen chicos delgados y andróginos, que seleccioné especialmente por ser delgados y andróginos. En ese momento me pareció de lo más revolucionario, pero todo te parece revolucionario cuando tienes veinte años. Son ridículas. Si quisieses burlarte de mi obra y de la gente con obras parecidas a la mía, tendrías que elegir estas fotos. Las copias de estas fotografías las tengo enrolladas y guardadas en un tubo de cartón, así que ya me encargaré de revisarlas otro día, con guantes, y cuando no me tiemblen tanto las manos como hoy.

Sin embargo, fue con *estas fotos* con las que conseguí una exposición en solitario. Anne Werner me pidió mis datos y me llamó una semana después para ofrecerme una exposición en solitario. Era la dueña de una pequeña galería en Peckham (The Werner Gallery, que en realidad era su casa, pero había convertido la planta baja en una galería de arte), no era una galería demasiado importante, pero esa exposición consiguió que la gente empezase a fijarse en mí, y gracias a ello me incluyeron en un par de revistas de arte.

La exposición fue en noviembre. Anne me pidió más, y me dio todo ese verano para sacar más fotos como esas para ella, pero para ese entonces ya nadie quería posar para mí. Flo no paró de insistirme en que la fotografiase, aunque yo ya no fotografiaba mujeres. Le solté una perorata sobre el problema que tenía con la figura femenina, sobre que era imposible distanciarla o protegerla de la mirada masculina en el contexto del mundo del arte occidental y bla, bla, bla.

La pantalla de mi teléfono no para de iluminarse constantemente. Tengo unas cuantas notificaciones de redes sociales, Finch ha subido unas cuantas fotos de anoche, pero la mayoría de mis notificaciones son del maldito Will. Will, Will... ¿me podrías prestar atención?

Tomo mi teléfono con la firme intención de bloquearlo. En cambio, me pongo a leer sus mensajes, movida por una curiosidad de lo más tóxica.

Te PRESTÉ mi ropa porque estabas cubierta de vómito :/

No para de insistir con que fue por eso, desde ayer. Desde las 12:32. Pero cuando recogí mi camiseta del suelo de su casa por la mañana, no había ni rastro de vómito. Ni tampoco la había limpiado o lavado nadie. Estaba *limpia*.

A las 13:04:
Oye, perdón por el tono de ese último mensaje, supongo que debe haber sido raro despertarte con mi ropa puesta y que probablemente tampoco recordases el porqué. Lo siento.

A las 14:18:
Oye, ¿¿te acuerdas de algo de lo que pasó anoche?? Las cosas se pusieron bastante intensas jaja

Perdón si pareció que estuve toda la noche encima de ti, aunque Henson también lo estuvo. ¡Si te gusta me parece bien! Es un chico bastante guapo jaja

Es por ese encanto escocés suyo jaja. Me pidió tu número, pero no se lo voy a dar, por todo eso de la privacidad, el consentimiento y todas esas mierdas

A las 14:36:
Quiero decir, pensé que habías venido a la fiesta por mí, pero está claro que malinterpreté la situación, no pasa nada, siento mucho haberme portado tan raro

Aunque probablemente tampoco te acuerdes

A las 14:15:
Tampoco me importa que le enseñes a la gente mis fotos y supongo que entiendo que te hayas olvidado de algunas de las fotos más intensas que sacamos. A veces solemos olvidarnos de que las cosas que significan mucho para nosotros quizá no signifiquen nada para el resto

A las 15:05:
Perdón por poner todas mis cartas sobre la mesa, pero pensaba que había algo más entre nosotros que solo una relación entre modelo y fotógrafa, pero he estado echándole un vistazo a tu página web y parece que les sacas ese mismo tipo de fotos a otros hombres y, bueno, supongo que no importa, al fin y al cabo, es a eso a lo que te dedicas. Supongo que fui un idiota al esperar lealtad por tu parte o algo así

A las 17:49:
Oye, perdón de nuevo por mi último mensaje, es que me siento un tanto herido

A las 19:01
Espero de verdad que estés durmiendo y no que me estés ignorando porque, después de todo lo que pasó anoche, creo que eso sería ser muy zorra, la verdad

A las 19:26:
Lo siento, lo más seguro es que estés durmiendo

A las 20:42:
Me gustas mucho

A las 21:12:
Es que me pareció muy raro que te pasases la noche con henson así como así, es como si lo hubieras hecho solo para fastidiarme. Estoy seguro de que no fue por eso, pero así es como me siento. Así que agradecería que me respondieses

A las 21:39:
No es que me debas nada, lo siento. Cursé un módulo sobre estudios de género en la uni y sé que los hombres son todos basura

Estoy haciendo un esfuerzo enorme y espero de verdad que no me odies cuando leas todo esto, aunque probablemente lo hagas :(

A las 23:00:
Lo siento muchísimo, ya paro de enviarte mensajes

Pero no había parado. Me había enviado otro mensaje en cuanto se había despertado esta mañana, y había seguido con el mismo círculo vicioso de disculpas, insultos y autocompasión durante todo el día. Ya eran casi las cuatro de la tarde. Volví a leer los mensajes, pasando de esbozar una sonrisa engreída a una mueca de desprecio.

El primer borrador que escribí del mensaje era agresivo, acusatorio («Mi camiseta estaba perfectamente limpia, violador de polla flácida») y el segundo le restaba demasiada importancia a todo («jaja no pasa nada, está todo bien, por favor»), así que terminé por decidirme en hacer que se sintiera culpable, hurgando de nuevo en la herida, jugando con él. Creo que voy a meter la foto en la que sale masturbándose en la carpeta para la exposición.

¡Vale! Oye, no te preocupes. Gracias por responderme. Da mucho miedo perder el conocimiento de esta manera, sobre todo si tienes traumas de la infancia relacionados con este tema, pero no me apetece hablarte de eso.

Pero sí, la otra noche me fui al maldito espacio, te lo juro, así que gracias por cuidarme. Lo siento si pareció que estaba siendo muy desconsiderada con lo que sentías, sinceramente, ni se me pasó por la cabeza que podías sentir algo por mí. Si te hace sentir mejor, lo que ocurrió fue que congenié mucho con Henson y estoy un poco... ¿¿confusa?? Porque pensases que solo estaba hablando con él para «fastidiarte» (¿?). Tampoco me gusta nada que me llamen «zorra», ni aunque te sientas herido por lo que hice.

En realidad, estaba durmiendo hasta ahora...

Pasé una mala noche, no sé si te diste cuenta, jaja.

Puedes pasarle mi número a Henson.

¿Sin resentimientos?

Su respuesta me llega casi al momento, como si ya la tuviese escrita de antes.

¡Por supuesto! Perdona por haberte enviado todos esos mensajes psicóticos. Bajón y ego herido. Le pasé tu número al señorito. Está encantado, ¡me alegro de que hayáis congeniado! Espero que podamos seguir siendo amigos. Sinceramente, si pudiese borrar todos los mensajes de mierda que te he mandado… soy un idiota de manual, la verdad, ¡¡¡¡¡a mí tampoco me gustaría!!!!!

Pongo los ojos en blanco y le respondo con una carita sonriente. Y después regreso con mis archivos.

Me encantaba el siguiente proyecto que hice ese año. Todavía me encanta. Es este proyecto que combinaba fotografía y vídeo y que titulé «¿Qué estarías dispuesto a hacer para ser mi novio?». Lo proyecté en la universidad antes de Navidad y mi profesora no paró de quejarse de que el proyecto era demasiado abusivo, de lo mucho que había puesto mi seguridad en riesgo, y se negó a puntuarlo por si, al hacerlo, me animaba a volver a hacer algo así en el futuro. Después de eso pedí que me cambiasen de profesor. Me pusieron con un profesor, hombre, sin escrúpulos, que me dio un sobresaliente por un trabajo tan atrevido y con el que había asumido tantos riesgos.

Me pasé todo el verano de 2010 seleccionando a distintos hombres, cada cual más extraño que el anterior, llevándomelos conmigo a rincones escondidos, desnudándolos hasta que solo estaban en ropa interior, y fotografiándolos. También los grabé y los entrevisté mientras los fotografiaba, les hice unas cuantas preguntas de sondeo sobre sus vidas privadas y terminaba todas las entrevistas con las mismas preguntas: «¿Quieres ser mi novio?». Y: «¿Qué estarías dispuesto a hacer para ser mi novio?». Fue entonces cuando empecé a experimentar y a probar a encontrar mis modelos en la calle, y cuando empecé a retratar los distintos tipos de belleza masculina en mis fotografías. Los modelos menos tradicionales. Nada de monstruos, pero sí algunos rostros «interesantes», digamos.

El álbum fotográfico con el que acompañé mi proyecto es un objeto precioso. Lo imprimí y lo encuaderné a la perfección. Hice cinco copias; cuatro las puse a la venta durante mi exposición en solitario a un precio de lo más obsceno (todas se vendieron, y después de darle a Anna su comisión, me quedaron para mí unas mil libras), y la quinta me la quedé. Puse tres o cuatro fotos por página, y transcribí todas las entrevistas para que las acompañasen; el DVD con la película que monté está metido en una funda en la contratapa.

Le echo un vistazo rápido al álbum. Aunque me reí cuando mi primera tutora dijo que me había puesto en peligro para hacer esto, las cosas sí que se pusieron un tanto turbias en un par de ocasiones. Tuve que llamar a la seguridad de mi edificio tres veces y, a la tercera, el tipo de seguridad volvió a mi piso para decirme que no pensaba subir otra vez para echar del edificio a más tipos raros en calzoncillos por mí.

Encuentro al peor de todos entre las páginas 21 y 30. Era un maldito asesino en serie. Aunque aquí solo le puse «Forbidden Planet» para identificarlo, llamándolo así por dónde lo había encontrado.

Games Workshop, Travelling Man, tiendas independientes de cómic varias, eran los sitios perfectos donde encontrar toda clase de tipos de lo más extraños, aunque terminé yendo al Forbidden Planet aquella tarde en particular por motivos personales. Fui con la intención de hacerme con el último combo de Blu-ray/DVD que habían sacado desde Kitty Media de *Urotsukidôji*. *La leyenda del señor del mal*. Lo tenían en stock, pero detrás de una vitrina, *cerrada con llave*, como si fuesen joyas o algo así. Le pedí a un empleado que me lo diese y terminé hablando con él. Era un tipo alto, *rubio*, muy rubio, con los huesos *marcados*, su rostro casi parecía una calavera. Si hubiese tenido un poco más de peso y se hubiese teñido el cabello de negro creo que habría sido mucho más guapo. Pero con ese aspecto que parecía sacado de *Los niños del maíz*, jamás lo catalogaría como algo más que «llamativo», y eso siendo generosa. Tenía una vena azulada que iba desde la comisura de los labios hasta su cuello, formando una especie de mancha gruesa de tinta.

Recuerdo que me chupé la comisura de mis propios labios al verlo, intentando perseguir una vena imaginaria con mi lengua.

Él enarcó levemente las cejas y tan solo me dijo: «Ah, así que te gusta la caña», cuando me entregó el DVD. Es una película malísima, más bien es un objeto interesante. *Urotsukidôji* fue uno de los primeros animes que se estrenaron en inglés, por lo que hay muchísimas reseñas de padres ofendidos después de haber alquilado la película para verla con sus hijos, sin saber antes de alquilarla que era súper violenta y llena de gente follando.

Recuerdo que me dijo: «¿Sabes de lo que va, no?», y recuerdo haberle respondido que fuese a buscar a otra persona que pudiese venderme esa película porno llena de tentáculos sin tanta condescendencia, a lo que él se disculpó e intentó a la desesperada mantener una conversación casual conmigo: «¿Te gusta algún otro anime? ¿Te gustan las cosas guarras de tentáculos? ¿Te gustan los cómics?», etc., etc.; y en cada ocasión le respondí encogiéndome de hombros o con un simple «en realidad, no».

Me siguió al salir de la tienda. Estaba muy arrepentido. ¿Podía invitarme a un café para compensar? Le dije que si quería compensarme tendría que hacer de modelo para mí.

En aquel momento todavía no tenía tarjetas de visita, así que le di la dirección de mi residencia. Me lo encontré esperándome en la entrada un poco más tarde ese mismo día, sonriendo de oreja a oreja, como si pensase que acababa de convertirse en el protagonista de una comedia romántica y estuviese en medio de la escena en la que los dos protagonistas tienen su primer encuentro que todo el mundo después describirá como «una locura» y «atrevido». Que toda la vida me hayan tomado por una especie de «chica de ensueño» me ha sido de utilidad durante muchos años. Podía ir disfrazada con un vestido suelto y veraniego nada amenazador y un par de sandalias planas, encorvada y dejando caer mi peso hacia la izquierda, rebajándome a una estatura mucho menos intimidante. Un poco de interés aquí, un poco de descaro allá, y caían a mis pies, siempre.

Hice que el hombre del Forbidden Planet se sentase en mi cama, en mi habitación enana de la residencia. Encendí la videocámara que había comprado hacía muy poco tiempo y le pegué el objetivo de mi nueva cámara réflex a la cara; las dos las había comprado con una pequeña parte de la herencia que me había dejado mi abuela al morir. Empecé a sacarle fotos.

Aquellas fotos no tenían nada que destacar; ni siquiera conseguí que se quitase la camisa y se fue al baño justo antes de que pudiese empezar con las preguntas incómodas. La transcripción de su entrevista es la más escueta de todas, sobre todo en comparación con algunas de las chorradas asquerosas que dijeron los otros tipos. Se metió en el baño y recuerdo que en ese momento pensé que aquello era una pérdida de tiempo. Solo era un pringado, no era un rarito como los otros tipos. Llevaba allí metido unos quince minutos, más o menos. No podía oír nada a través de las paredes, y eso que estaban hechas prácticamente de papel, así que empujé la puerta rota del baño para abrirla un poco y me lo encontré encaramado a la tapa del váter, mordisqueando un tampón usado que había sacado de mi papelera del baño. Tenía una mano en los vaqueros, los ojos medio cerrados y la cabeza echada hacia atrás. Ni siquiera se dio cuenta de que estaba allí hasta que saltó el flash de mi cámara.

Entonces escupió el tampón y se abalanzó sobre mí, con los dientes llenos de pelusas de algodón, y yo le hice otra foto antes de salir corriendo de mi cuarto riéndome a carcajadas.

En el DVD se lo oye gritar: «Borra eso, joder» y las puertas cerrándose de golpe. Su sección del libro acaba con las fotos de él con el tampón en la boca y con un: «El sujeto desapareció en el interior del baño durante quince minutos; cuando lo encontré, estaba mordisqueando un tampón usado y masturbándose».

Suelto un suspiro y cierro el libro. Tengo un mensaje de un número nuevo.

¡Hola! Soy (jack) henson, el del lunes por la noche.

Espero que no te importe / te guste que te haya escrito. Además, no sé si te acuerdas, pero siento haberme ido a la cama y haberte dejado con el pequeño Willy cuando parecía tan cabreado por nuestro rollo, insistió mucho en que me fuese a la mierda porque eras su invitada...   .

Por si te sirve de consuelo, ¿es inofensivo? Pero creo que vernos juntos fue una especie de golpe a su ego, así que te pido disculpas en su nombre por si te molestó. Está acostumbrado a que yo sea su compañero / ayudante gordo y puede ser de lo más inmaduro cuando no consigue lo que quiere. Creo que todavía tiene mucho que aprender en cuanto a las chicas y espero que no te hiciese sentir mal. Sé que te ha enviado toda clase de mierda bastante loca entre ayer y hoy. Espero que estés bien. Un beso.

Sé que ya te he dicho que espero que estés bien dos veces. Espero que estés bien x2 jajaja. Un beso.

Muy mono. Pienso en la mejor forma de jugar a este juego.

¡Hola, tú!

Sí, will me ha enviado cosas de lo más locas... no estoy muy segura de que sea del todo inofensivo tampoco.

Esto va a sonar raro, sé que me has dicho que te fuiste a la cama, pero ¿te acuerdas de si Will me hizo algo raro? Solo recuerdo que fue un tanto bruto conmigo y poco más.

En realidad estoy un poco asustada.

De nuevo, lo siento si esto suena raro. ¿Alguna vez se ha comportado... no muy bien con las mujeres?

También me desperté con su ropa puesta. Dijo que fue porque había vomitado en la mía, pero no lo hice. Me habría dado cuenta de ello.

No le digas que te he dicho esto.

Henson me dice que no le dirá nada. Me dice que no sabe si Will le ha hecho algo malo alguna vez a alguna mujer antes. Henson dice que siente mucho que me haya ocurrido algo así, sea lo que fuere que me haya hecho Will, lo siente. Espera que termine recordándolo.

No intenta defender a Will, por lo que veo. No me suelta ningún «no sería capaz de hacer algo así» o un «jamás haría algo así».

Hablo un rato con Henson y me quedo hasta tarde hojeando el resto de mis fotos, revisando la primera caja una y otra vez. Me quedo demasiado tiempo hojeando el proyecto «¿Qué estarías dispuesto a hacer para ser mi novio?». Lo leo y lo releo unas cuantas veces. Había un hombre que dijo que sería capaz de cortarse uno de los dedos del pie por salir conmigo, fue bastante gráfico al respecto.

Recibo un correo electrónico a las dos de la mañana de neongenesisedvangelion@hotmail.com.

¡Hola!

Me disculpo por adelantado por mi correo electrónico, me lo creé en 2005 y lo tengo conectado ya con tantas cuentas que no puedo cambiármelo ahora. Soy Eddie, ¿el del Tesco? He estado pensando en tu oferta de posar para ti, pero no estoy muy seguro de poder hacerlo. Me gusta la idea, pero las fotos de tu página web son un tanto turbias (algo que, personalmente, no me importa), pero empiezo a dar clases a alumnos de primaria en septiembre. ¿Habría alguna manera de sacarlas sin que se supiese que soy yo? Me gusta mucho lo que haces, pero, de verdad, es muy importante que, si decides usarme de modelo, mi cara no se vea en las fotos.

También me gustaría que pudiésemos hablar del tema antes. ¿Quizá tomando un café, si es que esta invitación no suena a que me estoy aprovechando de tu talento para conseguir una cita contigo? ¡Puedes mandarme a la mierda si quieres! Sé que puedo parecerte un poco rarito con este correo.

A mí también me gusta la fotografía, sobre todo saco fotos a árboles (penoso, lo sé). Pero me gustan mucho tus fotos. Arbus, Mapplethorpe, etc. Estas cosas fetichistas me interesan sobre todo académicamente hablando, por ejemplo, leí *El marqués de Sade* para un ensayo de la uni, y me interesan bastante los anime ero como *Urotsukidôji* y *La tristeza de Belladonna* (¡deberías echarles un ojo si no los conoces!). Mi hermano también es fotógrafo profesional, pero él solo saca fotos de comida que luego vende a revistas o a empresas de comida para sus empaquetados y esa clase de cosas, aunque le pagan bastante bien, la verdad, ahora está viviendo en Londres gracias a ello, así que me dejó que me quedase con sus objetivos antiguos y sus otros trastos viejos para que siguiese con mi estúpida afición.

Eddie (del Tesco)

¿Sería muy raro que respondiese inmediatamente a un correo electrónico enviado a las dos de la mañana? ¿De verdad me importa lo que parezca? Quien tiene vergüenza, ni come ni almuerza, como dice el refrán.

Hola, Eddie (del Tesco):

Me ha hecho mucha ilusión que me escribieras. No me va mucho el anime, si te soy sincera. He visto las cosas que mencionas en tu correo, pero sigue sin gustarme el anime. Tampoco me gusta mucho leer. Sí que ME ENCANTA Saló, te lo digo porque has mencionado *El marqués de Sade*. Sí que me gustan las películas de terror japonés y de violencia rosa, y también estoy muy metida en todo el mundillo del cine extremo en general, por si te gusta algo de eso.

De todas formas, tengo unos cuantos accesorios que uso de vez en cuando con mis modelos. Siempre prefiero verles la cara, pero las máscaras y objetos de ese tipo forman parte de mi trabajo. Tengo unas cuantas opciones a las que podríamos echarles un ojo (tengo una cabeza de conejo gigante que tiene una cola y todo, ¡es muy mona!) y algunas máscaras *Gimp*, que son bastante cliché, lo sé; tampoco es que me encanten, así que siempre intento que las fotos que saco con ellas sean un poco más espeluznantes, menos sensuales, vaya. También tengo algunas máscaras de disfraces y una vieja amiga mía hace máscaras con las caras de las muñecas de porcelana, le compré unas cuantas.

Dime cuándo puedes quedar y te daré mi dirección. Nos lo pasaremos muy bien jugando a los disfraces.

Me parece una pena tener que cubrir un rostro tan bonito como el tuyo pero, qué se le va a hacer :(.

Normalmente hago que todos mis modelos firmen un formulario de consentimiento antes de nada, así que me aseguraré de añadir una cláusula sobre el anonimato en el tuyo, por si eso te hace sentir un poco más seguro. Me apunto a lo de quedar a tomar un café y hablar del tema.

Un beso,
Irina

Mientras me lavo los dientes y la cara, me echo crema, etc., me paso un buen rato delante del espejo practicando lo que voy a decir. Intento sonreír de manera natural y agradable. Estiro las comisuras de mis labios hasta ponerlas en la posición que quiero y pruebo a ver cómo se veía mi sonrisa si dejase mis dientes al descubierto. Siempre me parece que sonrío demasiado cuando lo hago, como si esbozase una mueca burlona, creo, o también podría asemejarla a la sonrisa de un simio nervioso. Nunca he tenido una sonrisa bonita. Una pena, te gastas todo ese dinero en ponerte aparatos para después darte cuenta de que tus dientes nunca fueron el problema. Intento parecer triste. Pruebo a bajar las comisuras de los labios, formando la misma mueca que Flo me puso el martes por la mañana, anegando mis ojos de lágrimas, bajando la mirada hacia el lavabo, frunciendo el ceño. Se me da mejor estar triste.

Relajo poco a poco la piel de mi rostro y me lo masajeo lentamente con mi crema de noche.

—Hola, eres Eddie del Tesco, ¿verdad? —Le tiendo la mano al espejo. No nos daremos la mano—. ¿Qué bebes? ¿Qué te apetece tomar? —Intento sonreír. Creo que si le sonrío así, saldrá corriendo. Tengo aspecto de querer despellejarlo vivo y ponerme su piel de abrigo.

EDDIE DEL TESCO

Eddie, Eddie, Eddie del Tesco, ¿debería compararte con una bandeja de carne muy rebajada de la nevera de productos que están a punto de caducar? Eres más barato y esperemos también que estés más fresco.

Me aliso la falda, el tejido vaquero está húmedo bajo mis manos. Soy consciente de que se me está formando un sarpullido entre los muslos, por la combinación de haberme depilado hace poco y la fricción, y que es incluso peor por el sudor y el calor que hace hoy. Pongo una mueca. He decidido no echarme base de maquillaje, porque sabía que este calor haría que se corriese al momento. El sudor se acumula en mi frente, quitándome el protector solar.

Debería haberme puesto pantalones cortos debajo de la falda, pero hace casi treinta grados fuera y, con este calor, tan solo serían un estorbo. Le doy un sorbo a mi café con hielo mientras les echo un ojo, distraída, a algunas de mis fotografías antiguas. Echo un vistazo por encima de la pantalla de mi MacBook; todavía no hay ni rastro de él. Aún quedan diez minutos, lo que significa que probablemente no le guste demasiado madrugar. Will no está trabajando esta mañana, lo que es una pena. Tenía la esperanza de poder pasarme todo el rato ignorándolo, de restregarle en la cara que estoy con otro hombre que es incluso más bajito que él.

Eddie del Tesco llega al local, y llama mi atención porque se tropieza al entrar.

—¡Ups! —suelta.

Es tan amable como en el supermercado. Supongo que debe de medir aproximadamente un metro sesenta y cinco (eso siendo generosa) y pesar unos sesenta kilos (si es que está empapado). Lo saludo alegremente desde mi mesa, con una enorme sonrisa en la que dejo al descubierto mis dientes blancos para que sepa que me alegro de verlo. Él me devuelve el saludo y se acerca a la mesa. Lleva puesta una camiseta de manga corta demasiado apretada y unos vaqueros ajustados. La mayor parte de su peso se concentra en su tripa, en su espalda y en sus muslos, como si fuese una chica. Sus brazos parecen palillos y sus gruesos muslos terminan en unos gemelos delgados, como las patas de un pajarillo. Tiene la cintura alta y sus caderas se balancean con un ritmo afeminado. Con las pecas, los rizos y la piel bronceada por el sol del verano; me encanta. También tiene *hoyuelos* cuando sonríe, y por encima del cuello de su camiseta asoma un poco de pelo que tiene en el pecho.

—Hola —dice. No me mira a los ojos. No para de mirar alternativamente entre la carta que hay escrita en una pizarra y mis tetas. Y, sin embargo, también tiene ese brillo tan característico en sus ojos que deja claro que no puede creerse la suerte que tiene. Toma asiento, sonrojado con violencia, e intenta ocultar el rostro entre sus manos—. ¿Has visto cómo me tropezaba?

Huele a polvos de talco.

—No te preocupes. Voy a pedirte algo para beber. ¿Alguna preferencia entre las distintas leches o…?

—Ah, eh. ¿Un café con leche? Con leche entera, si… quiero decir, no tienes por qué invitarme…

Lo hago callar y me acerco al mostrador. Hay una chica con el cabello oscuro y un piercing en el labio colocando una bandeja de brownies en una fuente de madera.

—¿Hoy no trabaja Will? —le pregunto.

—Nah. Pero le diré que le mandas saludos.

—Oye, esto a lo mejor va a sonar un poco raro… —Carraspeo para aclararme la garganta y bajo un poco más la voz—. ¿Alguna vez habéis tenido algún problema con él? ¿Tú o cualquier otra chica que trabaje aquí? —Esta camarera y yo hablamos de vez en cuando, creo que trabaja también como vigilante en el

Baltic los fines de semana. Tiene uno de esos cortes de pelo que parecen sacados de Tumblr y que suelen llevar aquellas que tienen una tienda en Etsy con artículos solo de temática feminista, me refiero: ¿con flequillo corto y recto? Parecido al flequillo de Bettie Page pero incluso más corto, que le da aspecto de una niña de siete años y que parece que se lo ha cortado ella misma.

—Sí que me he fijado en que no para de... incordiar a una de las camareras nuevas. No para de mandarle mensajes y esa clase de cosas. ¿Por qué? —Y entonces añade—: ¿No sois amigos?

—Lo éramos —respondo, escueta—. No voy a ir por ahí contando cosas de las que no estoy del todo segura pero... mantenlo vigilado, cariño.

—Bueno, *ahora* seguro que lo tendré vigilado. Gracias. —Registra mi pedido y no me cobra el café de Eddie, me guiña un ojo y murmura algo sobre la solidaridad entre mujeres.

Vuelvo a la mesa con Eddie del Tesco. Está jugueteando con nerviosismo con sus rizos, enredando uno de sus mechones oscuros en su dedo corazón y después soltándolo para que vuelva a su posición.

—¿Solías trabajar en el Tesco de Clayton Street o algo así? —le pregunto. Él niega con la cabeza.

—Ah, no. Trabajaba en el que hay en Leeds, estudié allí. Hice magisterio en Northumbria —me dice, como si le hubiese pedido que me contase la historia de su vida—. Pero, eh... después estuve trabajando una temporada en un pequeño Tesco Express en High Heaton. ¿Por qué lo preguntas?

—Es que me resultabas familiar —digo—. Quizás es porque me recuerdas a alguien a quien ya he fotografiado o algo así. —Él se encoge de hombros y no dice nada porque parece no saber qué decir. Un silencio tenso se extiende entre nosotros, y yo lo termino rompiendo porque no lo soporto—. Bueno... en tu correo me decías que das clase a niños de primaria.

—Sí... me encantan los niños. Yo... Esto va a sonar muy cliché, pero siento que soy como una especie de niño grande, ¿sabes? Eh... no en el mal sentido, claro. —Carraspea para aclararse

127

la garganta y se queda en silencio un rato, clavando la mirada en la mesa y después alzándola y volviéndola a clavar en mi pecho—. Y bueno, dime, eh, ¿a ti te gustan los niños?

Me encojo de hombros. La realidad es que *odio* a los niños. Ser profesora de primaria sería mi peor pesadilla. En el infierno de Irina, en el séptimo círculo del infierno, estoy yo tallando patatas para hacer sellos con una clase llena de niños de cinco años.

—No están mal. Probablemente tampoco tenga hijos en un futuro.

He tenido dos sustos con este tema en toda mi vida: una vez cuando tenía diecinueve años y la segunda cuando tenía veintidós. Un par de percances relacionados con mi alergia al látex. Los anticonceptivos hormonales me dejan un tanto desquiciada y nadie tiene nunca preservativos sin látex. Gracias a esas dos ocasiones he aprendido que el método de sacarla antes de eyacular no es efectivo, y que si una quiere evitar los accidentes por hacerlo a pelo («pelaccidentes», como los llamo yo), tiene que preocuparse de llevar siempre encima sus condones especiales.

—Ya. Quiero decir, a mí me encantan, pero... me gustaría tener tiempo para cuidarlos, digamos. Bueno... quiero decir, sí, probablemente querré tener hijos en algún futuro... aunque en este momento no. Bueno. No lo sé. Si tuviese novia, que no la tengo, y estuviese embarazada, ¿tampoco me importaría? ¿O eso creo?

—*Guay* —respondo. ¿Estoy sonriendo de manera burlona? Me froto el arco de Cupido para bajar el labio hasta una posición neutral. Pero el daño ya está hecho, y el cajero se hunde un poco más en su asiento, incluso más sonrojado que antes, con una película de sudor en la frente—. Te prometo que no muerdo —le digo. No parece servir para nada—. Sé que puedo resultar bastante intimidante...

—Oh, ¡oh, por favor, no, no lo eres! Lo siento, es que no suelo pasar mucho tiempo con mujeres, más allá de trabajar con ellas en el servicio de atención al cliente y tener que tratar con clientas constantemente. Quiero decir, de normal tengo que hablar con muchas madres, y algunas son muy atractivas, pero... —Deja la frase sin terminar y pone una mueca como si se acabase de dar un golpe en el dedo meñique del pie.

—Deja de hablar. *Sé* que puedo resultar intimidante. *No pasa nada*. No te preocupes. Tan solo... responde a mis preguntas. Habla cuando te hable, si eso te ayuda.

—Vale. —Asiente—. Hablar cuando me hables, vale.

Los hombres a veces se comportan de este modo conmigo. A mí me parece un tanto repulsivo que alguien sea capaz de exponer sus debilidades de tal manera ante un extraño. Es asqueroso, casi cautivador, como cuando la gente llora en el transporte público. Preferiría literalmente morirme antes que actuar de esta manera frente a alguien. Es como si estuviese esperando que me abalanzase sobre él y le arrancase la cabeza de un mordisco, o que hiciese un ritual de inseminación inversa de lo más traumático que terminase con cientos de arañas pelirrojas saliendo de su pecho.

Ahora que ya hemos establecido que solo debe hablar cuando yo le hable, podemos ir al grano. Le pregunto si les ha echado un ojo a mis obras y me dice que sí. Se pasó un buen rato metido en mi página web rebuscando entre las fotografías que tengo colgadas y dice que le gustan mucho. Dejo que se ponga a hablar de lo maravilloso que le parece mi trabajo sin interrumpirlo; «ooh los colores, ooh es revolucionario ver desde la perspectiva femenina, ooh las imágenes eróticas sacadas por una mujer de los hombres más mediocres». Tal y como lo dice parece haber salido del artículo que hizo la revista *Vice* sobre una de las exposiciones en las que participé cuando estaba haciendo el máster. Creo que ese artículo sigue siendo el tercer o cuarto enlace que sale cuando me buscas en Google. Pero no importa. Es perdonable. Incluso me parece un tanto adorable que intente hacer pasar lo que escribieron sobre mis fotografías en un artículo por sus propias observaciones inteligentes. Tal vez piense que no leo las críticas que hacen de mis obras.

Le pregunto si le parece bien que saquemos fotos un poco más explícitas que las de mi web, como intercambio por ponerle una máscara. Él se encoge de hombros, siempre y cuando su cara esté tapada, no le importa.

Le pregunto por qué está haciendo esto.

—Es que… —Se vuelve a encoger de hombros—. No me pasan cosas como estas todos los días, ¿sabes? Quiero decir… no soy *feo*. Sé que no soy feo; tampoco estoy buscando que nadie me halague. Hay una diferencia enorme entre no ser feo, tener una cara *del montón*, y ser atractivo, ¿no crees? Quiero decir… soy bajito. Soy muy bajito y… *raro*. Y sé que es arriesgado y todo eso, pero… Tú eres… es halagador. Es muy, *muy* halagador. —Ya está otra vez rojo como un tomate.

Ahora mismo, si pudiese, le sacaría una foto.

Oye…

He quedado hoy con el tipo del Tesco y ha accedido a hacer de modelo para mí el miércoles después de su turno.

Para que lo sepas. Gracias por la recomendación.

Aunque normalmente tus recomendaciones de modelos sean una mierda o un acierto, creo que él fue más que un acierto.

Me gusta bastante. Quiero decir, más de lo que esperaba.

Acabo de ver que has visto mis historias de Instagram.

Mira, déjalo.

Eddie del Tesco se presenta en mi casa el día después de nuestra cita.

Le gusta mi casa.

—Espartana —comenta—. Moderna. —Las únicas decoraciones que hay son impresiones de mis propias fotografías, unos cuantos dibujos de Flo colgados por las paredes y un ramo de flores prensadas sobre mi chimenea. Las paredes están pintadas de blanco, y los suelos son de madera, quitando los de la cocina y los de los baños, que están embaldosados. Mi madre piensa que mi casa parece un hospital, también dice que huele como uno. Siempre limpio todo con lejía.

Eddie del Tesco se deja caer sobre mi sofá de cuero con un gemido, una taza de té de hierbabuena en la mano, y no para de preguntarme sobre mí. Siempre sigo este mismo proceso para explicarles lo que va a ocurrir durante la sesión, para que firmen los formularios de consentimiento y escanear sus identificaciones. Normalmente se limitan a firmar los papeles que les doy y a hablarme durante un buen rato hasta que les pido que dejen de hablar.

Eddie firma el consentimiento sin leerlo siquiera, pero me pregunta qué es lo que más me atrae de un modelo, y cómo consigo esos tonos pastel desteñidos cuando saco fotos a color. ¿Cómo decido si una foto va a ser en blanco y negro? ¿Cómo decido si sacarla a color? ¿Es que solo con ver un modelo sé al instante cómo voy a fotografiarlo para que se vea de cierta manera? ¿O improviso?

—Una mezcla de ambas. A veces veo a alguien y se me ocurre una idea, otras veces tan solo me gusta su aspecto y voy probando cosas con ellos —digo. No tengo ninguna idea explícita para esta sesión, lo único que sé es que estaré trabajando con máscaras, lo que me parece más que bien. También le aviso de que mi estudio solía ser el garaje de la casa, por si se asusta al ver la caja llena de martillos, sierras y taladradoras que pertenecían a mi padre. Los más nerviosos a veces se asustan al verla.

Tengo un burro y un cubo de plástico lleno de ropa allí también, y he sacado algunas de las máscaras que suelo tener ahí guardadas (que en realidad odio y debería haberlas tirado todas, pero nunca se sabe cuándo podrían serte útiles, ¿no?): uno de esos bozales de cuero extraños para perros (que robé del baño de un bar gay durante el Día del Orgullo del año pasado) y un par de máscaras de carnaval hechas de porcelana que le robé a Serotonin cuando estábamos cursando el máster. Son muy delicadas, y ya he roto una antes. Es muy fácil volver a pegar las piezas, pero aun así le aviso a Eddie del Tesco de que tenga cuidado con ellas cuando lo veo juguetear con una. También está la cabeza de conejo, una cosa gigante que parece sacada del disfraz de la mascota de un instituto, pero que no es del todo caricaturesca. Se parece un poco a la cara de Peter Rabbit... un tanto Beatrix Potter y todo eso. Creo que le da un toque un poco más aterrador.

—¿Dónde has conseguido eso? —me pregunta.

—No te incumbe. Es horrible, ¿verdad? Me encanta.

—Bueno, si te encanta... supongo que está guay —murmura—. Guay, guay, guay.

Le hago que se baje los pantalones y le saco un par de fotos de prueba con las máscaras, y después una con la cabeza de conejo. Es más o menos como me lo imaginaba. Muslos gruesos, tripa blanda y un pecho plano y huesudo. No tiene tanto pelo como pensaba que tendría.

Me sorprende lo mucho que me gusta cómo le queda la cabeza de conejo. Como he mencionado antes, es aterradora, y las primeras fotos que saco me parecen... asquerosas. Asquerosas pero sexis. ¿Tan horribles que son perfectas? No sé cómo explicarlo.

También tengo una cola de algodón y se la prendo a la ropa interior con la ayuda de unos alfileres. Se la engancho en la cinturilla de los calzoncillos (azul marino y apretados), y él carraspea cuando le rozo con los nudillos la parte baja de su peluda espalda.

Le saco una foto estupenda del culo, con la colita de algodón puesta; es redondo y gordo, y la colita contrasta al ser tan esponjosa y mona. Es como un melocotón; podría morderlo perfectamente.

Está claro que se encuentra incómodo, pero no para de pedirme indicaciones sobre cómo tiene que colocarse, y hace todo lo que le pido, lo que me parece de lo más extraño, porque normalmente los modelos suelen ser rígidos e ignorantes, siempre demasiado ocupados jadeando y babeando como para pensar con claridad. No piensan en ningún momento que están representando un papel, siempre piensan que la sesión de fotos solo es una especie de preliminares necesarios para poder echar un polvo conmigo. Eddie del Tesco, sin embargo, no actúa así. Tal vez sea porque entiende lo que conlleva este trabajo, tal vez porque cree que en ningún universo me acostaría con alguien como él. Quizá sea por los dos motivos en igual medida, o más por uno que por otro.

Quiero tocarlo. No solo mirar, sino también poder estirar la mano hacia él y tocarlo. Mis dedos se resbalan sobre los botones de la cámara porque me sudan mucho las manos, y el plástico que tengo en las palmas me sirve como sustituto de sus caderas. Aprieto el objetivo y me imagino lo suave que sería su piel bajo las puntas de mis dedos.

—Estírate —le digo—. Arquea la cintura, rueda, ponte las manos en el estómago, ponte de rodillas, tócate. —Me escucha atentamente.

Después de media hora, damos la sesión por terminada. Se quita la cabeza de conejo y, cuando lo hace, me fijo en que está rojo como un tomate, con los mechones sudorosos pegándosele a la cabeza. Lo estoy mirando como si fuese un trozo de carne. Cualquier hombre, cualquier hombre decente, ya se habría abalanzado sobre mí como un animal, pero Eddie del Tesco se queda sentado en el suelo de mi garaje y después empieza a vestirse, levantando las rodillas para intentar ocultar la erección que yo ya he visto y fotografiado.

Entonces le pregunto si le gustaría salir en una película. Para Hackney. Le digo que es genial, que sería perfecto para ello, por cómo responde, lo comprometido que está y lo complaciente que es; está hecho para ser visto en dos dimensiones. Me sonríe, esbozando una sonrisa preciosa, encandilada.

—Haremos una prueba, porque no sé si las máscaras quedarán bien en el vídeo o no.

Y entonces su sonrisa decae tan rápido como había aparecido, aunque solo un poco.

En vez de guardar todo mi equipo, lo observo vestirse de nuevo.

Lo acompaño hasta la puerta y después me quedo a solas con sus fotografías. Les echo un vistazo desde la pantalla de mi cámara. Me alegro de no haberlo fotografiado con mi cámara de carrete, menos mal. Me tiembla el pulgar al pulsar el botón con la pequeña flecha a la izquierda. La pantalla me muestra que he sacado doscientas fotos, y no quiero borrar ninguna. Mi mano se desliza por el interior de mis muslos, hasta mi entrepierna, por encima de mi ropa interior.

No me gusta nada cuando me siento así. Ha pasado mucho tiempo desde la última vez que me sentí de este modo. Me impuse una regla muy clara cuando volví a vivir aquí, cuando dejé atrás el pequeño descanso del mundo de la fotografía que hice al terminar el máster: no tocar a los modelos. Tenía la equivocada impresión de que tocar era lo que me llevaba al límite. Tocarlos hacía que se me deslizasen las manos adonde no debían y se me cayesen las bragas. Y rompí la regla, porque a veces hay que tocarlos, hay que colocarlos en las posiciones adecuadas, tienes que moverlos, físicamente hablando. A veces las fotos salen mejor cuando estoy encima de ellos, cuando les apoyo una mano o un zapato de tacón encima, cuando proyecto mi dramática silueta sobre sus cuerpos; como una presencia femenina poderosa, una dominatrix fantasma.

Así que esa regla ahora es más bien algo como «no cagues donde comas» con el «no tocar» usado a mi manera. Probablemente no debería tocar a Eddie del Tesco, porque está claro que quiero hacerlo, y si no puedo obedecer aunque sea esa mísera norma de mierda que me he autoimpuesto, entonces estoy jodida, ¿verdad?

Me quedo ahí sentada un rato más, con la mano metida entre mis muslos. Estoy mojada, e incómoda, el encaje de mi sujetador me irrita los pezones duros. Mi vagina se contrae.

Decido darme una ducha fría. Decido ignorar el deseo que me invade y la manera en la que me ruge el estómago o el dolor de mis muslos, que es como si llevase un kilómetro corriendo. Le echo un vistazo a mi cuerpo desnudo en el espejo y aparto la mirada al momento, como si hubiese hecho contacto visual con una desconocida en los vestuarios del gimnasio.

Suelo darme duchas frías muy a menudo, son muy buenas para la piel. Lo que no suelo hacer normalmente es agarrar el cabezal de la ducha y echarme agua helada en la entrepierna. Me estremezco, pero me siento mucho mejor, más fría, más limpia. Más humana. Más que humana.

Pero cuando salgo de la ducha, sigo pensando en él. Me doy una bofetada. Nos imagino follando. Intento disipar esa imagen de mi cabeza, pero no lo consigo, no paro de vernos en esa postura, entre cientos de destellos casi violentos. Intento cambiar la imagen, aplastarla, aniquilarla. Me imagino mis manos rodeándole el cuello, pero eso solo se enreda aún más con la imagen de antes. Su cuello se contrae bajo las palmas de mis manos en el sueño, y mi interior imita esa contracción.

Solo puedo ignorar los gruñidos de mi estómago durante un tiempo antes de morirme de hambre. Quizá me apetezca comer pan, algo grasiento, carne roja, pero lo único que tengo es una maldita bolsa de lechuga, una cucharada de aceite de oliva y media lata de atún. Así que, si mi sexo es mi estómago, y Eddie del Tesco es una hamburguesa con queso, tengo que comerme una ensalada. Si Eddie del Tesco se está cagando donde como, tendré que ir a cagar a otra parte.

Me visto para salir. Me pongo algo que me dé un aspecto sexi aunque nada desesperado. Un vestido corto y blanco, mono y que parece sacado de los años sesenta. Un vestido de ensueño, que pega a la perfección con el cielo claro del verano y las tardes cálidas. Un maquillaje ligero, como si fuese a una *cita*: una sombra de ojos clara y brillante, y un brillo de labios rosa; de esos que te pican en los labios para hacer que se vean mucho más gruesos y apetecibles.

Me voy al BeerHaus, donde considero la idea de llevarme al gerente a mi casa, porque he desistido en seguir insistiendo para que me cobre las copas que le pido. Le digo que he quedado allí con alguien, pero que está llegando tarde.

—¿Quién sería capaz de dejarte plantada a ti? —me pregunta. Yo me encojo de hombros.

Rebusco entre los contactos de mi teléfono y les mando mensajes muy poco sofisticados a chicos que modelaron para mí en el pasado y a los que no tengo ninguna intención de volver a llamar para que posen para mí. También escribo a Henson, que me responde, pero no parece haberse dado cuenta de lo que le estoy pidiendo en realidad con mis mensajes. Terminamos hablando de *Crudo*, la película de terror, por mensaje, y no me importa. Siempre me ha gustado hablar de mierdas cinematográficas y me niego a tener que pedirle a nadie que tenga sexo conmigo. Ellos son los que me lo piden. Me lo suplican. Así es como funcionan las cosas conmigo.

Me pongo a hablar con un hombre trajeado. Es condescendiente conmigo. Me olvido de su nombre en cuanto me lo dice, así que digamos que se llama «John». Ha dejado a sus «compañeros de trabajo» para hablar conmigo de su trabajo. Es cirujano plástico, de Londres, y no para de hablarme de fusiones o algo así. Creo que se supone que eso tendría que impresionarme.

Me dice que si alguna vez acudo a su consulta para hacerme algo, me mandará de vuelta a casa sin hacerme nada.

—Algunas chicas nacen con suerte —dice—. Tú eres una de ellas. —Seguro que le suelta esa misma pantomima a todas las zorras con las que se encuentra; seguro que se lo dice también a las chicas con las tetas pequeñas y las narices torcidas.

Mi madre se operó las orejas de soplillo cuando yo tenía doce años, y yo llevé aparatos. Aunque siempre he tenido unas buenas caderas y una cintura estrecha, el cuerpo que tengo ahora es producto de todos los años que me he pasado entrenando y ejercitando mi abdomen. Tengo el pelo teñido y llevo extensiones. Esbozo una sonrisa, con dientes, y él me dice que mis carillas parecen muy naturales. Le digo que una chica me rompió un diente en una pelea pero, en esta versión de la historia, soy jugadora de hockey, aunque en realidad me lo haya roto una tipa en un restaurante cuando fui a recoger mi comida para llevar, por haberme puesto demasiado bravucona con ella.

—¿Alguna vez te han dicho que eres igualita a Priscilla Presley? —me pregunta.

—Sí —respondo.

—A la Priscilla de joven. Antes de que se hiciese todos esos retoques —se burla—. Claro está. —Y después entrecierra los ojos—. ¿Sabes?, si alguna vez quieres hacerte algo... borrar las huellas de todas esas peleas y hacer como si nada hubiese pasado... Como Meg Ryan y esas cosas...

No me aparto el pelo de la cara.

Hablamos un poco más sobre Meg Ryan y esas cosas. Sobre cómo ahora parece que todo el mundo se ha pinchado los labios y que siempre se los pinchan demasiado. Hablamos sobre las Kardashian, sobre nuestras teorías acerca de ellas. Yo creo que Kim se operó la nariz y se hizo un injerto capilar, quizás incluso se sometió a alguna liposucción en la zona de la mandíbula para tenerla tan afilada.

Hablamos sobre su trasero, durante un buen rato, y yo me paso todo ese tiempo defendiéndola. Siempre tuvo un trasero grande, y ha tenido hijos y esas cosas. Hijos, entrenamiento de cintura, sentadillas, ilusiones. Se hizo un escáner de rayos equis. En la temporada seis de *Las Kardashian*. Se hizo un escáner de rayos equis del trasero y no se vio que tuviese ningún implante.

—Una transferencia de grasa —repone—. No se habría operado. Habría sido demasiado arriesgado. Una transferencia de grasa y un buen mantenimiento. Llevar siempre un corsé puesto, hacer sentadillas. Las tetas también se las ha operado.

—Está claro que sus tetas son operadas. Ha tenido dos hijos; pero las tetas están claramente operadas. Es el trasero lo que me parece el verdadero misterio, ¿no crees?

John no está de acuerdo. Insiste en que es una transferencia de grasa. Me invita a otra copa.

A partir de ahí la noche se vuelve un tanto borrosa. Estoy lo bastante borracha como para que el caminar de un punto «A» a un punto «B» me parezca como si me estuviese teletransportando. Estamos en un callejón junto al bar, al lado de los contenedores de basura. Oigo una rata correteando por el callejón. Oigo la respiración pesada de John.

Me toca como un cirujano. Siento el peso de la palma de su mano cuando me agarra el pecho, como si estuviese buscando algún tipo de resistencia o algo así. Desliza una mano por debajo de mi vestido y me agarra por el trasero, y parece satisfecho cuando sus dedos se topan con un pequeño hoyuelo que tengo en el cachete derecho. Y después se aparta, murmurando satisfecho. «Todo natural», pienso en soltarle. No lo hago. En realidad, no lo es. Todo se debe al yoga, a los corsés, a las ensaladas y a muchas horas de mi vida, todo para poder despertarme por las mañanas con este aspecto.

—Tengo una habitación reservada en un hotel aquí al lado —dice. Y nos marchamos juntos. Se está hospedando en un sitio bastante caro, junto al río. Le pregunto si siempre le mira el diente a un caballo regalado—. Lo siento. Es que las mierdas falsas y operadas siempre hacen que se me baje el calentón. Es como... bueno, ¿a qué te dedicas?

—Soy fotógrafa.

—Quiero decir que en qué trabajas.

—*Soy fotógrafa.*

—Ah —dice—. Bueno... es como cuando... sería como ver una foto que... es como cuando ves una foto de una chica de lo más hermosa y dices «guau». —Hace un gesto con la mano como si estuviese señalándome entera—. Que encaja justo con la clase de tipas que te ponen a cien. Pero en realidad luego te fijas bien y te das cuenta de que está retocada con Photoshop. Ahí te deja de parecer guapa, ¿no crees? Si sabes que no es real.

Entiendo a medias lo que me está queriendo decir. Es como si intentases resumir toda la cháchara académica que existe sobre la «presunción de veracidad» que la gente siempre menciona al hablar de fotografía, toda esa autoridad y la seducción resultantes de esa cháchara y sus conclusiones resumidas en un único tuit. Sin embargo, no sé si toda esa cháchara de «esa perspectiva es tan básica que lo mejor será que volvamos a hablar cuando hayas leído algo de Sontag o Derrida» me sirve como preliminares.

—Creo que te entiendo —le digo. Estoy bastante borracha y me siento generosa—. Es como cuando… bueno, hay gente que se dedica a fotografiar comida, como para anuncios, empaquetados y cosas así, y para conseguir ese efecto de vapor saliendo del pollo o del puré de patatas o cosas así, he oído decir que lo que hacen es empapar tampones y después meterlos en el microondas hasta que humean. Luego los ponen detrás de la comida que quieran fotografiar o, a veces, incluso los meten dentro. Desde que lo descubrí, cada vez que voy al M&S y veo un paquete de curri precocinado, lo único en lo que puedo pensar es en el tampón humeante que probablemente tenga dentro.

—Sí. Es una mierda —dice.

Decido hacerle saber en ese momento que me da alergia el látex. John es un hombre apuesto: es alto y delgado, con los ojos verdes y el cabello espeso y del color de la miel, pero la mueca que se forma en sus labios rosados cuando se lo digo es todo menos apuesta. Me pregunta si estoy de broma.

—Siempre llevo mis propios condones encima. Por Dios.

Llegamos al hotel y entonces empieza a echarse atrás, insiste en que no suele hacer esta clase de cosas, que solo es porque ha tenido un día muy largo, no para de hacerme promesas. Yo pongo los ojos en blanco cuando me da la espalda.

John llama a recepción para que nos traigan una botella de champán. El champán siempre me sienta mal, pero ¿quién soy yo para rechazar alcohol gratis?

La habitación está bastante bien: tiene alfombras suaves, está limpia, tiene un minibar y una cama doble enorme. Tomo asiento en un sillón que hay frente a la ventana y me quedo mirando el río mientras él no para de quejarse de lo mucho que tardan en subirnos el champán, se quita el traje, empezando por la chaqueta, después la corbata y por último desabotonándose la camisa por completo para dejar al descubierto un pecho en el que debe hacerse la cera urgentemente.

Llaman a la puerta. La abre lo suficiente como para que el empleado del hotel pueda verme y le obliga a descorchar la botella y a llenarnos las copas, que tienen fresas ensartadas en el borde.

John me tiende una de las flautas de champán y yo le doy un condón.

—¿De qué tamaño es? —me pregunta inmediatamente, con la nariz arrugada.

—Es normal. También tengo uno grande. —Una chica puede soñar—. Y también uno *pequeño*, por si lo necesitas.

—Probaré con el normal... lo tengo un poco más *grande* que la media, así que...

—¿Necesitas el grande o no?

Él enarca las cejas de manera sugestiva y se desnuda por completo.

No necesita el grande. Me bebo de un trago mi copa de champán mientras él se frota su espectacularmente normal polla, como si se supusiese que ese gesto tuviese que impresionarme. Eddie del Tesco, bendito sea, parece más la clase de chico que la tendría pequeña. Pero tampoco es que a mí me importe el tamaño. Acepto todos los tamaños y formas.

Es gracioso ver a John completamente desnudo. Tiene un cuerpo perfecto. Aunque los cuerpos perfectos a mí no me ponen nada. Se nota que es exigente con su aspecto, y falso, porque tiene esa clase de cuerpos que están hechos para mostrar, hechos para sacarse fotos en el gimnasio y subir fotos sin camiseta a Instagram y a Tinder. Aunque supongo que el mío también es parecido. Tiene los abdominales marcados, y está tan depilado y definido como yo. Me he acostumbrado tanto a ver barrigas y vello corporal y brazos y piernas escuálidos que casi me había olvidado de que hay hombres con este aspecto en la vida real.

Me había olvidado de que existe más gente que se alimenta a base de ensaladas más allá de las revistas del corazón y de Instagram. Me pregunto cuántos batidos de proteína se beberá al día, cuántas horas se pasará en el gimnasio. Todo ese dinero, todo ese tiempo y, aun así, me voy a pasar los próximos tres minutos y medio pensando en un chico con el culo plano y regordete. Suelto una carcajada amarga, y me lo imagino mirando con deseo a una chica que trabaja en el Forbidden Planet, con sus muslos llenos de estrías y un piercing roñoso en el labio.

Al corazón no le importa lo que dicte la razón. Me desnudo. Ahora que me he quitado los zapatos me doy cuenta de que él es un poquito más alto que yo. Algo que me echa en cara gustoso, porque dice que eso le da ventaja. Yo me aparto cuando intenta besarme en la boca. Le bajo la mano por el estómago, su piel no se hunde bajo mi caricia en ningún momento, mis dedos ni siquiera dejan huella al bajar por su piel. Sus muslos están duros y definidos. Su trasero no parece haber encogido en la lavadora, menos mal, pero estoy segura de que ha hecho unas cuantas sentadillas para conseguirlo.

Me arrodillo sobre la cama y le digo que me lo haga por detrás. No quiero mirarlo. No quiero tocarlo. Quiero enterrar las manos en las lujosas almohadas del hotel y fingir que lo que estoy agarrando son los muslos gruesos de otro chico. Nada de preliminares. Me pasa una mano por el costado, después la desliza entre mis piernas para comprobar si estoy mojada y, al ver que sí, me clava su polla de una estocada. Duele. Hacía mucho tiempo que no lo hacía. Él jadea sobre mi espalda. No me apetece nada mirarlo, pero hay un espejo enorme colgado en la pared. Nos veo a los dos mirándonos. John tiene la mirada clavada en su polla, observando atentamente cómo entra y sale de mí, y yo me quedo mirando fijamente a la chica reflejada en el espejo. La pelirroja aburrida y el cirujano plástico, que la agarra con fuerza de las caderas. Ella parece que está posando, y él también, como si una niña estuviese recreando una escena obscena con sus muñecos de Barbie y Ken.

—Cambiemos de posición —le digo. Él me ignora—. Oye, cambiemos de posición.

—¿Por qué? ¿Es que no te consigues dormir? —se burla—. No pensaba que fueses de las que se duermen durante el sexo.

—Quiero ser yo la que esté encima —le digo. Pero me ignora y desliza una mano alrededor de mi cuerpo, hasta mi sexo, para tocarme, y me dice que grite para él. Duele. Me hace daño a propósito. El dolor hace que entierre la cara en la almohada y gima; hace que un escalofrío me recorra la columna vertebral y que se me doblen los dedos de los pies. Lucho contra la sensación. Él me levanta la cabeza tirándome bruscamente del pelo, enredando sus manos alrededor de mis mechones de verdad, y no de esa mierda de extensiones rusas por las que pagué doscientas libras. Le digo que, si no va a dejar que me ponga encima, podría al menos pegarse un poco más a mí. A lo que él me pregunta si me gusta que me lo hagan duro.

—Claro —digo—. Como quieras. —Eso lo pone nervioso. Veo cómo se le hinchan las venas del cuello y se sonroja de la ira. Cierro los ojos e intento ignorar el sonido húmedo que produce su piel al entrechocarse con la mía. Intento centrarme en lo abstracto, en el enredo de dolor y placer que se forma en mi interior. Pienso en Eddie del Tesco. Me imagino sacándole fotos sin que lleve puesta una máscara. Me imagino sus ojos anegándose en lágrimas, su cara poniéndose morada porque tengo mis manos alrededor de su cuello, apretando con fuerza. Me imagino grabándolo todo. Me imagino viendo después el vídeo. Me imagino metiéndole los dedos en la boca.

Llego al orgasmo, pero no hago ningún ruido, para no darle la satisfacción a John de oírme gritar. Él me da un cachete y se regodea, y yo restriego mi rostro maquillado sobre las almohadas del hotel, manchándolas de pintalabios y máscara de pestañas. Un minuto después, él se deja caer, satisfecho, contra mi espalda.

—Sal —escupo. Él se baja de encima y se mete dentro de la cama limpia y perfecta del hotel, abrazando el edredón, al mismo tiempo que yo me levanto y empiezo a vestirme inmediatamente. No deja de parlotear ni por un segundo acerca de lo divertida que soy, de lo mucho que le gusta un buen juego de rol en la cama de vez en cuando, todo mientras no deja de bostezar, de doblar y estirar los dedos de sus pies como si fuese un gato relajándose bajo el sol.

—Solo voy a estar en Newcastle unos días. Mi móvil está sobre la mesilla —dice, bostezando—. Pídete un Uber desde mi cuenta, y ya que estás, guárdame tu número en los contactos, ¿vale?

Intento decirle que puedo pagarme mi propio Uber, no me apetece nada que se quede mi dirección registrada en su cuenta, pero ya se ha quedado dormido. Completamente. Le grito pero ni se remueve siquiera.

—Quería cambiar de posición —espeto, y lanzo mi copa de champán contra la pared que sirve de cabecero de la cama. Esta estalla en mil pedazos, pequeñas esquirlas de cristal que salen volando por toda la habitación del hotel.

Tres pedazos acaban clavados en su rostro: en su mejilla, en su frente y en su ojo. Él ni siquiera se inmuta. Su pecho sube y baja calmado, al ritmo de su respiración, mientras que la sangre empieza a manar poco a poco de sus heridas.

Le saco unas cuantas fotos. Con mi teléfono móvil.

Y después, cuando ya me he subido al Uber, no paro de pensar: ¿lo he disfrutado? ¿He dado mi consentimiento explícitamente antes de empezar? ¿Me importa acaso? Nunca me han violado antes. Bueno, nunca me han violado, «violado»: no me han puesto una bolsa de plástico en la cabeza, ni un cuchillo contra la garganta mientras gritaba y luchaba contra mi violador. Nada «traumático». Incluso lo que me pasó con Will la semana pasada, eso no fue nada. Pero son todas esas pequeñas mierdas las que me hacen planteármelo. No quiso cambiar de posición; hubo un momento en el que me desmayé; no me acuerdo; es mucho mayor que yo. «¿Te gusta que te lo hagan duro?». Creo que sí. Creo que debe de gustarme. Los hombres *son* duros por naturaleza,

143

¿no? ¿Siempre me ha gustado que me pusieran las cosas difíciles o es un gusto que he ido desarrollando con el tiempo? ¿En los asientos traseros del coche de Lesley, en el suelo de la casa de un amigo, medio inconsciente, con la ropa interior por los tobillos? ¿Fue idea mía que me hiciese daño o simplemente me hizo creer que lo era?

Y eso se lo inculcan desde pequeños a los hombres, ¿verdad? La violencia. En más de una ocasión he tenido que tomar medidas extremas para defenderme.

Solía fijarme mucho más en los hombres mayores, incluso antes de Lesley. Tenía un amante viejo y rico imaginario; tenía aventuras amorosas que solo ocurrían en mi cabeza, con actores y músicos que me triplicaban la edad; les sostenía la mirada y prolongaba el contacto visual con los amigos de mi padre. Puede que tenga todo el control de la situación o que lo esté perdiendo por completo, pero siempre me ha atraído mucho el poder, o eso creo.

Nunca hago nada así cuando me acuesto con mujeres. Nunca hice algo así con Frank.

Existe una parte débil en nuestros cerebros. Un lugar donde seguimos siendo niños. Una vez que alguien ataca esa parte, ya no volvemos a ser los mismos, el daño no desaparece. Es como cuando metes los dedos en cemento mojado.

Me miro en el espejo retrovisor. Ahí está, con el delineador corrido y el pelo enredado, las raíces de las extensiones sueltas y a la vista, pintalabios en la nariz y en la barbilla. Es el cemento húmedo que ya se ha endurecido, y está lleno de marcas, lo han remodelado hasta crear *esto*, que se dedica a eructar y a mear, y que tienen que lavar, alimentar y follar de vez en cuando.

Me miro en el espejo y pienso: ¿Quién demonios es esa mujer? ¿Quién es?

Le termino hablando de todo este tema al conductor del Uber y me pregunta si me encuentro bien.

Hola:

¡Cuánto tiempo! He estado preparando cosas para la exposición, pero creo que tengo unas cuantas fotos que he sacado para experimentar que podrían interesarte. He estado jugando con los efectos del maquillaje, con un chico muy guapo, tiene pedazos de cristal falsos clavados en la cara. La saqué con mi iPhone, para que tuviese ese efecto mucho más realista y granulado. ¿Te interesa? Te he adjuntado una foto de ejemplo, podría mandarte toda la sesión si quieres. ¡Invita la casa!

Con cariño,

Irina

Querida:

Es maravilloso recibir noticias tuyas. Por favor, mándame las fotos de toda esa sesión, como estudiante de la belleza más clásica, el físico de este hombre y su rostro me parecen de lo más placenteros.

Pero ¿no veo los cristales que mencionas? ¿Tal vez esas fotos las sacaste un poco después?

Sí que me gusta ver de vez en cuando «un poco de sangre», como dirían los niños de hoy en día, y estoy muy interesado en esas fotos de las que hablas.

Cordialmente,

B

Tiene razón. Rebusco entre todas las fotos que le saqué ayer a «John» y ni rastro de los cristales. Desde luego, no tiene nada clavado en la cara, ni tampoco hay nada esparcido por la habitación. Amplío la foto y juego con el contraste, con la iluminación, nada. Ni cristales, ni sangre, solo una piel jugosa y tersa.

¡Hola!

¡Tienes razón! Te he mandado la foto que le saqué de prueba sin el maquillaje por equivocación. Sí que veo perfectamente las fotografías de esta sesión en mi teléfono, pero no sé por qué, al pasarlas a mi ordenador, se corrompen los archivos, no me deja adjuntarlas en el correo o incluso al subirlas a Dropbox :(Creo que los archivos están corruptos de origen. Te he adjuntado lo que he podido, aunque me temo que son solo las fotos de prueba. Siento mucho haberte dado esperanzas. Me sirve de castigo por intentar hacer una sesión con mi teléfono en vez de haber usado una cámara de verdad.

Un saludo,
Irina

Irina:

No te preocupes. Las fotos de prueba son hermosas.
¡Te he mandado cien libras por PayPal como propina! Cómprate algo bonito con ellas.

Cordialmente,
B

Hola extraña.

Ha pasado mucho tiempo.

Ven a verme.

He encontrado un sitio donde descargar *Tras el cristal* y los subtítulos tienen buena calidad.

Estoy segura de que vas a odiarla.

Es sábado. Me despierto con una sensación horrible, aterrada, pero después me acuerdo de que no tengo que ir a trabajar. Gracias a Dios que estoy de baja.

Salgo de la cama, me bebo un litro de agua, hago mis flexiones y mis sentadillas mañaneras y después sigo con una sesión de pilates virtual. Después me ducho y me lavo la cara. Me la lavo dos veces, la froto con un exfoliante, después uso un tónico, luego una mascarilla, me pongo la crema de las ojeras, la crema hidratante, una prebase de maquillaje con protección solar aunque no sé si voy a ir a alguna parte.

Me tumbo en el sofá y me bebo poco a poco una cafetera entera mientras vuelvo a ver por enésima vez *The Jeremy Kyle Show*. Una madre adolescente de aspecto culpable dice estar muy segura de que el padre de su hijo de dos meses es su novio, pero también podría ser su primo.

Al final resulta que no es ninguno de los dos. Se encoge de hombros y después dice que hay tres, o quizá cuatro, padres potenciales. E insiste en que es porque es muy popular entre los chicos.

—Como en la canción de Kelis, ¿la conoces? —le pregunta a Jeremy. Él dice que no—. La que habla del batido. Esa soy yo.

—Lo mismo digo —comento.

Al final me termino poniendo la segunda película de *August Underground* cuando termino de ver el programa de Jeremy Kyle, aunque solo sea para tener algo de ruido de fondo, y me pongo a evaluar bien las fotos de Eddie del Tesco. Me he despertado para las dos y ya son las cinco. Ya casi he llegado al punto en el que creo que necesito reajustar las horas a las que me voy a dormir. Me quedaré despierta durante veinticuatro horas, después dormiré otras veinticuatro seguidas, y me despertaré al día siguiente a las siete de la mañana, y volveré a ser una persona normal. Me ruge el estómago vacío, pero lo ignoro, y me clavo el codo en la tripa para que deje de gruñir.

Desbloqueo mi teléfono. Tengo una ristra de mensajes de un número desconocido, y entro en pánico por si le di al cirujano plástico mi número en algún momento, aunque sé que no lo hice. No tengo ningún mensaje de Flo. Tengo un mensaje de Ryan preguntándome si me podría pasar para hacer un turno y otro de mi madre preguntándome si sigo viva. Mamá me dice también que ha visto algunas fotos de la noche que salí la semana pasada y que está muy preocupada por lo que llevo puesto. Define mi ropa de esa noche como «borrega vestida de corderita».

Tengo 28 años.

Sí, 29 en noviembre y antes de que te des cuenta

Tienes 30

Y entonces no vas a poder salir por ahí vestida con camisetas de encaje y minifaldas de plástico

Y puede que pienses que te queda bien pero la gente que sabe los años que tienes en realidad pensará que eres una borrega

Tendré en cuenta tu preocupación.

Me envía otra ristra de mensajes: también estoy demasiado delgada, parece que el aire va a poder llevarme con solo soplar con un poco de fuerza y debería empezar a pensar en ganar algunos kilos porque el estar tan delgada está haciendo que parezca mucho más vieja, sobre todo mi rostro. Y Flo está gorda; ¿es que soy amiga de Flo y salgo de fiesta con ella solo para parecer más delgada de lo que soy? ¿Recuerdo cuando Flo solía ser también una jovencita delgada? Mamá dice que las chicas que siempre han sido delgadas nunca aprenden a gestionar su peso y, cuando su metabolismo cambia con la edad, empiezan a ganar kilos sin parar.

Respondo todos sus mensajes con una mezcla de emoticonos de una mano levantando el pulgar y unas manos dando palmas. Ella no deja de quejarse de su amiga con cáncer. Al parecer, le acaban de diagnosticar cáncer terminal y no para de hablar de ello en Facebook. Mamá insiste en que siempre está buscando ser el centro de atención.

«Guau, tengo celos de ella, ahora mismo lo único que me apetece es morir», escribo. Y después borro inmediatamente el mensaje y lo reemplazo con el emoticono de la carita llorando de la risa, el que la gente suele usar para responder a los comentarios racistas con los que se topan por las redes sociales.

Por suerte, los mensajes que me llegan del número desconocido no le pertenecen al cirujano plástico.

Hola, soy Eddie, del Tesco, ¿el del otro día?

Tu número estaba escrito en tu tarjeta de visita, perdón si te parece raro que te escriba.

Pero bueno, ¿cómo estás? ¿Qué tal mis fotos? Espero no haberte hecho perder el tiempo.

Sé que es una mierda que no me puedas sacar la cara en las fotos.

Recuerdo que mencionaste que te gustaban las películas de terror japonés y de violencia rosa y esa clase de cosas.

¿Has visto *A lo largo de toda la noche*? Un amigo me la recomendó y me prestó su DVD el otro día. ¿Te apetece que la veamos juntos? ¿Esta noche? Solo si no estás ocupada, claro. Yo salgo de trabajar a las 7.

Ignoro sus mensajes. Respondo rápidamente unos cuantos correos electrónicos que tenía pendientes para dejarlo un rato con las ganas.

Vuelvo a mirar la foto que le saqué y que tengo abierta en Photoshop, en esa todavía sale vestido. Es una foto que le saqué sin que se diese cuenta mientras miraba la cabeza de conejo. Mi estómago vuelve a rugir.

Cierro el ordenador portátil de golpe y me levanto para mirarme al espejo, para asegurarme de que no tengo ninguna arruga, ni ninguna espinilla, y me echo una buena capa de crema BB para cubrir las pocas imperfecciones que tengo. Las cejas teñidas, una piel decente y las pestañas teñidas y con extensiones. Me cepillo el pelo. Me pongo una camiseta bonita y el único par de vaqueros que tengo. Parece que estoy cómoda. No estoy cómoda en absoluto. Me los arreglé cuando los compré porque me quedaban grandes de cintura, eran una talla 40 y me sobraban unos diez centímetros. Pero me pasé un poco y (oigo la voz de mi madre gritándome en el oído) el botón me dejará una marca roja y profunda en el vientre. Me pongo el único par de zapatillas de deporte que tengo y me voy al Tesco, y finjo que me sorprende verlo allí. Él se pone rojo como un tomate. Lo saludo con la mano y lo ignoro después, me voy a buscar una bolsa de espinacas, un pepino y unos cuantos pimientos también. Me paso una cantidad indecente de tiempo agachada cerca de las cajas, fingiendo estar mirando las revistas. Al final termino tomando la *Vogue*, y me acerco a la caja, donde él me sonríe y me dice «¡Hola!» demasiado entusiasmado.

—Oh, espera un momento —digo, y me hago con dos botellas de vino tinto mientras él escanea el resto de mi compra.

—¿Tienes algún documento de identidad por ahí guardado para enseñarme que eres mayor de edad, señorita? —me dice y después suelta una carcajada. Yo le pongo una mueca—. Lo siento. —Tarda un rato en pasar las botellas de vino—. ¿Te estás aprovisionando?

—Algo así. He quedado esta noche con un tipo que conocí el otro día, creo que se pasará después por mi casa, no lo sé. Mejor tener vino y no necesitarlo, ¿eh?

—Ah —dice—. Oye... puedes decirme sin reparos si crees que me he pasado o algo pero... —Carraspea para aclararse la garganta—. Bueno, no importa, déjalo.

—Vamos, dime. ¿Qué pasa?

—Es que... es gracioso que te hayas pasado por aquí, porque... ¿Has mirado tus mensajes?

Enarco las cejas y saco mi teléfono móvil del bolsillo de los vaqueros. Le digo que no había visto sus mensajes, que llevo todo el día liada.

—Pero si ya tienes, bueno... una cita... no importa... solo estaba... ya sabes. Comentaste que te gustaban las películas de violencia rosa y de terror japones y conseguí...

—*A lo largo de toda la noche*. Acabo de leerlo. —Me encojo de hombros—. Ya la he visto.

—No importa. Entiendo que estés ocupada.

—¿Has visto *Tras el cristal*? Es española —comento—. Bastante fuerte, podríamos ver esa otra. —Lo suelto sin darme cuenta. Me percato de que parece herido, aunque está intentando con todas sus fuerzas no parecerlo, y entonces se le ilumina la mirada. Me sonríe y veo ese hueco entre sus dientes y se le forman los hoyuelos, y entonces me doy cuenta de que estoy perdida.

No pasará nada, solo será esta vez. ¿Qué es lo peor que podría pasar?

—Oh. No. Quiero decir... no me gustan... es que me gustan las cosas japonesas, supongo. Pero eh... —Se le ilumina la mirada—. Bueno, ¿quieres venir a mi casa?

—Sí, claro. ¿A qué hora sales del trabajo?

Sale a las siete. Le digo que me parece bien y que se pase a buscarme cuando haya terminado su turno. Le digo que tengo el portátil lleno de películas de mierda y que me lo llevaré. Así también puede ver sus fotos. Cuando me marcho, me arrepiento de no haberle pedido una segunda bolsa, porque las botellas de vino no paran de entrechocarse y las asas de la bolsa de plástico están tan estiradas que amenazan con romperse de un momento a otro. Diez peniques que cuestan estas mierdas.

Para cuando llego a casa, solo me queda una hora y media para prepararme. Me como medio pepino y media lata de atún, y uno de los pimientos a mordiscos, como si fuese una manzana. Me lavo los dientes hasta que me sangran las encías. Me vuelvo a duchar y me depilo las ingles. Nunca tengo cuidado con las cuchillas y me muerdo la lengua con fuerza cuando, al depilarme el labio izquierdo, me hago un pequeño corte.

Dejo caer la cuchilla. Me repongo, respiro hondo y veo cómo un hilo de sangre corre por el interior de mi pierna y baja hasta el desagüe, antes de volver a tomar la cuchilla. Termino con la zona de la ingle y me doy un repaso por las piernas y las axilas antes de salir de la ducha para curarme el corte, presionando un trozo de papel higiénico encima y viendo cómo se empapa lentamente de sangre. Suelto una palabrota. Le doy un golpe al lavabo con la palma de la mano y aprieto los dientes con fuerza.

Me vuelvo a aplicar crema BB en la cara, me pongo un poco de máscara de pestañas, no quiero que parezca que me he esforzado por parecer guapa, y me preparo una bolsa con ropa para pasar la noche. Me pongo ropa interior a juego: rosa y con volantes, porque parece la clase de chico al que probablemente le gusten las mujeres con ropa rosa y con volantes. Me vuelvo a calzar los vaqueros y me cambio la camiseta por un top corto, también rosa, con botones brillantes y mangas abullonadas, con un corte que deja al descubierto mi escote y mi cuello, aunque no de forma demasiado evidente.

Parezco una chica dulce. Aunque también puedo parecer dura, si no tengo cuidado. Dura y fría e intimidante. Me rodeo el cuello con una mano y lo aprieto con fuerza, todo sin apartar la mirada de mi reflejo en el espejo en ningún momento. Juego con mi pelo, me lo recojo en una coleta, después me lo vuelvo a soltar, lo cepillo y me lo echo a un lado.

Me quedo ahí quieta un buen rato.

Suena el timbre. Guardo mi portátil y el cargador en la mochila. Incapaz de soportar el tener que ponerme zapatos planos, me decido por un par de zapatos de tacón rosa pastel y abro la puerta.

—Hola —digo—. Por Dios, ¿ese es tu coche?

Se vuelve para echarle un vistazo al Micra azul claro y destrozado.

—Estoy ahorrando para comprarme uno nuevo —dice.

—Parece el zapato de un niño pequeño —comento.

—Es el coche viejo de mi madre. —Es un poco brusco, pero después intenta contrarrestar el comentario con una carcajada y admitiendo que el coche es horrible.

—Yo solía usar el viejo BMW de mi padre —le digo, acercándome a su pequeño y estúpido coche—. Pero lo vendí. Para vivir más cerca del centro y todo eso —comento.

—Sí, el seguro es una mierda. Tan solo lo conservo porque mis padres viven en Amble y se volverían locos si no fuese a visitarlos de vez en cuando. Tampoco me importa poder tener un método de escape en caso de necesitarlo, ¿sabes?

Asiento y me monto en el lugar del copiloto, con las rodillas pegadas a la guantera. Él se sube unos segundos después y me echa hacia atrás el asiento.

Nos vamos a su casa, que está en Walker. Tardamos cinco minutos de más en llegar porque decide ir por la carretera de la costa en vez de pasar frente a la Biscuit Factory. Se lo digo y él se limita a encogerse de hombros y me dice que no se conoce muy bien la zona de Jesmond. Pero trabaja aquí. ¿Es que siempre va por la carretera de la costa? ¿Cuánta gasolina ha gastado de más por ir siempre por ese camino por el que tarda cinco minutos más de los que debería?

Llegamos a su casa. Vive en un chalet grande que han dividido en dos pisos distintos. Él vive en el de arriba, sobre la casa de una anciana que le da por golpear el techo con el palo de la escoba cuando le escucha viendo la tele pasadas las nueve de la noche.

—No es tan bonita como tu casa pero, bueno, ya sabes, me sirve —dice, dándose la vuelta en las escaleras para mirarme y esbozar una sonrisa. Entramos por la puerta principal de la casa y me recibe el olor tan característico de la soltería. Alfombras sucias, habitaciones sin ventilar y superficies sin limpiar. Abro inmediatamente una ventana.

—Deberías comprar velas aromáticas —le digo. El aire del interior está húmedo y viciado—. ¿Tienes un ventilador?

—En mi habitación. Voy a por él ahora mismo —responde. Parece fijarse en la mueca de asco que pongo cuando paso la mirada por su televisión llena de polvo y su PlayStation—. Lo siento. Supongo… quiero decir, comparado con la tuya, esto está hecho un desastre. —Se muerde el labio inferior—. ¿Quieres que pase la aspiradora? —No espera a que responda—. Voy a pasar la aspiradora y a buscar el ventilador, espera un momento. Echa un vistazo por ahí, si te apetece.

Pasa la aspiradora. Yo le echo un vistazo a su dormitorio. Parece el de un adolescente, pero está limpio. Si me hubiesen dicho que era la habitación de un niño de trece años, me lo habría creído.

Las paredes están llenas de estanterías en las que solo parece haber mangas, novelas gráficas y cómics. También tiene unas cuantas figuritas en el alféizar de la ventana, y ese póster de *Akira* que tiene todo el mundo, así como un póster de Bruce Lee y unas cuantas fotos de un grupo de chicas coreano. Hay unas cuantas pegatinas en el cabecero de su cama. Me imagino agarrándome a ese cabecero y notando las pegatinas bajo las palmas de las manos.

Me acerco a las estanterías para observar sus mangas más de cerca. Ha dejado todo el porno en el estante inferior, como si esperase que nadie se agachase para examinar lo que esconde ahí abajo.

Me sorprende con la nariz metida en un cómic en el que, por lo que puedo entender, el protagonista es un chico al que ha comprado una señora soltera mucho mayor que él, que lo obliga a vestirse como una sirvienta y lo mantiene encerrado en su casa. Sigo pasando las páginas, hojeándolo, y me topo con una escena dibujada en grande en la que la mujer está sentada encima de la cara del chico vestido de sirvienta. Las proporciones están mal, pero la perspectiva es peor. Las manos de todos los personajes son enormes, y la señora tiene la espalda doblada hacia atrás en un ángulo extraño, para que puedas verle los pechos y la espalda al mismo tiempo. Suelto una carcajada burlona.

—¿Qué estás haciendo? —me pregunta Eddie del Tesco. Le doy la vuelta al cómic y se lo enseño.

—Siendo una cotilla —respondo—. Los dibujos de este son sorprendentemente malos.

—¿Has estado cotilleando algo más?

—No. ¿Por qué? ¿Tienes algo peor? —Sí que lo tiene. Lo sé por la cara que pone. Vuelvo a poner el manga en el estante donde lo he encontrado y me chascan las rodillas cuando me levanto. Hablo antes de que pueda responder—. Gracias por haber pasado la aspiradora.

—No importa —repone. Me mira durante un rato, como si estuviese esperando a que me disculpase por cotillear sus cosas o estuviese demasiado avergonzado como para hablar—. ¿Tienes hambre?

—No mucha. Pero no te diré que no a una copa.

—He comprado vino. Tinto, porque… compraste tinto antes. Yo no bebo, pero me he comprado para mí un par de botellines de cerveza.

—¿Qué? ¿Y piensas mirarme mientras me bebo una botella de vino yo sola? —Pongo los ojos en blanco, le quito el ventilador y salgo de su cuarto, rozándole el costado al pasar; me interno en el salón que acaba de aspirar, y me dejo caer en el sofá—. Estás intentando emborracharme.

—¡No! No, yo solo…

—Bueno, entonces tómate una copa de vino conmigo. Seamos justos.

No tiene copas de vino (no sé qué otra cosa esperaba) así que me tengo que tomar el vino en un pequeño vaso de plástico, lo observo servirse otro para él y bebérselo a sorbitos y poniendo cara de asco con cada sorbo. No para de hablar. No le gusta el vino, no le gusta beber alcohol, se siente como «todo un adulto» tomándose ese vaso de vino. Yo lo obligo a tomarse otro antes de que pase a beber cerveza.

—¿Puedo preguntarte algo? —Tiene los ojos abiertos de par en par, enormes y marrones, como los de una vaca.

—No. —Parece que va a vomitar en cualquier momento—. Es una broma. Pregunta.

—Cuando quedamos en la cafetería, me preguntaste por qué quería hacer esto. Pero... ¿por qué yo? —me pregunta—. Quiero decir... ¿por qué te intereso yo? ¿Solo para las fotos? ¿O para algo más?

Me bebo lo que me queda de vino de un trago y pienso en qué responderle durante un rato. Hay varias respuestas posibles: me gusta su pelo rizado; me gustan los hombres débiles; obedeces mis órdenes.

—Eres muy mono —le digo. No me cree—. ¡Lo eres! Sinceramente, no me puedo creer que estés soltero. —Sonrío. Tan solo le estoy diciendo la verdad a medias, parece la clase de hombre cuyas novias siempre son mucho menores que él. De los que salen con chicas de catorce años cuando ellos tienen diecisiete, o con chicas de dieciocho años cuando ellos tienen veinticinco, nunca demasiado menores como para que sea ilegal, pero lo suficiente como para que parezca raro. También me lo imagino saliendo con una tipa mandona y desaliñada de un club de ponis, o con una adulta emo con un corte de pelo pasado de moda y mucho *merchandising* del Joker. Esboza una sonrisa, pequeña, aunque decae rápidamente y entonces empieza a morderse los dedos.

—Vale —dice—. Si tú lo dices.

Le pido que me enseñe su cámara. Me la trae, disculpándose, porque es «solo un hobby», y es «la vieja cámara de su hermano», y «no es muy buena», y a él tampoco se le da muy bien la fotografía. Es una Nikon digital, tal vez tenga unos cinco años. A mí me gustan mucho más las Canon, y se lo digo, lo que hace que vuelva a disculparse. La enciendo y me pongo a cotillear su galería al momento. Muchas ardillas, en blanco y negro, y unas cuantas macrofotografías de hojas. También hay una foto en la galería Serpentine Sackler, así que debe de haberlas sacado en algún viaje a Londres. Todas son demasiado oscuras. Como si hubiese estado probando los distintos ajustes pero la hubiese terminado liando con la apertura del objetivo.

—Esta es de Hyde Park —digo. Él asiente—. Solía vivir en Londres —comento.

—Lo sé. En tu página web pone que estudiaste en Central Saint Martins y en el Royal College. Mi hermano, Amir, estudió Comunicación en el London College. Esa universidad pertenece al mismo grupo que la de Saint Martins. ¿No?

—Sí. El curso de fotografía que ofrecían en el grado de Comunicaciones del London College siempre me pareció demasiado comercial. Tu hermano hace fotos de comida y cosas así, ¿no?

—El cajero asiente—. Mmm. Yo no podría hacer eso. Quiero decir, obviamente he hecho también fotografías comerciales por mi cuenta, pero suele ser fotografía de moda, por lo que tengo mucha más libertad artística.

—Sí, bueno. —Se encoge de hombros—. Supongo que a él le paga las facturas.

—Mi trabajo me paga las facturas —le digo—. No me estoy burlando de lo que hace, solo digo que yo no sería capaz de hacerlo. Y la fotografía artística puede resultar de lo más lucrativa. Así que sí que *puedes* ganar dinero y tener algo de amor propio al mismo tiempo.

—No es como si… *se hubiese vendido* o algo así, es solo que… es su trabajo.

Es más que un trabajo, pienso. Pero me contengo al darme cuenta de que estoy siendo una borde. Él me mira con el ceño fruncido, así que relajo mi rostro, sonrío y me encojo de hombros. Oye, si quiere hacerles fotos a los pollos asados de M&S y se le da bien, allá él.

—¿De verdad los fotógrafos de comida empapan tampones y los calientan en el microondas para crear el efecto de que la comida está humeando? Quiero decir, ¿tu hermano lo hace? —le pregunto. Eddie del Tesco se sonroja al oír la palabra «tampones».

—Ehh… si lo hace, nunca me lo ha mencionado.

—Pregúntaselo la próxima vez que hables con él, por mí.

—Vale.

Hay una foto de media rata muerta en su cámara. También es de Hyde Park, o eso creo, y está hecha un ovillo sobre una cama de dientes de león. Solo se le ve una pata, la cola y un montón de moscas posadas sobre su carne. Es buena. Está bien compuesta, y ahí está la rata, las moscas y los dientes de león: todo plagas de una manera u otra, viviendo y muriendo juntas. Es decente, aunque se nota que la ha sacado un novato, aunque un novato… con visión, de esas que cuando las ves en un cuaderno de bocetos de un alumno piensas: «Bueno, le voy a dar un notable para ser justos».

—Esta no es mala —comento. Le doy la vuelta a la cámara para que la vea—. Es la primera en la que la exposición está bien.

—Ah. Amir sacó esa foto. Me arregló los ajustes. Dijo que había desajustado la apertura de la lente o algo así. —Parece avergonzado, de nuevo—. Es… una estupidez. Yo quería que todo saliese con mucho contraste, así que… lo toqueteé todo, y no sabía lo que estaba haciendo. Ahora la verdad es que me da miedo tocarla demasiado.

El resto de las fotos no están mal. Hay otras cuantas del parque, después un primer plano de un hombre que es idéntico a Eddie del Tesco, aunque mayor y gordo. Con la nariz más grande, los hombros más anchos y, en general, con peor aspecto; le falta la papada, los hoyuelos, las pecas. Tan solo es un tipo del montón más, él no haría que me volviese a mirarlo dos veces. Aunque Amir tiene un corte de pelo mucho mejor que el de su hermano, eso hay que admitirlo.

—¿Es tu hermano? —le pregunto—. ¿Es alto? Parece grande.

—Sí, mide más de un metro ochenta. —Eddie del Tesco carraspea para aclararse la garganta y sube los hombros hasta las orejas. Observo cómo abre y cierra las manos. Está pensando que darme la cámara ha sido un error, que ahora preferiré a su hermano. Ya he visto a Flo poner esa misma cara antes. Me presenta a alguien nuevo y después me fijo en lo tensa y triste que está, porque ha pasado a ser la amiga fea.

—La genética es algo muy interesante, ¿no crees? —comento—. Mi madre solo mide un metro cincuenta.

—Sí… nuestra madre también es bastante bajita. Cuando era pequeño solía decir que Amir no debería burlarse de mi altura porque algún día terminaría dando el estirón y siendo más alto que él y… bueno, eso nunca pasó —dice, soltando una risa forzada—. Todavía se burla de mi estatura delante de la gente. —Esboza una mueca de dolor—. No sé por qué te he dicho eso.

Sonrío. Estoy a punto de decirle que no pasa nada, que es «mono» incluso.

Y entonces añade:

—¿Crees que podrías alzarme en brazos? —Se le rompe la voz—. No lo digo en el *mal* sentido, es solo… —Lo miro sin comprender—. Ha sido una estupidez. Una broma estúpida.

Esbozo una sonrisa y creo que debo de hacerlo mal, porque se encoge como si lo hubiese fulminado con la mirada, y después se hace el silencio, un silencio largo y pesado. Me olvido de que tengo que sonreír, porque me quedo mirándolo fijamente mientras él no deja de observarme. Sus ojos van de un lado a otro y tartamudea, como si quisiera hablar pero no pudiera. No le debe gustar que lo miren, pero a mí no para de observarme. Me gusta mirarlo.

—Vamos a echarles un vistazo a tus fotos —le digo. Él se resiste.

—Oh. No, gracias.

—Deberías echarles un vistazo. Son buenas. —Abro mi portátil y busco la carpeta con sus fotos. Él se estremece de dolor, apartando la mirada de mí y de mi portátil, mirando fijamente el techo.

—¡Estoy seguro de que son geniales! De verdad, estoy seguro de que son geniales. Al fin y al cabo, las has sacado tú; tienen que ser muy buenas. Pero me avergüenzan. Es vergonzoso verse en las fotos. En fotos como... esas —se disculpa. Me dice que es tímido. Que no está acostumbrado a esta clase de cosas. Que odia verse en las fotos. No lo entiendo. Se lo digo. No entiendo por qué está hablando así.

—Venga, échales un vistazo. —Le coloco el MacBook en el regazo.

Las mira. Y después aparta la mirada y yo golpeo la pantalla con las uñas. Le digo que no he borrado casi ninguna; que me gustan tanto que no puedo elegir mis favoritas.

—Me he fijado en que tú también sales en algunas de tus fotos, en algunas de las que hay colgadas en tu página web. Tus manos, y tus zapatos y cosas así... —comenta—. ¿Podríamos sacar unas como esas? ¿La próxima vez? Creo que eso me gustaría.

—Así que esa mierda te gusta, ¿eh?

—Oh. No. Es solo por el arte. Creo que esas son tus fotografías más dinámicas.

—Claro —me burlo—. Y bueno, dime, ¿de qué iba ese cómic que he leído antes?

—En realidad forma parte de una saga. Eh... La trama gira en torno a una especie de crítica sobre la explotación laboral y el acoso sexual, y la manera en la que la sociedad devalúa a aquellos que trabajan en el sector servicios, en realidad... —Cuando me ve sonriendo, alza un poco más la voz—. No es algo sexual. Puede que tenga... *mangas explícitos*, pero no tienen por qué tener nada que ver con el sexo. Quiero decir... es como tus fotos. No puedes desear sexualmente… a todos los modelos a los que les sacas fotos, ¿no? Tan solo los eliges porque son los que mejor encajan con la idea de foto que tienes en mente o por cualquier otra cosa por el estilo, ¿sabes?

—¿Me estás queriendo preguntar si me quiero acostar con todos los hombres que uso de modelos para mis fotos? —Me encojo de hombros—. Bueno, algo así. ¿Por qué si no iba a pedirles que posasen para mí?

Eddie del Tesco me observa horrorizado. Como si la posibilidad fuera tan absurda que ni siquiera se lo hubiera planteado. Me pregunta: «¡¿Con todos!?», como si me hubiese acostado con todos ellos o algo así, como si mis prácticas artísticas requiriesen tirarme a todos los que hacen de modelos para mí, como si fuese una coneja en celo, uno tras otro, sin parar. El chico frunce el ceño. Intento averiguar qué es lo que significa ese gesto: si está asqueado o si tiene el ego un poco herido.

—¿Quieres decir que si me acuesto con ellos? *¡¡Con todos!?* —le pregunto, imitando el tono que ha usado para preguntármelo. Él cierra la boca de golpe y niega con la cabeza, hundiendo los hombros a la vez que se aleja de mí, intentando sacarme de su espacio personal.

Yo pongo los ojos en blanco e intento explicarme que normalmente no cago donde como. La sexualidad es importante en mi trabajo, y tiene que haber cierta química entre modelo y fotógrafa, pero eso no significa que me vaya a abrir de piernas en cuanto le quito la tapa a mi objetivo.

—Lo siento —dice Eddie del Tesco—. Te he prejuzgado. He sido estúpido. Muy estúpido. —Se retuerce en el sofá y vuelve a ponerse rojo. Creo que nunca he visto a nadie sonrojarse tanto, y entonces recuerdo cuando mi madre entró en la menopausia. Recuerdo sus sofocos, su rostro, que se ponía rojo como un tomate a la mínima; cómo se quitaba el abrigo por la calle en enero y se frotaba hielo en el pecho en los restaurantes.

—Deja de sonrojarte —le digo. No puede evitarlo, gimotea como un perro al que le han dado una patada. Estoy molesta.

Estoy tan enfadada que puedo sentirlo en mis entrañas. Mi vagina se contrae, cerrándose como un puño. Cierro el portátil y lo dejo sobre su sucia mesita del salón—. ¿En qué demonios estás pensando?

—Yo creía que… supongo que creía que te gustaba. No me había dado cuenta de que solo era uno más para ti. —Pensaba que era especial. Le tiembla el labio. ¿Es que se va a echar a llorar?

Está jugueteando con sus manos, y aunque tiene la mirada clavada en el suelo, me doy cuenta de que está poniendo una mueca. Alza la mirada hacia mí, y sus ojos siguen su estela habitual, pasando de mi escote a mi cara y de nuevo al suelo, como si estuviese esperando a que dijese algo, a confirmar o negar que *me gusta*. Dejo que sus palabras se ciernan entre nosotros, como un cuerpo más.

—Quizá sí —le digo. Él alza la mirada hacia mí, esta vez me observa fijamente. No me mira a los ojos, pero sí que me mira a la cara, lo que ya es un avance. Se inclina hacia mí, con los labios fruncidos y los ojos cerrados, y yo me alejo. Cuando no encuentra mis labios, abre los ojos—. En la boca no —le digo. Me levanto del sofá y le hago un gesto con la cabeza para que me siga—. Trae la cámara. —Lo escucho tambalearse al levantarse. Echo un vistazo dentro de su dormitorio: las figuritas, los pósteres de las chicas coreanas—. En realidad, no puedo hacerlo con todas esas japonesas mirándome. Nos quedaremos aquí. —Regreso al salón y me quito los zapatos de una patada.

—Son coreanas.

—Lo mismo es —repongo—. Por cierto, soy alérgica al látex. —Le digo que me traiga la cartera que tengo guardada en mi mochila y que allí encontrará unos cuantos condones sin látex, de todos los tamaños.

—¿Cómo lo descubriste? —me pregunta—. El que eras alérgica.

—A las malas.

Me mira un tanto ofendido cuando saca el condón «Pequeño» y le digo que no se lo tome como algo personal, que siempre los llevo encima, que nunca se sabe. Deja el «Pequeño» a un lado y saca el de tamaño «King» y «King XL». Siempre me he preguntado por qué no estipulan la medida de los condones como las copas de los sujetadores: A, B, C; en vez de dejar que la gente tenga que intentar averiguar qué tamaño escoger basándose en el eufemismo de qué sienten que describe de manera más apropiada su pene. «Sé que no soy "Pequeño" pero… ¿tengo el tamaño "King"? ¿Podría ser incluso "King XL" si el siguiente de "Pequeño" es "King"? ¿Y si la marca tiende a medir grande? ¿A lo mejor sí que soy "Pequeño"?».

—Ehh —dice—. ¿Cuál es el… normal?

—El que tienes en la mano izquierda —respondo.

—Guay —dice—. *Guay, guay, guay.*

Alzo su cámara mientras él juguetea con los condones. Le saco una foto. El flash está apagado, así que no se da ni cuenta. Deja de observar los condones y se vuelve a mirarme. Me mira fijamente.

—¿Qué?

—Eres tan guapa —dice.

—Lo sé.

—Quiero decir que eres… una belleza propiamente dicha, ¿no crees?

—Lo sé —respondo. Me paso una mano por el cabello y le saco otra foto. Me pregunta si puede probar, si me apetece que me saque él una a mí. Le digo que se quite la ropa. Le digo que ni se le ocurra besarme en la boca. Le digo que no me tire del pelo. Le digo que odio que me escupan y que tampoco debería chuparme; que solo me gusta hacerlo conmigo encima y que no me gusta hablar mientras follo. Él asiente y se quita los vaqueros, tambaleándose.

—Lo que tú quieras.

No creo que esté lo bastante borracha como para hacer esto. Lo observo estirarse en su mugriento sofá con los calzoncillos aún puestos y el pánico mal disimulado en la cara, me pregunto si habrá sido una mala idea. Sé que es una mala idea.

Es una hamburguesa con queso y yo voy a acabar metiéndome los dedos en la garganta en una hora para vomitarla.

Me desabrocho los vaqueros y tardo un rato en quitármelos. Me quito la camiseta y me quedo de pie en medio de la sala, observando el espacio mientras pienso. Oigo un cascabel. Me giro.

—¿Qué pasa? —me pregunta. Le digo que no pasa nada. Le ordeno que se tumbe en el suelo porque los dos no entramos en el sofá. Él se tumba junto a su mesita y yo me pongo encima. Me mira fijamente, con esos ojos enormes y agradecidos—. Ha pasado mucho tiempo desde la última vez que lo hice —me dice. *No me digas*, pienso.

Me quito la ropa interior y él se apresura a quitarse los calzoncillos, me sujeto en los cojines del sofá y lo observo ponerse el condón, aunque tarda más de lo que debería en hacerlo. No lo ayudo, tan solo me quedo mirándolo y, cuando ya se lo ha puesto, me siento a horcajadas encima. Él intenta metérmela pero no lo consigue, y me da con la cabeza roma de su polla en el interior de los muslos antes de que le dé un manotazo para que la suelte y me encargo de agarrarla e introducírmela yo misma. Le digo que no se mueva, aunque dudo que pueda hacerlo, con mi peso sobre sus caderas. Respira con dificultad y tiene los ojos cerrados con fuerza. Le paso las manos por el pecho, por el pelo y le termino colocando una mano en el cuello. Se lo aprieto. Lo aprieto con fuerza, con las dos manos, y solo lo suelto cuando se pone morado.

—Eh —dice.

—Vamos a probarlo —le ordeno. Y después lo obligo a callarse. Lo obligo a callarse y vuelvo a agarrarlo del cuello, muevo las caderas, porque me doy cuenta de que su polla se está quedando flácida en mi interior. Suelta un gritito y jadea, intentando respirar, y cuando lo suelto me da golpes en las muñecas. Respira hondo, con fuerza, y jadea, y no opone resistencia cuando lo estrangulo de nuevo. Noto cómo se retuerce; cómo su nuez se clava en la palma de mi mano.

Es pequeño, está morado, rígido y en silencio. Hay un momento en el que pienso que puedo haberle hecho perder el conocimiento, pero sus ojos vuelven a abrirse en cuanto lo suelto. Empieza a toser y yo sigo montándolo. Le doy una bofetada.

—Oye. ¿Estás bien? —le pregunto. Él asiente, tosiendo—. Hazme un gesto para saber que estás bien. —Lo hace. Me he estado moviendo encima de él con tantas ganas que nos hemos ido deslizando por el suelo del salón. La cabeza del cajero está ahora contra su radiador y a mí me duelen las rodillas. Tiene los ojos anegados en lágrimas. Su siguiente respiración, temblorosa, parece tanto una tos como un llanto. Cuando me dispongo a volver a agarrarlo del cuello, él me aferra las muñecas y me aparta las manos, golpeándolas. Yo le doy una bofetada. Podría estar alzando las caderas para tomar algo de control, o podría intentar quitarme de encima. Pero sigue teniéndola dura. Está llorando y tosiendo.

—Por favor, bájate —me dice. Se limpia los ojos con el dorso de las manos y me empuja. Pierdo el equilibrio. Los dos soltamos un jadeo cuando sale de mí y me golpeo el coxis contra el suelo.

—¡Auch! —suelto—. Me dijiste que estabas bien. Tú... ¡me hiciste un gesto y todo!

—Lo siento —lloriquea. Se abraza las rodillas contra el pecho—. Lo siento. Pensé que estaba bien, pero no lo estaba. Lo siento. Por favor, no me odies. —Me levanto para buscar mi ropa interior y él me pide que vuelva, agarrándome la pierna con su manita—. Lo siento. Lo siento. Vuelve. —Así que regreso y me siento a su lado en el suelo—. Lo siento. —Me masajea un pecho con una mano y se mueve para poder deslizar sus dedos entre los labios de mi sexo—. Lo siento. —Intento recordar su cara morada y no oír el sonido de sus mocos cuando me habla a al oído—. Solo quiero que disfrutes —me dice—. ¿Así está bien? —El ángulo es incómodo y me da vergüenza lo que está intentando hacer, pero asiento con la cabeza. A pesar de lo que pienso en realidad, asiento—. Eres preciosa —dice.

Me acaricia el pelo cuando llego al orgasmo. Lo odio. Me aparto, me aclaro la garganta y, esta vez, sí que me voy a buscar mi ropa interior.

Mientras me visto, se pone en plan «¿quieres pizza?, ¿quieres otra copa?», se va a la cocina, se limpia el pene con un paño y tira un condón lleno de esperma a la basura. No me había dado cuenta de que se había corrido.

—Debes tener hambre. Yo me muero de hambre —dice.

—Nah. —Carraspeo de nuevo—. ¿Puedo irme ya?

—Ah. Vale —dice. Se está lavando las manos—. Si quieres puedo llevarte a casa.

—No, gracias —respondo.

El conductor del Uber está de acuerdo en que he tenido una tarde muy rara, y mientras redacto una especie de informe de autopsia para enviarle a Flo y hacerle creer que estoy muerta, recibo unos mensajes de Eddie del Tesco.

¡Hola!

Espero que estés bien.

Siento mucho que las cosas se pusiesen tan raras.

       Cuanto más te disculpes, más raras se pondrán.

Vale.

No sé qué decir porque siento que tengo que pedirte disculpas.

¿Gracias?

FRANK

He estado retrasando el volverme a poner a revisar los archivos porque sé lo que viene a continuación. Recibo un correo electrónico de Jamie en el que me pone una fecha de entrega para enviarle las fotografías que elija para la exposición justo después de comentarle que he estado demasiado ocupada como para sentarme un día a revisarlo todo. «¡Siempre y cuando nos envíes algo antes de septiembre, no pasa nada!».

Ya me veo posponiéndolo de nuevo, dejándolo todo para el último minuto, así que tomo una botella de vino que tengo a medias, una copa y me pongo manos a la obra. La siguiente caja está llena de mis trabajos de segundo y tercero de carrera, lo que significa que tendré que rebuscar entre la caja de Frank. Dejo a un lado la copa que me había traído y bebo directamente de la botella.

Un correo electrónico. Aparto la mano de la tapa de la caja y me lanzo hacia mi teléfono móvil.

Querida señora Sturges:

Me llamo Dennis. Me dio su tarjeta en el autobús hace unas tres semanas. Le he echado un vistazo a su portfolio y estaría interesado en colaborar como modelo para usted. Debido a su prolificidad, y a que su biografía deja claro que les hace esta clase de proposiciones a varios hombres a lo largo de

una misma semana, le he adjuntado en este
correo una fotografía mía para refrescarle
la memoria.

                    Saludos cordiales,
                                Dennis

—Señora Sturges. —Qué formal. Y políticamente correcto.
Yo suelo usar más el «señorita» porque cuando me llaman «señora» me da la sensación de que están hablando de una «treintañe-
ra boho-chic divorciada con cientos de gatos».

Sorprendentemente, la foto que me ha adjuntado no es una
foto de su pene.

Es la fotografía de un hombre mayor y encantador, que lleva
traje, y que sonríe con timidez a la cámara, de pie frente a una
pared totalmente blanca. La foto está un poco desenfocada, probablemente porque la habrá sacado con la cámara frontal de su
teléfono móvil. Tiene barba de unos pocos días, el pelo cano y lo
que supongo que será un cuerpo regordete escondido bajo esa
camisa. Tiene un único hoyuelo y cierto aspecto hogareño y característico del norte, se parece a Jon Hamm. No recuerdo haberlo visto nunca. Siempre he sido muy dispersa a la hora de reclutar
a mis modelos, por lo que es muy raro que me acuerde de todos
ellos, a menos que se pongan en contacto conmigo inmediatamente.

Estoy un tanto decepcionada de que me haya escrito un correo electrónico tan corto. Tampoco requiere una respuesta muy
explayada, así que me limito a enviarle mi respuesta estándar
para estos casos.

Buenas tardes, Dennis:

Pues claro que me acuerdo de ti. Te dejo
adjunta en este correo mi dirección, así como
toda la información para llegar aquí en

transporte público y los distintos aparca-
mientos que hay cerca. ¿Estás disponible por
las tardes y los fines de semana? Si es así,
yo estoy libre toda la semana.

Irina

Creo que se echará atrás. Los trajeados siempre se echan
atrás.

He perdido fuelle. La botella de vino está casi vacía, así que
me abro una nueva antes de volver a mi búsqueda entre las cajas.

De primeras, las fotos de Frank no destacan en absoluto, salvo por ser un poco más conservadoras de lo que suelo sacar.

Todas las universidades tienen uno de *esos* profesores. De los
que se ponen delante de una presentación en PowerPoint y, con
solo abrir la boca, se puede oír cómo empiezan a caerse las bragas por toda la clase.

Esa era Frank. *Frank Steel*. No era su nombre de verdad, claro
está. La bautizaron con el nombre de Francesca Leigh, aunque
abandonó el apellido de sus padres para ponerse otro que «le
gustase cómo sonaba», y que combinase con su apodo masculino
preferido.

Era de Manchester, una profesora invitada que traían una o
dos veces cada trimestre para hablarnos de fotografía feminista,
Judith Butler, teoría *queer* y demás. Recuerdo perfectamente su
clase de «Introducción a Michael Foulcault», porque escribí en mi
cuaderno: «Dejaría que me *disciplinase* y *castigase* encantada». De
vez en cuando también ofrecía clases particulares. Tenías que
apuntarte y las plazas siempre se agotaban en un abrir y cerrar
de ojos. Yo llevaba queriendo apuntarme a una de sus clases particulares desde primero, pero no conseguí que accediese a darme
una hasta segundo, en enero. Me jacté de ello y se lo restregaba
a cualquiera que estuviese dispuesto a escucharme. Un compor-
tamiento de lo más extraño, incluso para mí. Aunque tuviese
veintiún años, era extraño incluso para mí a los veintiuno.

Pero Frank tenía ese efecto en los alumnos. Era un poco más bajita que yo, pero no era bajita del todo, era delgada y de pecho plano, con hombros que parecían más propios de un niño que de una mujer. Muy masculina, aunque no como los personajes de *Stone Butch Blues*, pero tampoco se quedaba muy lejos. Se parecía un poco a James Dean, algo que descubrió a las malas. Siempre llevaba unos vaqueros Levi's y botas altas y una chaqueta de cuero. Aunque yo siempre pensé que era demasiado guapa como para ir vestida así. Tenía unos ojos azules y enormes, con unas pestañas tan largas que parecían falsas, como si fuese una muñeca. A veces le insistía en que tenía que empezar a maquillarse, pero ella siempre terminaba enfadada conmigo cuando se lo sugería. Frank es la única mujer a la que fotografié durante un periodo de tiempo prolongado.

Ella fue la que lo empezó todo.

Fui a la clase particular. Recuerdo que era un martes por la mañana, a primera hora, y yo me había despertado a las siete para peinarme y maquillarme. Cuando me vio, me recorrió con la mirada y soltó:

—Por Dios, sí que estás ansiosa por hacer esto, ¿no?

Llevaba puesto un vestido veraniego azul pastel y me había cardado el pelo, dejándomelo suelto y rizado. Me había maquillado los ojos para que tuviesen ese aire sesentero con el que estaba obsesionada en aquella época. Recuerdo que en ese momento me moría de la vergüenza, los hombres nunca se fijaban en esa clase de cosas, ¿verdad? Pero ella sí.

Le dije que tenía una cita esa tarde y ella me comentó que me parecía a Priscilla Presley el día de su boda, a una Priscilla pelirroja. Creo que yo había intentado parecerme un poco más a Brigitte Bardot, pero le dije que me gustaba su comparación.

Ella se pasó toda la clase ninguneándome. Le enseñé mi trabajo «¿Qué estarías dispuesto a hacer para ser mi novio?» y me dijo que era una obra de lo más cruel. Dijo que el resto de mis fotografías tenían cierto aire pervertido, y que estaba casi impresionada de que una mujer tan joven pudiese tener ideas tan asquerosas. Dijo que, basándose en mis trabajos y en lo que había escrito, tenía una actitud muy despectiva hacia mis modelos. Estaba claro que los veía como objetos intercambiables y de los que me podía deshacer fácilmente. Me preguntó si odiaba a los hombres, o si en realidad me gustaban y lo que odiaba era que me gustasen tanto.

—Al final del día, Irene —me dijo—, y si crees que esto es demasiado personal, no respondas... no estás haciendo arte, estás haciendo porno. ¿Y sabes por qué? Creo que es interesante el poder ver esta clase de obras realizadas por una mujer joven. Pero podrías hacer algo muchísimo mejor que esto. Mucho más fresco. El mundo no necesita más fotografías asquerosas y voyeristas, ¿no crees? —Y entonces empezó a hablar sobre la empatía... ¿es que solo me fijaba en los trabajos de Arbus o Mapplethorpe? O de cualquiera del resto de fotógrafos que retrataban la sexualidad de los desconocidos a través de sus objetivos. ¿Es que era verdad que solo consumía fotografías de hombres heterosexuales? Porque eso era exactamente lo que Frank me estaba queriendo decir.

»¿Has hecho alguna vez de modelo, Irene? —Y después soltó una risa burlona ante su comentario—. Quiero decir, ya te has visto en el espejo. Pues claro que seguro que has hecho de modelo alguna vez.

Le dije que no. Y eso pareció sorprenderla. Incluso hoy sigo sin saber si estaba intentando sorprenderla. Le dije que sí que había modelado muy esporádicamente, aunque solo para amigos, pero nunca para una agencia, a las agencias de modelos no les interesaba, porque era demasiado gorda como para ser una modelo normal, pero demasiado delgada como para ser una modelo de talla grande. Probablemente sí que habría podido modelar para fotografías un poco más glamurosas o incluso fetichistas, pero...

Ella hizo un gesto de la mano para que me callase, se disculpó por si había tocado una fibra sensible. Me sentí estúpida.

—Creo que te ayudaría mucho a empatizar con tus modelos el haber modelado tú también. De hecho...

Todavía tengo su tarjeta de visita pegada en la contratapa de mi cuaderno de dibujo de ese año. Recuerdo que la sacó de su cartera y me la tendió. Me habló de su último proyecto, en el que estaba fotografiando a gente de la comunidad LGBT que venía del norte de Inglaterra y que se había mudado a Londres. Necesitaba más modelos mujeres. Supuso que era hetero, por mis fotos, pero me guiñó un ojo y dijo:

—Lo que los gais no sepan no les hará daño.

Balbuceé que sí que había estado con mujeres, aunque no solía pregonarlo a los cuatro vientos. Frank me interrumpió y me dijo que no tenía por qué preocuparme.

Así que, una semana más tarde, me presenté en su estudio de Hackney, después de haber presumido de ello ante cualquiera que quisiera escucharme. Me dijo que llevara maquillaje, pero que llegara con la cara limpia. Que llevara un par de mis conjuntos favoritos, pero que fuera con algo básico. Así lo hice. Me puse el único par de vaqueros que tenía en ese momento y una camiseta sencilla. Me sentí como una maldita don nadie y fui en el tren con la cabeza gacha. No le llamé la atención a nadie, no me miraron ni me hablaron en todo el trayecto hasta allí, y eso me puso de mal humor. Resulta de lo más molesto cuando te das cuenta de que todo el mundo se te queda mirando por primera vez pero, una vez que te acostumbras, si la gente deja de mirarte, si deja de fijarse en ti, te sientes incluso peor.

A esa edad cuesta mucho hacerte sentir joven, o darte cuenta de lo joven que eres en realidad, y me pasé todo el trayecto, todo el camino hasta su estudio, sintiéndome una tonta, al fin y al cabo, estaba intentando impresionar a mi maldita profesora. Cuando llegué al estudio de Frank, tenía las uñas y los pulgares ensangrentados y una mueca enfadada dibujada en mi rostro. Eso fue lo que dijo Frank cuando me dejó entrar. Me preguntó si estaba bien, y yo recuerdo que le solté algo sobre cómo *odio* vestirme mal, y lo mucho que *odio* salir a la calle sin maquillar.

Se rio de mí y dijo que no pasaba nada.

Las primeras fotos de esta caja son las que me hizo Frank. Le pedí que me diera unas cuantas copias y compré este álbum de recortes con las páginas negras específicamente para pegarlas. En la primera foto salgo de pie con los vaqueros, la camiseta y sin maquillar. Con las manos a los costados y mirando fijamente al objetivo, intentando no dejar ver lo incómoda que me sentía en realidad. Creo que lo que estaba intentando parecer era una persona desafiante, pero lo único que conseguí fue parecer rígida y una rarita. Por Dios. Esa cara. Paso mi uña larga y acrílica por las líneas de mi rostro. Ahí todavía tenía las mejillas regordetas, como las de una ardilla. Tampoco tenía las caderas muy anchas en aquel entonces, era todo brazos, piernas y costillas, con esas tetas desproporcionadamente grandes que son como si alguien me hubiese pegado al torso dos bolas enormes de helado.

Frank me pidió que me cambiase de ropa y no dejó de mirarme mientras lo hacía, me dijo que parecía sacada del cuaderno de dibujo de un niño pequeño.

Paso a la siguiente página. En la próxima foto llevo puesto un vestido que me encantaba. Un horrible minivestido de nailon con cuello de barco. *Vintage,* rosa chillón... desentonaba con mi pelo y me aplastaba el pecho. Soy toda piernas, con esas horribles botas blancas de plataforma, plásticas y ceñidas. Frank me preguntó:

—¿Siempre vas vestida con esa mierda retro? —Por eso salgo mirándola con desprecio en la siguiente foto.

Frank tenía un sentido del humor muy seco. Así que nunca llegué a entenderlo del todo. Me quité el vestido. Me encogí de hombros y le pregunté si así estaba contenta, como una niñata revelándose contra su madre.

—Iba de broma, Irene —me dijo. Y después empezó a soltar chistes con cierto deje de autodesprecio sobre lo mucho que a ella le gusta ir al Topman solo para ver la foto de Marlon Brando, con sus preciosos dientes blancos refulgiendo al reírse como el brillante objetivo de su cámara. En la página siguiente salgo haciendo una mueca con mi ropa interior a juego, con los brazos cruzados sobre el pecho y la boca entreabierta porque estaba a punto de decirle que me llamaba *Irina*, y no Irene.

La siguiente foto acabó colgada en las paredes de una galería cuando ella participó en una exposición. Salgo en ropa interior y solo con mis botas puestas, el pelo me llega casi hasta la cintura, las cejas enarcadas, las manos en las caderas, el pie izquierdo delante del derecho, los ojos en blanco, los labios torcidos en una mueca. Estoy metiendo la tripa con fuerza, conteniendo el aliento, para que se vea toda mi caja torácica. «Respira, hermana», es lo que las zorritas de Instagram suelen dejar ahora en los comentarios de sus amigas cuando posan así; respira, hermana; pero solo cuando ves a alguien metiendo la tripa así.

Le saco una foto con el móvil a la foto que me sacó Frank y la subo a Instagram. Le pongo de pie de foto: «AQUÍ TENÉIS UNA FOTO DE MI CARA. Esta soy yo, me la sacó Frank Steel, ¿en 2011? Antes de que se pusiese de moda decir lo de "Respira, hermana" porque en esta foto tengo veintiuno. Todavía tengo cintura, todavía uso sujetador, ya me he quitado los pantalones y las botas tampoco me quedaba mucho tiempo para perderlas, después de eso gané unos doce centímetros en las caderas».

Tengo alrededor de cincuenta mil seguidores en Instagram. Tampoco suelo usarlo mucho, ya que no puedo subir muchas de mis mierdas por las «reglas de la comunidad» de la aplicación.

Frank me dijo que lamentaba mucho haberse equivocado con mi nombre desde el principio, y me dijo que *solo* estaba de broma y que, sinceramente, que «me pusiese mi maldito vestido de nuevo, venga». Así que, para revelarme otra vez, me quité el sujetador. Recuerdo que soltó un suspiro, que le temblaba el dedo sobre el disparador. Recuerdo que se pellizcó el puente de la nariz y que bajó la mirada hacia sus zapatos, mientras no paraba de decirme una y otra vez que me volviese a poner el vestido. Le dije que sacase la foto, porque al menos le duraría más. El encuadre de la siguiente foto está mal, porque me la sacó sin mirarme. Pero me la sacó. Y ahí salgo yo, sonriendo con socarronería, con las tetas al descubierto, el brazo izquierdo cortado, apartándome el pelo de la cara. Paso una uña sobre la línea de mis pechos redondos, sobre mi estómago cóncavo, sobre mi cadera.

Y esa es la última que me sacó. Recuerdo que comentó algo que tenía las palabras «estudiantes» y «chicas hetero» en la misma frase. Y después soltó: «No suelo hacer esta clase de cosas, pero...», y yo recuerdo haber sonreído de oreja a oreja, porque siempre me ha gustado ser la excepción a la regla.

Despego la foto anterior del cuaderno, la que he subido a Instagram. No la he sacado yo, pero tampoco me vendría mal para la exposición. Tendrán que mencionar a Frank, y eso me gustaría muchísimo.

Me hago con un vaso, un poco de hielo y un chorro generoso de vodka antes de abrir el siguiente cuaderno. En ese hay fotos mucho más íntimas, unas cuantas las saqué yo, otras las sacó Frank, sobre todo son fotos *polaroid* y analógicas. Con ese toque viejo, pretencioso. En una sale Frank sonriendo con los labios pintados de rojo; se los pinté yo, inmovilizándola y forcejeando sobre la cama; en la siguiente salgo yo con una de sus chaquetas puesta y nada más; la siguiente es de Frank enredada entre mis sábanas de Ikea; otra en la que salgo yo sentada en el banco de su cocina en pijama, comiendo cereales directamente de la caja. Parezco muy joven en todas.

Ella solo posó para mí en una ocasión, y me dijo que si alguna vez le mostraba esas fotos a alguien, no podría volver a pisar la universidad. Se las saqué en su estudio, con su cámara y sus luces. La obligué a ponerse esta camisa, que era del mismo tono de azul que una caja de Tiffany, ese azul que decía «Ábreme». Tenía un cuerpo plano, sin forma y huesudo. Sus pechos eran demasiado pequeños como para agarrarlos (sobre todo con mis «enormes y arrebatadoras manos huesudas») así que siempre terminaba haciéndole arañazos en el pecho, intentando agarrarme a algo. Se le pueden ver mis arañazos en estas fotos, aunque solo una parte, en su esternón, y aunque solo se ven en las secuencias en las que ella se empieza a desabrochar la camisa.

No se parecen en nada a mis otras fotos. Supongo que es porque sí que *me gustaba* Frank. Teníamos algo sano. Si comparo estas fotos con las del trabajo «¿Qué estarías dispuesto a hacer para ser mi novio?», las de los chicos vestidos con camisones, o incluso con las fotos que suelo sacar ahora... es como si las hubiese sacado una persona totalmente distinta. Estas fotos son cálidas. Sale sonriendo en todas, divirtiéndose. No existe ninguna dinámica de poder extraña entre fotógrafa y modelo, solo está... Frank. Su sonrisa, su mano apoyada en el vientre; la camisa deslizándose por su hombro, su cinturón desabrochado, ella riéndose. Hay una en la que sale la mitad de su cabeza cortada porque se está acercando a mí, porque yo no paraba de quejarme de que el balance de blancos estaba mal configurado y de decirle «ven a arreglármelo», aunque lo único que quería era besarla. Siempre tenía los labios secos.

Al final, fue ella la que lo arruinó todo. Nos pasamos seis meses tonteando, jugando con nuestros cuerpos, y entonces mi madre vino de visita y Frank insistió en que quería conocerla. Yo me reí en su cara. Después me llevó a su exposición sobre la comunidad LGBT del norte de Inglaterra pero que vive ahora en Londres, y me enfadé porque decidiese exponer mi foto sin preguntarme antes (simplemente supuso que no me importaría), así que tuvimos una discusión enorme, a gritos, fuera de la galería, que solo fue a peor porque las dos estábamos borrachas por todo el champán que habíamos bebido. Me dijo que lo superase y que «saliese del armario de una vez» («Sé bisexual, sé lesbiana, sé Frank-sexual, ¡pero sé *algo* más que una idiota metida en el armario!»), así que le solté que se fuese a la mierda. La empujé contra la pared y me marché hecha una furia.

La gota que colmó el vaso fue cuando, en una fiesta a la que me obligó a ir con ella, me presentó como su novia, y su amiga le preguntó de qué cuna me había robado. Aquella tarde fue horrible, y después discutimos a gritos en el taxi.

—¿Desde cuándo soy tu novia? —le espeté. Y ella me preguntó si estaba de broma. Al final fui yo la que tuvo que escucharla soltando su maldito monólogo.

—Me he pasado diez malditos y miserables años en el armario; pintándome los labios y manteniendo relaciones que no significaron nada para mí, en las que nunca le dije «te quiero» a nadie, en las que no hice lo que suelen hacer las parejas de verdad, y todo lo que hacíamos, lo hacíamos siempre a puerta cerrada… ¿Y sabes qué? No, Irina. No pienso volver a hacer algo así. No pienso dar un paso atrás. Ni por ti, ni por nadie.

Y yo solo respondí: «Lo que tú digas». Y ella siguió echándome la bronca sobre lo borde que había sido. Soy «borde», y «criticona», y «egoísta» y «cruel». Y le pregunté por qué si pensaba que era tan horrible seguía follando conmigo.

No me respondió. Le pidió al conductor del taxi que me dejase en mi casa, me echó de una patada y no volvió a hablarme después de aquello. Sí que vino a ver mi exposición de fin de grado, y yo la ignoré. No la he visto desde entonces.

Al final de ese mismo cuaderno, hay pegada una foto de Flo. Cuando Frank y yo rompimos, Flo se cortó mucho el pelo. Y pasó a ponerse solo vaqueros azules y camisas blancas, a fumar cigarrillos, a llevar sujetadores deportivos que le aplastaban el pecho. Fue raro. En esa foto sale de pie con los pulgares metidos en las trabillas de sus vaqueros, la pose que solía poner Frank, y con un cigarrillo colgando de la comisura de sus labios.

La dejé hacerlo. Quiero decir, cuando volvió a casa después de haberse cortado el pelo (una *semana* después de que Frank y yo lo hubiésemos dejado) le solté un: «¿Esto es una puta broma, Flo?» y ella solo me respondió con un escueto: «¿El qué?».

Flo fue el clavo que sacaba a otro clavo para mí, nada más, alguien a quien te tiras cuando vas lo bastante borracha o estás pasando la peor resaca de tu vida. Y Flo estaba ahí, con ese aspecto tan mono y masculino, con la boca cerrada, y me pareció la mejor idea del mundo. Solo era un polvo.

Al final las cosas se volvieron raras. Ya eran raras de antes, pero creo que la cantidad de cocaína que consumimos ese día y lo mucho que bebimos lo empeoró todo.

Flo hablaba más de la cuenta, como hace la gente cuando está borracha y drogada. Y yo le grité, por volverlo todo mucho más raro de lo que era en realidad, y ella se echó a llorar y me dijo que creía que lo nuestro podía *funcionar*, y yo le grité más alto. A la mañana siguiente, cuando nos despertamos, las dos actuamos como si nada hubiese ocurrido. Así nos pasamos todo el verano.

Tomo el teléfono y abro la conversación con Flo y le escribo: «¿Te acuerdas cuando nos drogábamos y teníamos sexo del malo en el que ninguna de las dos llegaba al orgasmo y terminábamos discutiendo porque tú querías ser mi novia y después te echabas a llorar cuando te decía que no y yo terminaba gritándote? Jajaja».

Pero no lo envío. Creo que no lo envío. Borro toda nuestra conversación, porque si resulta que sí que se lo he enviado, de esa manera no recordaré haberlo hecho y habré destruido todas las pruebas, y, de ese modo, nunca habrá ocurrido. Me río. El sonido reverbera por el garaje.

Saco otras cuantas fotos de Frank, la que sale con los labios pintados y un par de las que sale con la camisa azul puesta. Vuelvo a tomar mi teléfono y busco su nombre en Facebook. Encuentro un perfil que podría ser suyo, y después borro el historial de búsqueda, cierro la aplicación y me sirvo otro vaso de vodka.

La siguiente caja está llena de lo que yo llamo «Selfis prohibidos». De hecho, lo escribí a un lado. Vuelvo a reírme.

Este es mi único conjunto de autorretratos; después de esto dejé de hacerme fotos como es debido. Las fotos que les saco a otras personas, sobre todo a hombres a los que no voy a tener que volver a ver, son la muestra perfecta de lo que puedo encontrar guardado en esta caja, como las fotos de esos chicos. Ellos se marchan al acabar, yo me quedo con las fotos, y eso es todo lo que importa.

Pero yo no me iba después de hacerme esas fotos. Y ahora tengo que mirarme todos los días, así que una colección de selfis, para mí, es más una especie de registro de mi propia decadencia que un ejercicio de narcisismo.

Le echo un vistazo a mi teléfono antes de abrir la caja. Mi Instagram está que arde de todas las notificaciones. Más de mil «me gusta», un montón de nuevos seguidores y un montón de comentarios.

«LOL, ¿¿¿todavía tienes ese aspecto???». Ese lo borro.

«Cuánto nos gusta una reina que pierde su ropa interior». Reconozco el nombre de usuario, es una chica que siempre comenta en todas mis fotos y que habló de mí en uno de sus proyectos para la clase de arte de secundaria.

«sube algo más reciente». También lo borro, junto con otro que comenta «¿tienes kik?». Ni siquiera sé lo que es «kik».

«*mira tus MD*», un tipo al que también le gusta la fotografía me ha mandado un MD, quién soy yo para ignorarlo, y me topo con otros cuantos como él. También me comentan unos cuantos «¡Vaya!», otros tantos emoticonos y algún que otro comentario de aficionados a la fotografía como yo. También recibo unos cuantos comentarios de mierda, del estilo de «vine por un selfi que subiste hace tres meses y me quedé porque tus fotos no están mal». Como si tuviesen algún derecho a juzgar si alguien es buen fotógrafo o no.

«Estás impresionante, acuérdate de echarles un ojo a mis fotos, zorra», Finch. Agh. Le respondo.

«Para alguien que se supone que odia que la gente trabaje de gratis, no te importa nada cuando es porque trabajan para ti bb».

Me responde al momento.

«Jaja. Eso parece. Luego te invito a un café. Échales un ojo a mis fotos».

Lo haré mañana. No me llama la atención ningún comentario más, aparte de un imbécil que me escribe «ME ACABO DE CORRER». Le respondo que tengo cuenta en PayPal y en Ko-fi para que me pueda dar una propina si de verdad le ha gustado tanto.

Tengo como cinco o seis MD nuevos. No está mal. Hay un tipo que me escribe que me pagará si le mando fotos mías desnuda, aunque no me hace una oferta lo bastante jugosa como para que lo considere siquiera. Porque, vamos a ver, vender unas cuantas fotos desnuda para ganarme algo de calderilla es de lo más normal cuando eres estudiante, pero yo no pienso volver a eso, ahora tengo muchos seguidores y... no me interesa en absoluto mandarte fotos desnuda a menos que me ofrezcas tanto dinero como me paga el señor B.

«Nah, hombre, paso», le respondo.

Dejo mi teléfono a un lado de nuevo y abro la caja.

Cuando empecé tercero, durante el verano anterior, solo le había sacado fotos a Frank. Recuerdo haberle entregado esas fotos a mi nuevo tutor porque ella me había pedido explícitamente que no lo hiciera. Mi nuevo tutor era un hombre pijo, como cualquier artista; las tomó y murmuró: «Mmm. Esta es Frank Steel. Mmm. No sé si deberías estar enseñándome estas fotos. Mmm. Parecen muy personales. Mmm».

Le dije que eso era todo lo que tenía. Me dedicaba a violar la privacidad de la gente. Eso era lo que hacía. Y él soltó un: «Mmm. Interesante».

Volvieron a usar la palabra «cruel» para definirme. El tutor me dijo: «Conozco tu trabajo» y después me soltó que quería ver más progreso, que quería verme haciendo algo más personal. Si tanto me gustaba dejar en evidencia al resto del mundo, tenía que hacer lo mismo conmigo misma.

Tuvimos una exposición a principios de tercero en la que nos animaron a salir de nuestro molde, a hacer algo distinto. Me dijo que me hiciese fotos a mí misma, que centrase mi próximo trabajo en mí.

Recuerdo que en ese momento no lo estaba pasando muy bien. Me pasaba los días bebiendo y drogándome, cada vez más, consumiendo cada vez más. Durante ese tiempo, me hice quemaduras químicas en el paladar al tomar GHB sin diluir; me rompí un dedo al mezclar ácido y cocaína (que probablemente era sobre todo metanfetamina, la verdad) y darle un puñetazo a un hervidor de agua que reflejaba mi rostro porque no quería ni verme, y mucho menos ver mi rostro distorsionado en su superficie plateada. Me aburría. Me aburría de todo muy rápido.

Probé a tener sexo ocasional con mujeres a las que conocía un par de veces, para ver si eso me daba ese chute de adrenalina que recordaba. Pero después de haber estado con Frank había perdido por completo el interés en el resto de las mujeres, y las chicas con las que me acostaba eran demasiado amables: mujeres adultas y masculinas, bisexuales con un toque artístico, que querían que desayunásemos juntas, que hablásemos sobre los amigos que teníamos en común, ofreciéndome sus números de teléfono y una segunda cita. No había riesgo. Incluso con drogas de por medio, con ellas nunca hubo ningún riesgo.

Así que volví a acostarme con hombres. Recuerdo una vez en la que me fui a casa de un desconocido, ni siquiera me acuerdo de cómo se llamaba, no le dije a nadie a dónde iba, no estaba muy segura de qué iba a pasar cuando llegásemos a su casa. Aunque no estuvo mal, recuerdo que tenía el pulso acelerado. Recuerdo que se me revolvió el estómago cuando me agarró con demasiada fuerza de la muñeca.

Las cosas mejoraban cuando me trataban con dureza, cuando sentía que podían hacerme daño, y cuando me hacían daño de verdad.

Pero al final todo eso terminó volviéndose cotidiano. Cuando haces algo tantas veces seguidas, acabas hartándote, sobre todo cuando estás intentando hacerte daño, solo porque te da placer hacerte daño. Tardé bastante tiempo en darme cuenta de qué era lo que me gustaba.

Fue durante esta época cuando mi tutor me sugirió que me hiciese lo mismo que le hacía al resto del mundo. Y creo que eso fue exactamente lo que hice. Se me ocurrió la idea de crear una especie de álbum formado solo con mis autorretratos. Como una especie de ventana a la vida de Irina, a mi vida en ese momento, con todas sus mierdas.

A los profesores no les gustó mi trabajo. No lo expusieron y me obligaron a ir al psicólogo de la universidad.

En la primera fotografía de este trabajo salgo con un moratón en la mejilla, otro en el cuello y los labios quemados. Solo salgo de hombros para arriba. No llevo nada puesto, tengo el pelo recogido y no voy maquillada. Estoy sin maquillar, pero sí que usé algunos trucos característicos del maquillaje: un poco de brillo por la vaselina que me eché en los labios, en los párpados y en los pómulos, tengo las pestañas teñidas y con extensiones, y las cejas pintadas. Mi piel sale tan blanca como la nieve, el moratón de mi cuerpo se ve muy morado, el de mi mejilla ya ha empezado a amarillear. La quemadura de mis labios luce sangrienta y horrible.

En la siguiente fotografía solo se me ve la cadera, minutos antes de que me hiciese cortes en esa misma zona; la siguiente es justo después de haberme hecho los cortes; y la última cuando la sangre ya ha empezado a caer por mi muslo. Tengo los dedos atados y los nudillos negros.

Recuerdo que solía colocar la cámara en un trípode junto al retrete, salía de fiesta por la noche, bebía hasta que me daban ganas de vomitar y después convencía a Flo de que me sacase fotos mientras vomitaba en vez de sujetarme el pelo, como solía hacer normalmente. Y ella me hacía caso, sin preguntar nada. Hay unas cuantas fotos en las que se me ve en la misma posición, con distintos atuendos, vomitando; en una foto mi vómito es azul y, sinceramente, no tengo ni idea de lo que bebí en esa ocasión. Hay una en la que salgo meando en la calle, mirando con melancolía a lo lejos (supongo que esa me la hizo Flo sin que me enterase); otra foto en la que estoy en ropa interior, quitándome un pelo enquistado que me había salido en la parte interior del muslo (en esa también salgo con los dedos atados y es un primer plano de mi entrepierna); una foto de un hombre que no recuerdo que me invitase a un chupito (la perspectiva desde la que está sacada es muy rara, debí de tomarla con el trípode). También hay una en la que salgo esnifando cocaína del pecho de un hombre enorme, y después hay otra en la que ese mismo hombre está estrangulándome.

Sinceramente, creo que si me hubiese deshecho de la foto de los cortes, no habría tenido ningún problema. Pensándolo bien, es un poco exagerada, un poco demasiado atrevida.

Tan solo tengo un vago recuerdo de la presentación de ese trabajo —cuando haces una presentación para que te critiquen tus compañeros, tienes que explicar la idea detrás de tu trabajo—, porque estaba con un bajón y una resaca enormes, y estaba temblando, sudando, intentando explicar las ideas de las fotos y terminé saltando en contra de mi profesor.

—Querías que me hiciese lo mismo que les hago a los demás, pues aquí lo tienes, ¡ahora ya estamos en paz!

David French fue el primero en preguntarme. «¿Estás bien, Irina?». Y después todos los demás se pusieron a decir lo valiente que era al hablar tan abiertamente de mis «problemas mentales», y luego mi profesor les mandó a todos fuera de la clase y me dijo que me quedase, me dijo que tenía que «informar de esto».

Así que sacar pezones y esvásticas no importaba, pero si se ve que estás tomando GHB y unas cuantas autolesiones, entonces todo el mundo empezará a decirte «eh, ¿estás bien, cariño?».

Despego la foto en la que salgo meando en la calle, la del vómito azul, la de los cortes en el muslo y la que salgo drogada y con el rostro amoratado y las meto en la bolsa para la exposición.

Encuentro una foto que no encaja con las demás. Una que estaba casi segura de haber quemado. Soy yo, en un lugar verde. Yo junto a un viejo árbol seco con una gran cavidad en el tronco. Tengo los brazos cruzados, el pelo recogido a la altura de la barbilla y la cara inexpresiva. El pelo recogido significa que ya he terminado el máster. Y el árbol significa que debería haberlo quemado todo. Rompo la foto por la mitad, y en cuartos, y luego en octavos. Tiro todos los restos a la papelera, pero me como el trozo con mi cara.

Suelto un eructo asqueroso y doy por terminada la noche.

Otra pesadilla. Un niño está sentado sobre mi pecho y no puedo moverme. Es un peso muerto y apenas puedo respirar. Creo, por un momento, que estoy soñando con Eddie del Tesco. Pero no es así. La cara del chico es demasiado delgada, es demasiado larguirucho. Su cuello parece arrugarse bajo una mano invisible. Tose. Se saca un trozo de cristal del cráneo y me lo acerca al ojo.

Me hundo en mi cama, y de repente estoy tumbada sobre un suelo de tierra. Mi cabeza está en el suelo, dentro de un agujero. El chico, mi chico, llena el agujero de tierra.

Me despierto de golpe.

lachicadecorazóndeconejo:

He estado pensando mucho en irina últimamente. Sigue tratando de conseguir que me pase por su casa o me manda mensajes sobre el chico de tesco que le dije que le iba a gustar como si me lo estuviera restregando… y también me ha escrito otras mierdas raras que probablemente me mandó cuando estaba borracha o algo así. Estoy ignorando todos sus mensajes pero estoy muy preocupada por ella. La última vez que pasé de ella de este modo las cosas se pusieron muy, muy feas. Ya la he ignorado un par de veces antes. Para ser sincera, la primera vez que lo hice fue cuando se echó novia (su única relación seria, para que lo sepáis) durante nuestro segundo año de universidad, y lo hice porque me asusté y me puse súper celosa y no soportaba estar cerca de ellas cuando estaban juntas. Pero cuando irina estaba con su novia todo lo que importaba era «su novia su novia su novia», estaba tan obsesionada con ella que no se dio cuenta de que su mejor amiga (y su COMPAÑERA DE PISO en ese momento) la estaba ignorando descaradamente.

Pero sí que se dio cuenta la segunda vez. Fue cuando rini seguía en LNDRS y entró en el RCA y yo estaba haciendo un curso de diseño gráfico e ilustración antes de ponerme a estudiar magisterio, y estaba haciendo unas prácticas en manchester. Lo único que yo quería era empezar de cero porque esto fue casi un año después de su ruptura y bueno… ya sabéis… me utilizó para tener sexo durante 3 meses porque estaba triste.

Le dejé mi gato porque soy tonta. Había adoptado a un gato de la calle cuando vivíamos juntas y lo había llamado Fritz, pero no quería llevármelo a manc conmigo, así que ella le usó como excusa para seguir mandándome mensajes de «fritz quiere que vuelvas» o «ven a por tu gato, porfa, no puedo permitirme seguir dándole de comer» y yo la ignoré. También me mandaba fotos de ella y sus nuevos amigos del máster pasándoselo bien, sobre todo de una chica que era alta y delgada como rini (Serotonin, hoy es toda una artista, en ese momento LA ODIABA) y me mandaba mensajes hablándome de fritz constantemente. Pero me las arreglé para ignorarla / pasar de ella durante mucho tiempo y entonces me llamó una noche a las 3 de la mañana, teniendo una crisis en toda regla, no me dijo explícitamente «me voy a matar», pero tiene un largo historial de autolesionarse (y todo se fue A LA MIERDA después de que rompiese con su novia, tiene la cintura llena de cicatrices de todos los cortes que se hizo con las tijeras para cortarse las uñas, es horrible), así que cuando me llamó en ese estado solo pude soltar un «joder» antes de montarme en el coche.

Nunca la había visto llorar sin estar borracha, así que cuando llegué a lndrs y me la encontré en medio de un charco de vino y de lágrimas, me sorprendí, INCLUSO HOY sigo sin entender QUÉ COJONES pasó para que se pusiese así. DIJO que había perdido a fritz y que lo sentía mucho y yo solo pude quedarme mirándola boquiabierta porque JAMÁS se había disculpado con nadie por NADA. Fritz sí que se perdió, nunca lo llegamos a encontrar, aunque dudo que estuviese así por el gato.

Pero da igual, después volvimos juntas a NCL y, cuando empecé a salir con Michael ella se comportó fatal, volví a intentar ignorarla y al final terminó pasando lo mismo. Para seros sincera, no sé qué hacer, siempre me ha llamado borracha y llorando cuando la he ignorado durante una temporada, pero también es de lo más calculadora a veces y no demasiado… ¿¿¿¿estable???? (que sé que esto parece un oxímoron pero ella en sí es una especie de oxímoron viviente).

Pero sí, volviendo al ahora, a rini no le gusta estar sola durante mucho tiempo porque le encanta ser el centro de atención, así que cuando la gente no le hace caso se vuelve loca. ¡¡¡¡Quién sabe lo que es capaz de hacer!!!! Pero da igual, estoy segura de que el tipo del tesco al que se está tirando (lo sé porque me ha enviado mensajes describiéndomelo con todo lujo de detalles y ella solo se pone así de rara cuando le gusta alguien de verdad) no sabe la que se le viene encima JAJAJAJAJA.

DENNIS

He quedado con el tipo del autobús, el trajeado. Nos pasamos una tarde entera hablando por correo electrónico, y acordamos hacer la sesión de fotos mañana por la tarde. Estoy un poco «en shock», como dicen los jóvenes, porque esto haya llegado tan lejos. Sinceramente, los hombres de su edad son los que se suelen echar atrás en el último minuto porque entran en pánico. La última vez que le di mi tarjeta a un tipo de una edad similar, recibí al día siguiente un mensaje de su mujer que decía «mantente lejos de mi marido, puta». Para esos casos siempre tengo preparada una respuesta estándar que viene a decir algo así como «no es mi culpa que tu marido sea infiel, zorra estúpida». Normalmente suelo recibir después una respuesta parecida a «lo siento, tienes razón» y de vez en cuando también un comentario sobre lo mal que la trata y cómo nunca ayuda a nada en casa.

Por mucho que me guste un cuarentón buenorro, siempre intento no elegir a hombres que estén dentro de esa franja de edad. Son un engorro, y encima corres el riesgo de que ni siquiera se presenten a la sesión.

Todavía no tengo muy claro que Dennis vaya a presentarse cuando me apunto la sesión de fotos en la agenda, y me paso toda la clase de yoga sintiéndome un poco enfadada. Estoy segura de que también puede deberse a la chica blanca y flacucha que está dirigiendo la clase. No es nuestra profesora habitual, huele a pelo sudado y no para de hablar de Mercurio retrógrado, los chacras y esa clase de mierdas. Se pasa toda la clase corrigiéndome la postura, aunque me haya colocado perfectamente en la postura del arco, y se me va el pie y le doy una patada en el estómago «sin querer». Todo es culpa de Mercurio, y después de eso no me vuelve a molestar en lo que queda de clase.

Acabo de cerrar la puerta de mi casa cuando llaman al timbre. Veo a Eddie del Tesco a través de la mirilla, con un ramo de flores en la mano. Le abro la puerta; las flores ni siquiera las ha comprado en el Tesco. Me confiesa sin necesidad de preguntarle que sus compañeros no han parado de burlarse de él en el trabajo por las flores, diciendo que probablemente eran para su madre. Le pregunto qué piensa que está haciendo. Me dice que no puede parar de pensar en mí. Que no entiende por qué me había acostado con él pero que se siente muy agradecido porque accediese a hacerlo. Que quería traerme flores como agradecimiento.

—Por… ¿follarte?

—Sí —dice—. Suena raro si lo dices así.

—Es raro.

—¿Puedo entrar?

—¿Para qué? —Lo único que quería era verme. Hablar. Quizás incluso ver una película juntos—. La última vez al final no vimos ninguna película.

—No —admite—. Pero… ¿podríamos verla ahora?

Lo dejo entrar. No vemos ninguna película. No he podido quitarme la «ropa de deporte» así que le digo que voy a darme una ducha, y dejo a mi paso un reguero de ropa de licra mientras subo por las escaleras. Me ducho con la puerta del baño abierta de par en par, suponiendo que captará la indirecta y se meterá en la ducha conmigo, pero no lo hace. Se queda de pie en la puerta y me mira fijamente.

—¿Cómo es posible que seas real? —me pregunta.

—Ni idea. —Me vuelvo a mirarlo, quitándome el agua de los ojos. Me está sonriendo. Tiene el cuello lleno de moratones, la marca de mis dedos resaltando contra su piel marrón clara forma una mezcla de tonos violáceos, rojizos y azulados—. Tienes el cuello hecho una mierda —comento.

—Sí. Le he estado diciendo a todo el mundo que me metí en una pelea la otra noche en un bar. —Suelta una risa burlona—. «¡Deberías ver cómo quedó el otro!» y cosas así. Aunque sí que le he dicho la verdad a mi mejor amigo. Para que pudiese respaldar mi historia. Y él todo el rato soltaba: «Sí, un tipo de lo más chungo lo agarró por el cuello en el Spoons la otra noche».

—¿Es que te avergüenzas de mí o algo así?

—No —dice—. Lo que pasa es que no quiero que la gente se entere de que he estado... ya sabes... haciendo, eh... —Carraspea—. «Guarradas». Además, tampoco creo que nadie me creyese si, bueno, si se lo dijese, porque después te buscarían en Facebook o en Insta o en alguna otra parte. El amigo al que se lo conté me llamó «mentiroso» cuando le enseñé una foto tuya, me dijo que probablemente me estabas engañando y que esos moratones me los había hecho masturbándome. —Suelta una risita incómoda—. Te he empezado a seguir en Instagram, por cierto, espero que no te importe.

—Me siguen cincuenta mil personas —repongo. Me lavo el pelo—. Me da absolutamente igual.

—Guay... —Carraspea para aclararse la garganta—. Guay, guay, guay. ¿Tienes algo para beber? ¿Que no sea vino? ¿Si te parece bien?

—Tengo una neverita en el garaje. Hay unos cuantos botellines de Moretti dentro. Tráeme uno, ya que vas.

Vuelve poco después con dos botellines de cerveza y yo me inclino sobre la cortina de la ducha y alargo la mano hacia él para quitarle uno. Él se sienta sobre la taza del váter y se bebe su cerveza.

—¿Quién es Frank Steel? —me pregunta.

—¿Qué?

—¿F... Frank Steel? Subiste el otro día una foto de hace unos cuantos años. Sales en ropa interior y en el pie de foto pusiste que te la sacó Frank Steel. Y bueno... acabo de ver una caja en tu garaje que tenía escrito «Frank» encima, y me he acordado de ello. ¿También es fotógrafo, supongo?

—Ah. Frank. Sí. Frank venía de vez en cuando a darnos charlas a CSM. Fui su modelo en un par de ocasiones, nada del otro mundo. Es una especie de ex. Tuvimos algo muy breve. No te preocupes.

—Vale… Así que estás esquivando decirme sus pronombres a propósito… —repone, con una sonrisa que intenta dejarme claro que no estoy engañando a nadie. Yo pongo una mueca enfadada. Cuando termino de echarme la mascarilla para el pelo, saco la cabeza de la ducha y lo fulmino con la mirada.

—No he intentado *esquivar sus pronombres* —espeto. Él sigue con esa sonrisa de suficiencia dibujada en su rostro—. Vete a la mierda. —Veo cómo saca su teléfono móvil del bolsillo de sus pantalones—. Ni se te ocurra buscar su nombre en Google.

—Vas tarde —dice. Me lleno las manos de agua y se la tiro encima, como si fuese un chimpancé lanzando mierda—. ¡Irina! Así que es una mujer, ¿a quién le importa? No pasa nada. Está bien, no soy… no soy… homófobo. O bifóbico. O lo que sea. Quiero decir, en realidad pienso que es genial. —Sigo con el ceño fruncido. Me siento en la bañera y empiezo a depilarme las piernas, esperando a que el acondicionador haga efecto. Eddie del Tesco no para de divagar y divagar—. Por Dios, no de esa manera tan asquerosa que puedes estar pensando. En realidad no me importa… no soy de esa clase de hombres a los que les gusta ver porno lésbico y cosas de esas. Quiero decir… he hecho *cosas* con otros hombres antes, no es para tanto. —Levanto la cabeza al oírle decir eso y le dedico una mirada que dice «¿ah, sí?» desde el suelo de la bañera. Él se pone rojo como un tomate y se bebe medio botellín de cerveza de un trago—. Sí. Quiero decir. Que da igual, ¿sabes? —Suelta una risa incómoda y se encoge de hombros aunque esté más sonrojado de lo que lo he visto nunca—. *Da igual.*

—Háblame de ello, entonces, si te da tanto igual, háblame de todos esos tipos con los que has…

—*De todos esos…* —Suelta una risa forzada—. No quería… yo… Solo ha habido un chico y, para esa época, yo era… joven.

—Si vas a buscar a mi ex en internet, quiero que me des todos los detalles de esa única ocasión en la que te acostaste con un chico. —Le estoy sonriendo, burlona, imaginándome a una versión suya mucho más delgada, durante la universidad, con el pelo planchado y con el flequillo demasiado largo, cayéndole sobre la frente. Me imagino a alguien más alto que él, más pálido, los dos a solas en una habitación durante una fiesta, quitándose las sudaderas con las manos temblorosas... labios que succionan con demasiada fuerza, lenguas demasiado babosas. Me imagino *allí* con ellos.

—Ehh. —Carraspea—. Era uno de los amigos de fútbol de Amir... y para aquel entonces yo tenía catorce años. Quiero decir, no estuvo mal, pero, mirándolo con perspectiva, tampoco estuvo... guay. Porque él tenía dieciocho. Y... bueno, era mucho mayor que yo. La dinámica de poder era... quiero decir, como alguien que va a empezar sus prácticas en un colegio, viéndolo desde mi perspectiva actual... *¡aaah! ¡Es un abuso de autoridad!* —Se vuelve a mirarme, como si estuviese esperando que le dijese que no pasa nada, que no hace falta que me lo cuente. Pero quiero oír esta historia—. Así que, bueno, mis padres obligaban a Amir a llevarme a fútbol, y a que lo acompañase cuando salía con sus amigos o cuando se iba de fiesta y esa clase de cosas, y sus amigos y él me invitaban a cerveza y... eh, obviamente no tomo drogas, al menos ya no, pero en esa época me daban... hierba, a veces.

—Qué duro... —bromeo.

—Pero sí, este amigo de Amir, B-Ben... Me seguía al baño constantemente y... al principio solo me besaba y esa clase de cosas, y yo lo... ¿aceptaba? Pero... —Se interrumpe. Le digo que siga hablando y él lo hace, aunque unos minutos después—. Después empezó a pedirme que lo tocase. —Carraspea para aclararse la garganta de nuevo—. Quiero decir, no es una historia *divertida*. ¿Supongo que en ese momento me gustó? Ahora, después de haber ido a muchas sesiones de terapia y haber trabajado con niños, me he dado cuenta de que lo que hizo, podría considerarse, eh... ¿pederastia? ¿O algo así? Es...

—Un poco violador, ¿no? —Meto la cabeza bajo el chorro de la ducha y me enjuago la mascarilla. La imagen mental que me acababa de montar ha cambiado, pero sigue ahí. Su encuentro es mucho menos furtivo, hay menos experimentación tímida por parte de los dos y hay más... ojos abiertos de par en par, asustados, y manos pesadas agarrando unos rizos oscuros con fuerza. ¿Ben fue duro con él? Tan duro que el pequeño Eddie supo que las cosas no acabarían bien si se quejaba. ¿Le puso Ben las manos en el cuello al pequeño Eddie? ¿Ben apresó al pequeño Eddie contra la puerta de un cubículo en el baño de un bar, lo agarró de la cintura y le metió la lengua a la fuerza en la boca al pequeño Eddie, para luego penetrarlo con sus dedos bruscos y sin lubricar?

—Sí. Yo... no debería haber sacado el tema... es que no quiero que te sientas como... me sentí yo en ese momento. No quería que pensases que... haber tenido algo con otra mujer era... un problema. Quiero decir. Lo siento. Lo que me pasó a mí con él no fue... sé que es una *mierda* pensar así. —Dice la palabra «mierda» en un susurro, como si le preocupase que un adulto pudiese oírlo—. Pero siempre he pensado que esa fue... ¿mi primera relación? —dice—. Nunca le había hablado de esto a nadie... nunca. Quiero decir, solo a mi psicólogo. Supongo que él me eligió porque estaba a mano, no porque le gustase ni nada así... bueno, al menos, eso es lo que me digo; creo que las Navidades pasadas me guiñó un ojo cuando nos vimos todos en ese mismo bar. —Eddie del Tesco se termina de beber su cerveza de un trago.

—¿Alguna vez follasteis juntos? —le pregunto. Tengo los ojos cerrados, aunque supongo que él me estará mirando sin comprenderme del todo. Dolido, confuso, o como sea. Sigo hablando para que me responda—. Porque, bueno, yo tuve algo parecido con mi profesor de arte cuando tenía dieciséis años —comento—. *El señor Hamilton.* Él tenía... ¿cuarenta y tantos? ¿Creo? Me invitaba a cenar y después nos quedábamos en su coche, cerca de mi casa, y me obligaba a chupársela y cosas así.

Eso sí que es un abuso de autoridad. Nunca íbamos a su casa porque, claro, allí estaban su mujer y sus hijos, así que solo lo hacíamos en su coche, o en baños públicos. Perdí la virginidad en el baño de discapacitados del cine Odeon. —Me paro a pensarlo por un momento, recordando ese día—. Fuimos a ver *Diario de un escándalo*. E incluso en ese momento solo podía pensar… qué estoy haciendo.

—*Por Dios* —dice Eddie del Tesco—. Lo siento muchísimo, Irina.

—No importa. Creo que me gustaba —comento—. Lo tuyo suena mucho más traumático.

—No estamos compitiendo —dice—. Pero no, él nunca… Nunca hubo penetración… Si es que te estás refiriendo… ehh, al orificio al que creo que te estás refiriendo.

Guarda silencio. Parece que está pensando en algo.

—Quiero decir, esas cosas pasan, ¿no? Es prácticamente una especie de rito de iniciación.

—No sé si deberías pensar sobre ello de ese modo, Irina —repone. Me mira de una manera en la que no lo ha hecho nunca: directamente a los ojos, con el ceño levemente fruncido. Sus ojos enormes de vaca brillan, y tiene los labios fruncidos y apretados hasta formar una línea fina—. Siento mucho que tuvieses que pasar por eso —añade, unos segundos después.

En ese momento soy plenamente consciente de que estoy desnuda. Suspiro para quitarle importancia y hago un gesto con las manos. Suelto una risita burlona y pongo los ojos en blanco.

—¿Sinceramente? *No importa*. Lo descubrieron, lo despidieron. —Cierro el grifo—. Fin de la historia. A mí nunca me ha importado demasiado. Esa relación solo duró seis o siete meses. He tenido relaciones más largas con mis cepillos de dientes.

Obligo a Eddie del Tesco a que me termine de contar la historia de Ben. Es deprimente, y no tan pornográfica como había esperado que fuese.

La relación entre el pequeño Eddie y Ben terminó con brusquedad cuando Ben se fue a la universidad. En la fiesta de despedida, ese último «adiós» que se dieron Amir y su grupo de amigos al terminar el instituto, el pequeño Eddie siguió a Ben al baño. Y Ben le dijo al pequeño Eddie que no estaba de ánimo, porque le habían puesto dos notables y un suficiente y no le daba la nota para entrar a la universidad de Newcastle, *ni* para Northumbria (que era su segunda opción), y que había entrado en Edinburgh Napier de chiripa. Ben había llorado en el hombro del pequeño Eddie, en vez de besarlo o tocarlo, lo que hizo que el pequeño Eddie se sintiese muy extraño. No estaban teniendo ningún tipo de relación sexual, que era a lo que estaba acostumbrado cuando estaban juntos y a solas, sino que lo único que necesitaba ese otro chico en ese momento era algo de apoyo. Como si fuesen novios de verdad o algo así.

Entonces Ben se mudó a Escocia y se echó novia, algo que el pequeño Eddie descubrió de manera trágica a través de Facebook. Que Facebook salga en esta historia sugiere que Eddie del Tesco es mucho más joven de lo que había pensado en un principio. El pequeño Eddie, sin embargo, decidió que sus toqueteos y jueguecitos seguirían cuando Ben volviese para las vacaciones de Navidad.

Al pequeño Eddie le dejaron acompañar a Amir al bar en el primer reencuentro navideño después de las fiestas. Como de costumbre, Eddie compró una Coca-Cola light y Amir chupitos de vodka, que vertía en la bebida de Eddie cuando el personal del bar estaba de espaldas. Amir, muy animado, perdió la cuenta de la cantidad de chupitos que añadía a la bebida de su hermano pequeño y, así, el pequeño Eddie se emborrachó muy rápido.

El pequeño Eddie se quedó mirando a Ben fijamente desde el otro lado de la mesa toda la tarde, pero Ben no fue capaz de mirarlo a los ojos. Los chicos mayores compartieron sus historias sobre sexo, y sobre todas las veces en las que se habían emborrachado o consumido drogas blandas, y el pequeño Eddie no podía apartar la mirada de Ben, incluso llegó a estirar la pierna por debajo de la mesa para acariciarle la pierna con el pie. El pequeño Eddie anunció, deslizando las palabras de lo borracho que estaba, que iba a ir al baño, y se chocó con Ben de camino allí. Ben ni siquiera se volvió a mirarlo, y el pequeño Eddie terminó en el baño completamente solo. Entonces se echó a llorar. Estuvo llorando a lágrima viva durante diez minutos, preguntándose «¿qué problema tengo?». ¿Por qué había perdido Ben el interés en él, y por qué el pequeño Eddie estaba intentando volver a encender la llama de algo que lo había hecho sentirse tan incómodo y confuso?

Soy inteligente, y sé que es una historia triste. Pero me lo imagino en ese entonces, con quince años, borracho, con un calentón, humillado y llorando a lágrima viva, y se me pone la piel de gallina. Se me endurecen los pezones contra la tela de la toalla que he enrollado alrededor de mi cuerpo y me paso la lengua por los labios. Me imagino que lo que saboreo en la lengua son sus lágrimas.

—Lo siento. Por Dios, perdón por contarte esta historia, es patético... *¡Información innecesaria, Eddie!* No quiero decir que toda nuestra conversación haya estado llena de información innecesaria, pero... —Se ríe y esconde el rostro entre sus manos, aunque sigue hablándome a través de sus dedos—. Oye, al menos ya sabemos que esta noche no va a pasar nada entre nosotros —comenta, sorbiendo los mocos—. Aunque sí que me apetece ver una peli. Una película estaría bien.

Lo empujo sobre la cama. La toalla que me había enrollado en la cabeza se me cae. Le chupo con ansia los moratones que le hice en el cuello. Dejo que la toalla que me había enrollado alrededor del cuerpo se caiga también, y él se fija en las cicatrices que tengo en la cintura por primera vez. Pasa los dedos encima, en una caricia, y me mira incrédulo cuando le digo que solo son «estrías» con los labios pegados a su hombro. Él me acaricia la mejilla.

—Creo que te entiendo —dice.

Voy a la planta de abajo para tomarme un vaso de agua y, para cuando regreso a la habitación, Eddie del Tesco ya se ha encargado de limpiarlo todo, se ha metido en la cama y se ha quedado dormido. Suspiro. Son solo las diez de la noche. Yo no me suelo ir a dormir hasta dentro de cuatro horas. Y odio compartir la cama.

Me planteo la idea de echarlo de una patada, pero termino dejándolo estar.

Me siento en el sofá del salón con una copa de vino en la mano y me pongo a ver *Snowtown* porque la historia del chico del Tesco me ha recordado al argumento de la película. Reproduzco en bucle la escena de la violación que hay al principio. Una vez le dije a Flo que me parecía una escena de lo más sensual y ella solo respondió «ehh, creo que voy a intentar olvidar esa información, gracias». Como si ella no se masturbase todas y cada una de las veces que se pone a ver *Call Me by Your Name* desde que la vio por primera vez. Pero cuando se lo dije ella se limitó a contestar «ah, eso es algo totalmente distinto, Irina», y no entiendo en qué se diferencia, la verdad. Ella puede ponerse cachonda viendo una película hetero con diferencia de edad pero yo con esto no.

Decido enviarle un mensaje, valorando por un momento qué es lo que la hará enfadar más antes de mandarle nada.

> Oye, supongo que sigues haciéndome el vacío.
>
> Siento mucho que no te puedas alegrar por mí cuando por fin encuentro a alguien que me gusta de verdad.
>
> Es una pena.

Tres puntitos. Está escribiendo. Esbozo una sonrisa.

> ¿¿¿¿Esta mierda es por el maldito chico del tesco, Irina???? Me descojono contigo.

CLARO.

¡¡¡¡Pero, claro, el hacerme el vacío es súper maduro por tu
parte!!!!

No es algo propio de una amiga de mierda y
bastante molesto, qué va.

Tal y como yo lo veo, me acusaste de haberte mentido
cuando te dije que me habían violado, te largaste de mi
vida así como así y ni siquiera quieres dignarte a hablar
conmigo cuando empiezo a salir con alguien que me gusta
de verdad y te pido tu opinión al respecto.

Me están sucediendo todas estas cosas y tú pasas de mí.

Estás actuando como si fueses la víctima en todo esto.

Sinceramente, siempre actúas como si yo fuese un monstruo

¿Cómo crees qe me hace sentir eso?

Si no es por eddie (el chico del tesco tiene nombre), ¿¿no
lo entiendo?? ¿¿¿Quée he hecho???

Si tenes un problema conmigo, si te
he hecho ago, ¿¿dímelo??

Pero que me hagas el vacío es cruel, flo. Es muy cruel.

Meto unos cuantos errores de ortografía para que parezca
que estoy llorando. Dejo el teléfono móvil a un lado y vuelvo a
reproducir *Snowtown*. Me termino la copa de vino y me la vuelvo
a llenar después. Tengo un testamento que leer. El primer mensaje:

Tienes razón.

Suelto una carcajada.

Lo siento mucho

Es que Michael no comfía en ty, pensa que eres capaz de nventarte esa clase de cosas para manipularme y hacerme sentir mal pero YO SÉ QUE NO ERES CAPAZ DE HACER ESO

Sé que no lo haces a propósito, pero a veces dices cosas que me molestan y que me paecen un poco manipuladoras y michael siempre está asumiendo lo peor de la gente y estoy cansada de tener que discutir con él por eso.

Hay veces en las que dices cosas que hieren mis sentimientos y se lo digo a michael y él me convence de que lo has hecho a propósito y me cuesta no creerle cuando resulta tan convincente y me siento my confusa y eso no significa que no necesite más tiempo sola y un poco más de sinceridad

Quizás estaba celosa porque el chico del tesco y tu estáis juntos y me hablas de él constantemente y sé que después de lo que te dije me merezco el sentirme como una mierda porque soy idiota y estoy acostumbrada a que siempre te tendré a mi lado y me siento confuda y territorial y enfadada y michael se estaba portando muy raro y supongo que es porque está preocupado pr mi

El tener que estar siempre entre vosotrs dos ya me cansa lo siento

> No pasa nada.

> En realidad, sí pasa, creo que Michael ha sido muy rastrero con todo esto.

Siempre se ha sentido amenazado por ti.

> Mmm. No dejes que te coma el coco.

> Sabes que no soy una mala persona.

Sé que no siempre soy agradable

pero tampoco soy el demonio o algo así ¿¿¿???

No sé, flo

Tengo muchos traumas y estoy llevándolo lo mejor que puedo.

Lo sé.

Lo siento mucho.

¿Puedo pasarme por tu casa mañana? ¿Para las 10?

¿Es mi día libre?

Vale.

Sonrío. Me termino la botella de vino y me quedo dormida en el sofá.

Eddie del Tesco me despierta a la mañana siguiente, para las nueve. A las nueve *de la mañana*. Le digo que se vaya a la mierda.

—Te he hecho el desayuno —dice.

—Yo no desayuno.

—Ahora ya entiendo por qué no tienes huevos ni pan. Es una locura. Me he acercado a Waitrose y te he comprado algo de comida, yo… bueno, supuse que no eras vegetariana porque he visto unas cuantas latas de atún en tu cocina. Siempre te veo comprando lechuga, cosas para hacerte ensaladas y vino. Así que te he comprado algo de salmón ahumado, unos cuantos aguacates y te he preparado huevos. También puedo hacerte una tostada, si quieres.

—¿Al Waitrose? —digo—. Es caro. Pero no como carbohidratos.

—Lo he supuesto —repone—. Por eso he dicho que la tostada es opcional. —Me deja un plato lleno de comida sobre la mesita que tengo frente al sofá. Tal y como me había prometido, hay salmón ahumado, aguacate e incluso unos malditos huevos *poché*—. ¿Por qué no subiste a dormir a la cama? Te he echado de menos esta mañana al despertarme.

—¿Es que hoy no... trabajas? —le digo. Me revuelvo sobre el sofá, todavía tengo el portátil apoyado sobre el estómago. Él se sienta en el suelo con las piernas cruzadas al otro lado de la mesita y empieza a comerse su plato de huevos poché y su tostada. *Huevos poché.*

—No entro hasta las doce —repone—. Eh... a lo mejor esto es demasiado. Es que tenía... hambre. —Carraspea—. Lo siento.

—Esa camiseta es mía. —Le queda demasiado grande y solo tengo tres camisetas contadas. Es blanca, con una de mis fotos impresa. Flo me la regaló un año por mi cumpleaños.

—No quería volver a ponerme mi camisa del trabajo, lo siento. ¿Esta foto es tuya?

—Sí. —Dejo mi portátil en el suelo, tomo el plato y me lo coloco donde antes tenía apoyado el ordenador, y como poco a poco. Incluso le ha echado limón al salmón y al aguacate.

—Y dime, ¿cuándo quieres que me pase para lo del vídeo?

—¿Eh?

—Para la exposición. ¿La de Hackney Space? Dijiste que querías probar a grabarme para tu exposición.

—*Ah*. Sí, es que... ¿a qué hora sales la semana que viene? —Esboza una sonrisa enorme. Tiene el viernes entero libre—. Vale. Pues pásate, o lo que sea. Aunque no antes de la una. Y envíame un mensaje antes de venir.

—Guay —dice—. Guay, guay, guay.

Lava los platos cuando terminamos de comer. Me como el aguacate y el pescado, pero dejo los huevos. Los pincho y veo cómo la yema chorrea y empapa el plato. Me trae un café cuando se lo pido. Dice que tiene que irse pronto, para ir a buscar una camisa limpia para el trabajo. Ahora tiene un chupetón en el cuello, justo encima de los moratones. ¿Quién demonios le hace un chupetón a alguien mayor de diecisiete años? Recuerdo que me subí encima de él, lo alcé, lo agarré.

—¿Te vas? —le pregunto.

—Sí, en cuanto termine de lavar los platos.

—Vale. Mi amiga va a venir en un rato —le digo—. Así que… ya sabes. Pírate.

—Claro, dame cinco minutos y me largo. —Suena el timbre. Suelto una palabrota en voz baja. Vuelve a sonar—. ¿Quieres que abra yo?

—No. —Me anudo la bata y me doy cuenta de que he estado todo este tiempo con una teta al aire, y me acerco a la puerta a la carrera. Ahí está Flo, con el ceño fruncido. Le tiembla el labio al verme. La interrumpo antes de que pueda empezar a disculparse y le digo que tengo compañía. Antes de que pueda pedirle que me espere arriba, Eddie del Tesco sale de la cocina, secando una sartén y sonriendo.

—Hola, soy Eddie —le dice.

—Yo te compré esa camiseta —suelta Flo. Me mira como si le hubiese dado una bofetada.

—Esta es Flo —digo. La observo mientras ella lo mira fijamente. Me doy cuenta de que se fija en los moratones que tiene en el cuello. Se vuelve a mirarme de reojo.

—Hola. Es una camiseta muy guay —dice Eddie del Tesco, alegre—. Una pasada de camiseta. —Flo asiente, y él ensancha la sonrisa, se da la vuelta y regresa a la cocina. Flo le señala el cuello y me murmura «¿qué cojones?». Yo le respondo murmurando «vete a la mierda» y después añado un «zorra». Ella enarca las cejas y se sienta en mi sofá.

«¿Está lavando los platos?», me pregunta en un murmullo, gesticulando con las manos como si fuese ella la que estuviese lavándolos. Me encojo de hombros. «Madre mía», y después hace un gesto como si estuviese dándole a alguien con un látigo. Yo la fulmino con la mirada. «Lo siento», murmura.

«No seas una zorra», susurro, y me acerco a la cocina. El chico del supermercado sigue allí, guardando todas las sartenes en su sitio. Le digo que yo me puedo encargar de eso, que no se preocupe, que se vaya. Él me pregunta si va todo bien y yo le digo que sí, que todo va perfectamente. Le soy sincera. Flo y yo hemos discutido y estamos intentando arreglar las cosas. Él se disculpa, me pregunta si se puede quedar con mi camiseta de momento. Me dice que se encargará de lavarla y devolvérmela limpia el viernes. Me pregunta si me apetece quedar con él a comer también antes de la sesión.

—Claro, lo que quieras.

Satisfecho, se marcha corriendo, se pone las zapatillas y recoge su mochila.

—¡Ha sido un placer conocerte, Flo! —se despide.

—No, no lo ha sido —repongo—. Te veo la semana que viene.

—¿Tal vez incluso antes? —Me encojo de hombros. Estoy encorvada así que solo tiene que estirarse un poco para besarme. Intenta darme un beso en los labios, pero termina dándomelo en la mandíbula porque aparto la cara en el último momento. Él se ríe y vuelve a intentarlo, por lo que me acerco a la puerta y se la abro, indicándole que se marche.

—Te he puesto las flores en un jarrón con agua.

—Bien. Adiós.

—Vale. Eh. ¡Adiós! —Sale por la puerta, abre la boca como si quisiese decir algo más pero le cierro la puerta en la cara antes de que pueda decir nada.

—No me interesa lo que opinas —digo inmediatamente—. No quiero saberlo.

—Parece simpático. Me alegro de que seáis felices —dice Flo—. Esas palabras me estaban *estrangulando*, me ha costado decirlas.

—Vete a la mierda —le suelto—. ¿Te crees que puedes hacerme el vacío durante semanas y después venir a juzgarme? De verdad, vete a la mierda. Estoy… estoy muy enfadada contigo. Enfadadísima.

Y entonces se echa a llorar.

Yo le grito, ella llora, suplica, y después hacemos las paces como si nada hubiese ocurrido. Las dos estamos de acuerdo en que Flo ha sido muy injusta conmigo y que Michael se merece una buena bronca. Quizás incluso que lo deje. Ella solo quiere que los dos nos llevemos bien. Yo lo intento, ella *sabe* que lo estoy intentando. Lo sabe, pero él me tiene celos.

—Parece alguien súper controlador.

—Eh… como… es… solo se preocupa por mí —dice, sorbiendo los mocos—. Sabe que he venido a verte. No le hace gracia, pero tampoco me ha dicho «no puedes volver a verla» o algo así. Es complicado. No me gusta tener que estar constantemente eligiendo entre los dos.

—Yo no te estoy pidiendo que hagas nada —repongo—. Él sí.

—Lo sé —dice Flo—. No quiero hablar más de él. Solo quiero que sepas… —Se le rompe la voz—. Que te quiero y que lo siento mucho. —Vuelve a sorberse los mocos—. ¿Me das un abrazo?

Así que la abrazo. Hoy me siento de lo más generosa. Ella se limpia las lágrimas y después le pide que le cuente todo acerca de mi «fetiche sexual con estrangular a mi pareja».

Odio cuando Flo se pone a hablar de sexo. El discurso feminista básico la ha hecho creer que es una persona «súper abierta a la hora de hablar de sexo», que se siente cómoda hablando sobre su vida sexual y sobre la vida sexual del resto. Aunque la realidad es que no se siente nada cómoda. Lo sé, porque yo misma me he acostado con ella, así que no entiendo por qué está fingiendo conmigo.

Hubo una vez, cuando yo todavía seguía saliendo con Frank, en la que Flo vino a tomarse unas copas con nosotras al Soho. Le dije que tenía que ir a comprar un vibrador nuevo a una *sex shop* de camino a casa, porque el motor del mío se había roto la tarde anterior. Recuerdo que puso una mueca al oírme decir la palabra «vibrador» y yo le dije que podía esperarme fuera si lo prefería, o podía volver sola a casa, pero ella decidió entrar en la tienda conmigo.

—Quizás encuentre algo para mí —dijo, con ese mismo tono forzado que ha usado para hablar de mi «fetiche sexual con estrangular a mi pareja» hace tan solo un momento.

Entramos en la primera tienda que vimos, y ella no dejaba de mirarlo todo y decir: «Bueno, no está tan mal, ¿no?». E incluso empezó a informarme que se sentía «en su elemento en esa tienda, de verdad» y me dijo que las *sex shop* eran espacios feministas, por muchos motivos. Recuerdo que entonces me puse a señalar la pared con la estantería llena de películas porno en DVD que tenía a su espalda, flanqueada por un maniquí con unos pechos de plástico enormes y una peluca barata en la cabeza, que llevaba puesto un arnés con un consolador y un sujetador rosa neón con cortes en los pezones. «¿Y eso, Flo? ¿Eso te parece feminista?».

Se paró a pensarlo por un momento y terminó llegando a la conclusión de que el arnés sí que era feminista, pero que el maniquí y probablemente también la mayoría de los DVD porno no. Si algunas de esas películas porno las había rodado una mujer, esas sí que eran feministas, pero lo más probable era que la mayoría las hubiesen rodado hombres. *Sin embargo*, si hubiésemos ido a esa tienda para *comprar* alguna película porno, sería una especie de acto de rebelión *queer* y feminista.

Creo que nunca había visto a Frank tan poco impresionada como en ese momento. Yo no podía ni siquiera reírme de lo que estaba diciendo Flo, me sentía avergonzada.

En este momento, alza la mirada hacia mí y me mira de la misma manera que en aquel entonces, con las comisuras de sus ojos arrugadas, buscando desesperadamente mi aprobación.

—Sí. Bueno. —Me encojo de hombros—. Es que... bueno. Fue idea suya. Y a mí... no me importa si quiere hacer esa clase de cosas, vaya. Y tenemos... cosas en común. Quiero decir, comprende *de verdad* mi trabajo, y es un modelo excelente. Veremos qué pasa en el futuro, supongo. De momento... está bien. —Ya está llorando otra vez—. ¿Qué pasa ahora?

—Es que me alegro tanto por ti —solloza.

Eddie del Tesco me pregunta si puede pasarse por mi casa después de salir del trabajo la misma noche que he quedado con Dennis. Me recorre una emoción extraña al decirle que no puede porque ya he quedado con otro modelo. Casi puedo sentir cómo se le cae el alma a los pies al leer mi mensaje. Casi puedo ver cómo se sonroja tras la pantalla. Me lo imagino sentado detrás de la caja registradora, con lágrimas en los ojos, culpando a unas alergias imaginarias cuando un cliente le pregunta si se encuentra bien.

«¡Pásatelo bien!», me responde, y yo ignoro su mensaje. Me pongo a ver un episodio de *Toddlers & Tiaras* y después veo un documental sobre la zona oeste de Reino Unido mientras espero a que llegue Dennis. Él llama a la puerta cuando, en el documental, la policía está excavando en un patio en busca de algo. Le pregunto si le apetece un café y me dice que sí, así que le preparo uno. Lo hago un poco a regañadientes, pero siempre intento ser agradable con mis modelos nuevos. Si eres amable con ellos, eso hace que se relajen más rápido.

Con una taza de café en la mano, me empieza a hablar de sí mismo. Yo sigo prestando atención a lo que está pasando en el documental mientras él me habla de su trabajo de oficina. Tiene una mandíbula bonita, que se ha ido quedando laxa con el paso de los años. No se ha afeitado, y todavía lleva la camisa y la corbata que se ha puesto para ir a trabajar esta mañana. Es guapo, pero se nota que se ha roto la nariz más de una vez, quizá solo dos, y tiene una cicatriz enorme que le parte la ceja izquierda. Tiene una paleta rota, y la oreja rasgada, también partida en dos, como una lengua bífida. Lo interrumpo.

—¿Cómo te partiste la oreja? —le pregunto.

—En una pelea —responde—. Solía llevar un pendiente, un mackem de mierda me lo arrancó en un derbi. —Se le marca mucho más el acento cuando dice «un mackem de mierda». Tiene un acento mucho más marcado de lo que pensaba. Se revuelve inquieto en el sofá, y la tela blanca de su camisa se tensa alrededor de sus brazos, por lo que deja al descubierto una serie de tatuajes que se esconden detrás de la tela de algodón.

No sé cómo demonios consigue que lo dejc ponerse a hablar de su exmujer y de sus hijos, pero lo consigue. Mientras yo voy a por mi cámara y me pongo a juguetear con los ajustes, él me empieza a soltar un monólogo sobre su ex, sobre cómo logró quedarse con la custodia de sus hijos y se los llevó a Plymouth, a casa de su madre, para no dejar que su ex los viera. Tiene tatuadas las letras N-U-F-C en los nudillos de su mano izquierda, aunque la tinta se ha emborronado con el tiempo, y una fina línea descolorida en el dedo anular, donde solía llevar una alianza.

—Vaya mierda —digo.

Cambio el objetivo y le saco una foto mientras habla (y habla sin parar). Enciendo el flash y él sigue hablando. Sinceramente, si hubiese sabido que iba a darme tanto trabajo, me habría dado un golpe en la cabeza o algo.

Me pregunta si me está aburriendo.

—Hoy tengo un horario un poco apretado. —No lo tengo—. Pero es genial poder conocerte un poco. ¿Deberíamos empezar ya con la sesión? —Le indico que me siga a mi estudio y él me sigue.

Me vuelve a preguntar si me está aburriendo.

Le doy un caramelo de menta. El aliento a café lo arruina todo.

Me vuelve a preguntar «si me está puto aburriendo», al tiempo que chupetea el caramelo de menta, que acepta aunque ahora me mire como si tuviese ganas de despellejarme.

Yo suelto una risa burlona. Él pierde los papeles.

Bla, bla, bla, «maldita zorra asquerosa», dice algo sobre que me creo mejor que él aunque él gane tanto dinero al año, sobre que se supone que debería sentirme impresionada por la cantidad de dinero que tiene en el banco, una cantidad que supongo que está más que exagerada porque, al fin y al cabo, nos conocimos en un *autobús*. Eso es justo lo que le digo. Mi respuesta no le gusta ni un pelo.

Me empotra contra la pared. Noto cómo mi cabeza se choca con fuerza contra el muro de ladrillo. Está tan enfadado que se le cae la baba al hablar.

—Creo que estás exagerando un poco al actuar así —comento. Tengo la cámara colgada al cuello, con el objetivo clavado en su estómago. Le digo que se relaje.

—Que me puto *relaje* —sisea. Me zafo de su agarre y arremeto contra él. Lo golpeo en la cabeza con mi cámara.

Si estuviésemos jugando a piedra, papel o tijera, pero el juego en realidad fuese cámara, masculinidad tóxica y cráneo... la cámara siempre ganaría. Mi equipo no sufre ningún daño, pero Dennis sí, porque se desploma y yace en medio de un charco de su propia sangre, que no para de aumentar rápidamente. Le saco una foto. Le saco unas cuantas. Brilla como el cristal.

Cristal. Tiene cristales clavados en las mejillas, en los ojos. Debo de haber roto el objetivo. Le pongo uno nuevo. Me siento sobre su estómago. Le saco más fotos y, con cada flash, su piel se va suavizando, oscureciendo. Su pelo se vuelve a cada segundo que pasa un poco más largo.

Cuando le quito un trozo de cristal del ojo, su iris pasa de un azul frío a un marrón cálido, y permanece en ese color cuando le vuelvo a clavar el cristal. Ya no noto su respiración y... no sé. Me entran ganas de vomitar. Me levanto de un salto, porque oigo un cascabel, aunque no sé de dónde viene el sonido.

No importa. No importa, porque ya he hecho esto antes. Entro en piloto automático. Dejo mi cámara y me levanto, salgo corriendo hacia la cocina para buscar el cuchillo de carnicero que tengo (porque no se pueden cortar huesos con un cuchillo cualquiera) y unos guantes de goma, así como unas cuantas bolsas de basura.

Pero cuando regreso al estudio, él está sentado, y no tiene ningún cristal clavado, y sus ojos han vuelto a ser azules.

—Lo siento —dice—. No llames a la policía. Tampoco pidas una ambulancia, no llames a Emergencias.

Le digo que se calle un momento, mientras hago malabares para que no se me caiga el cuchillo de carnicero ni las bolsas de basura, y vuelvo en mis pasos, guardándolo todo en el armario que tengo bajo las escaleras, mientras él no para de hablar de algo que tiene que ver con sus hijos y el abogado de su exmujer, y algo sobre una advertencia policial por agresión doméstica.

Por Dios, tengo que empezar a investigar a quiénes doy mi tarjeta.

—Yo no pienso decir nada si tú tampoco dices nada —digo. Y él solo me pregunta «¿Qué?». Se masajea la cabeza, tiene la mirada desenfocada y arrastra las palabras. Me siento a su lado. Ni rastro de los cristales—. Tienes que ir a Urgencias. Te pediré un Uber —le digo.

—No —responde—. No, nada de pedirme un Uber, nadie... ¿Y si el conductor decide llamar a la policía? En todos los coches tienen cámaras de seguridad.

Le digo que ningún conductor de Uber va a llamar a la maldita policía, pero no me hace caso. Dice que puede volver a casa en autobús, creo que no se da cuenta de lo herido que está en realidad. Se lleva la mano a la cabeza y, al apartarla, sus dedos están completamente ensangrentados. Mira su sangre y sus ojos cálidos y desenfocados se nublan. Se vuelve a desplomar. Le doy una bofetada (en su cara sin cristales) e intento moverlo tirando de sus tobillos. Puedo moverlo, pesa una barbaridad, pero consigo hacerlo a duras penas. Oigo cómo se me sale el hombro por la fuerza que estoy haciendo, como una botella de vino al descorcharse. Siseo.

Ahora está inconsciente, y no puedo evitar estar de acuerdo con él: sí que es probable que el conductor del Uber hubiese llamado a la policía o a una ambulancia al verlo, y encima todo quedaría registrado por sus cámaras de seguridad, pero yo no pienso llamar a una ambulancia. No puedo hacerlo.

¿A quién más conozco que tenga coche?

Flo ya no tiene. Eddie del Tesco está trabajando y, sinceramente, ni muerta dejaría que nadie me viese conduciendo esa chatarra. Mamá y papá me harían muchas preguntas, y viven demasiado lejos.

Pido un Uber, solo para mí. Le mando un mensaje a Will.

Voy a tu casa, es una emergencia.

¿Vale?

Tardo cuatro minutos en llegar, me paso todo el trayecto moviendo la pierna, nerviosa, y mordiéndome el labio. Antes de darme cuenta estoy frente a la puerta de la casa de Will, llamando al timbre. Su coche está ahí aparcado, y la puerta todavía tiene un arañazo horrible recorriéndola entera.

Él abre la puerta. Se ha cortado el pelo.

—Necesito que me dejes tu coche —suelto.

—¿Qué demonios? —dice—. ¿Qué cojones? ¿Por qué? —Y entonces suelta—: ¿No te quitaron el carnet de conducir?

—Mi abuela está enferma, y vive en… —Me encojo de hombros—. ¿Berwick? Y tengo que ir a verla, *ahora mismo.*

—No —responde—. No puedes… te lo juro por *Dios,* recuerdo que me dijiste que te quitaron el carnet por conducir borracha. ¡Lo recuerdo porque tenías un maldito BMW, y tu padre te obligó a devolvérselo!

—Will —digo. Le coloco las manos en los hombros, clavándole las uñas en la piel—. Mi abuela está *enferma.* ¿Y sabes cómo se puso enferma? Un imbécil le dio *mucha* ketamina e intentó violarla. Y ahora está a las puertas de la muerte. Por lo que me ha dicho mi madre, ese cabrón ni siquiera consiguió que se le pusiese dura. Pero aun así intentó violarla. Y solo porque mi abuela estuviese hasta arriba de keta no significa que no recuerde cómo ese tipo intentó meterle su pequeña polla flácida, ¿sabes? Y sería una mierda si ella decidiese subir sus fotos a Instagram, para avisar al resto de mujeres del mundo de que este tipo es un violador

211

en potencia. Si yo fuese él, en estos momentos me estaría cagando de miedo, porque mi abuela tiene *muchísimos* seguidores en Instagram. —Tengo la respiración agitada. Él está rojo como un tomate—. Así que... dame las malditas llaves del coche.

Me entrega las malditas llaves. Las mezo frente a su rostro y le digo que ahora vuelvo. Él me cierra la puerta en las narices. Vuelvo a mi casa. El coche de Will huele a hierba y a sudor. Su mochila del gimnasio está en el asiento trasero.

Cuando llego, Dennis sigue respirando, todavía tumbado inconsciente en el suelo de mi garaje. Abre y cierra los ojos sin parar. Abro la puerta del garaje y lo arrastro fuera, se me vuelve a salir el hombro con el gesto. Deja un reguero de sangre tras de sí, como si fuese una babosa gigantesca y herida. Cuando la luz del sol le incide en la cara, se vuelve a despertar. Le pregunto si puede caminar solo, y se queda sentado en el suelo. No es capaz de ponerse en pie, pero se arrastra hasta el coche, y juntos conseguimos que entre en el asiento del copiloto. Le abrocho el cinturón.

No tardamos mucho tiempo en llegar a Urgencias. Nos detienen unos cuantos semáforos en rojo por el camino, y yo no paro de pedirle que haga cualquier sonido para saber que sigue vivo. Hace lo que le pido, y no puedo dejar de ver *cristales* por el rabillo del ojo cuando no lo estoy mirando.

—Eres mi padre —le digo—, y te has caído de una escalera mientras me cambiabas una bombilla, ¿estamos?

—Padre —dice—. Escalera. Bombilla. Nada de policía.

—No. Nada de policía.

Me da las gracias.

Y aunque me siento tentada a empujarlo fuera del coche y a dejarlo tirado para que se las apañe solo cuando llegamos a Urgencias, al final termino entrando en el hospital con él. Les cuento a los de recepción la historia que hemos quedado que contaríamos; es mi padre, se ha caído de una escalera, estaba cambiando una bombilla, y después les digo que me tengo que ir, *ya de ya*, a buscar a mi hija, que la había dejado en la guardería. No parece que sospechen nada, y colocan a Dennis en una silla de ruedas y se lo llevan. Yo me monto en el coche y conduzco sin rumbo. Conduzco hasta dejar la ciudad atrás.

Enciendo la radio, es vieja y suena fatal. Tiene un CD metido, ningún cable para conectar mi teléfono, así que me pongo a escuchar lo que supongo que será un disco con «los mejores temas de Johnny Cash», mientras intento volver a calmar mi respiración. Pruebo a reírme, a hacer como si todo esto solo fuese una broma. Como si todo lo que me está pasando fuese *lo habitual en la vida de Irina*. Pero no lo consigo. Nada de esto tiene ninguna gracia. Me acuerdo del cirujano plástico, de que en su cara tampoco había ningún cristal clavado. Y Will, ¿cuántas de las cosas que creía que había vivido con él me he imaginado? Que me haya prestado su coche es una prueba de que algunas de esas cosas sí que ocurrieron, de que, en su caso al menos, no me estoy inventando nada para llenar los vacíos.

Por Dios, no sé qué pensar.

No dejo de pensar en los cristales. No dejo de pensar en mi chico, con los cristales clavados en la cara, en el ojo, tirado en medio de mi cocina. Su rostro escuálido, su cabello negro y empapado, su mirada oscura y perdida. Ensangrentado y magullado, con su piel olivácea sin rastro de su anterior color. Estaba verde.

No dejo de conducir. Conduzco hasta un sitio en el que juro que ya he estado antes. Un lugar verde, con un aparcamiento de gravilla, y sin cámaras de vigilancia en los alrededores. Me bajo del coche, y me acerco a la zona verde, al mar de árboles. Sigo caminando durante un rato, hasta que me topo con un viejo árbol seco, con un hueco enorme en el tronco, como una boca abierta. Y empiezo a cavar. Cavo con las manos al descubierto.

Debería encontrar un cráneo, y lo encuentro. El cráneo pequeño de un gato. Y el esqueleto de un gato, y un collar ajado con un cascabel y una chapa en la que pone «Fritz» en un lado y una dirección de Londres en la otra, la dirección del piso que compartí con Flo en el pasado.

Vuelvo a enterrar el esqueleto, me llevo el collar y me vuelvo a meter en el coche, y entonces me permito gritar y golpear el volante con las manos hasta que noto cómo se me forman heridas en los nudillos.

O lo enterré en otra parte, o nunca llegué a enterrar nada en primer lugar. Pero, si no había nada que enterrar, ¿por qué recuerdo haberlo enterrado? ¿Por qué recuerdo haberle sacado fotos?

Quemé todas las fotos que no merecía la pena conservar de esa sesión, aunque sí que recuerdo haber guardado unas cuantas que me parecieron decentes. En las que solo salía su rostro. Y si logro encontrarlas, y…

Fuera ya ha empezado a oscurecer. Enciendo la radio y conduzco de vuelta a Newcastle. Tardo un par de horas. Voy primero a mi casa. Me lavo las manos, me cambio de ropa y me retoco el maquillaje, porque estoy tan pálida como un muerto y tengo el delineador y el pintalabios corridos por todas partes. Tengo el pelo enredado. Y recuerdo que tenía este mismo aspecto una noche que salí de fiesta y que Flo me dijo que parecía una payasa buenorra. Suelto una carcajada amarga, y después me río con ganas, luego me carcajeo y me golpeo la cabeza contra el espejo. El cristal está frío contra mi piel, sólido. Cuando me aparto, sigo aquí de pie. Me desmaquillo y me siento limpia. En calma.

Me tomo unos cuantos tragos de vodka antes de volver a montarme en el coche.

Henson me abre la puerta cuando toco al timbre. Me sonríe y oigo cómo Will grita desde detrás de él.

—¿Es ella?

—Sí —responde el otro chico. Le lanzo las llaves de su coche por encima del hombro de Henson y estas aterrizan con un tintineo en medio de la entrada de su casa.

—Gracias —grito. Will no dice nada. Henson sale de la casa y cierra la puerta a su espalda. Me pregunta qué tal se encuentra mi abuela. Yo pestañeo, incrédula—. Está muerta. —*Vaya pregunta más rara me ha hecho*, pienso. Y Henson parece triste, y entonces me acuerdo de la excusa que le puse a Will para que me prestase su coche—. Oh. Eso me lo inventé. Murió hace mucho tiempo. Pero necesitaba un coche —repongo—. Es una historia muy larga y… bueno, es privada, pero sí que era para una emergencia y… ya sabes cómo se pone con sus cosas. —Me encojo de hombros. Esbozo una sonrisa, intento parecer despreocupada, coqueta.

Henson frunce el ceño y después enarca las cejas, y al final termina mirándome confuso y molesto.

—¿Por qué mientes con algo así? —me pregunta. Por el amor de Dios. Intento echarme a llorar.

—No quiero hablar del tema —respondo. Tengo los ojos secos, pero hace tiempo que ha oscurecido y finjo que se me rompe la voz bastante bien.

—Oh. Mierda, lo siento mucho. No quería meterme donde no me llaman —dice. Yo me doy la vuelta.

—No, no importa. Es algo muy raro sobre lo que mentir, lo sé. No debería haberlo hecho, pero es que… es un tema muy privado. Lo siento mucho —digo.

—No, no te preocupes… deja que te acompañe a casa al menos.

Le dejo que me acompañe. Vuelve a disculparse por meterse donde no lo llaman. Le digo que no importa. Me disculpo por haberme portado tan raro. Puedo oír un cascabel resonando tras nosotros. Me doy la vuelta, esperando encontrarme con un gato, pero ahí no hay nada.

—¿Has oído eso?

—¿Oír el qué? —me pregunta. Le digo que no es nada.

Me confiesa, en un susurro tímido, que lleva un tiempo armándose de valor para pedirme una cita, pero que siempre termina echándose atrás. Y también me dice que quizá ya haya perdido su oportunidad por ser un cobarde, pero que le encantaría invitarme a una copa algún día. Me lo llevo a un callejón oscuro y estrecho, me pregunta si es un atajo. Lo beso. Le agarro la cara con fuerza, y el pelo, y lo empotro contra el muro.

—Vaya —dice—. Yo, no soy... «¿no soy de esa clase de chicas?». —Suelta una carcajada y me aparta con firmeza pero con delicadeza también. Intento desabrocharle el cinturón, mis muñecas huesudas se le clavan en la barriga. Protesta, dice que hay «ratas en los callejones oscuros» y que «sabe que en estos momentos me siento vulnerable» y termina soltándome un «no» rotundo. «No» cuando le meto las manos en los calzoncillos, y un «para» cuando le rodeo el pene con ganas, aunque lo tenga completamente flácido. Me empuja con fuerza.

—¿Qué? —suelto—. ¿Qué cojones haces? —Se está volviendo a abrochar el cinturón y negando con la cabeza.

—Yo no... ya te lo he dicho, no hago esta clase de cosas, no soy así.

—¿Y qué soy yo entonces? —gruño—. ¿Cómo se supone que soy?

—¡No estoy diciendo que seas *nada*! No me importa si a ti te... es solo que... *yo* no hago esta clase de cosas.

—¿Por qué no? —le pregunto. Él intenta marcharse. Tiro de su brazo con fuerza e intento atraparlo entre mis brazos. Noto la tela de su camiseta bajo las palmas de mis manos, los cachetes blandos de su trasero pegados contra mi entrepierna. Le beso el cuello—. ¿Por qué no?

Él se zafa de mi agarre.

—No me van esta clase de cosas, ¿vale? Es... cutre —dice.

—¿Qué cojones? —repongo. Y después añado—: Vale, pues vamos a hacerlo a mi casa.

—No vamos *a hacerlo*, Irina —dice—. Deja que te acompañe a tu casa y... olvidaremos que esto ha pasado.

—Puedo irme solita a casa, eres una maldita... *niñata*. —Me marcho hecha una furia, murmurando—: ¡Tomaré nota mental de que no puedes hacer que se te levante sin una *maldita cena a la luz de las velas* antes! —No me sigue. Me doy la vuelta y sigue allí de pie, en medio de la entrada del callejón—. ¿Puedes decirme lo que acaba de pasar? Por asegurarme.

—¿Qué? —me pregunta.

—En el callejón, ¿qué ha pasado?

—¿Qué?

—Vale. No importa.

—¿Te encuentras bien? ¿Estás... estás segura de que te encuentras bien? —me pregunta a gritos. Su voz reverbera, haciendo eco al chocarse con los muros.

Levanto el pulgar para decirle que sí, y sigo caminando.

No puedo dejar de escuchar ese maldito cascabel.

PARADA DE AUTOBÚS 345

Al llegar a casa, voy directa al garaje. Me dejo caer de rodillas, y me pongo a limpiar con un cubo lleno de lejía y agua caliente, frotando con fuerza con una esponja. No paro de frotar hasta que desaparece toda la sangre. Para cuando termino de limpiar, el agua del cubo está gris y rosácea. Vacío el cubo en la bañera y después limpio también la bañera con lejía, y paso la fregona por el suelo del baño. Después me pongo a fregar el resto de la casa, y echo lejía en todos los desagües. Me doy una ducha. Pongo el agua tan caliente que a duras penas puedo soportar el quedarme de pie bajo el chorro, y me froto con ganas con la esponja llena de jabón. Me duele todo el cuerpo. Pierdo la cuenta del tiempo. No salgo de la ducha hasta que el agua empieza a estar helada.

Les echo un ojo a las fotos que le he sacado a Dennis. Es como si las hubiese sacado hace una semana. Ni siquiera tengo la impresión de haberlas tomado yo. Hay un libro de Susan Sontag que se llama *Ante el dolor de los demás*, que Frank me obligó a leer; hay una parte en la que Sontag habla de lo que ocurre cuando la gente presencia de primera mano un hecho horrible, cómo todo el mundo solía decir en el pasado que todo parecía sacado de un sueño, pero que ahora la gente suele decir que parece una escena extraída de una película. Las películas han suplantado a los sueños en la memoria colectiva del mundo, y se han convertido en nuestro ejemplo de lo irreal y de lo que nos parece casi real, aunque no del todo. El día de hoy ha sido una especie de película para mí, como si estuviese viendo una cinta de vídeo vieja y que ya he visto demasiadas veces.

Dennis sale ensangrentado en las fotos, aunque no tan ensangrentado como pensaba en un principio. No hay ni rastro de ningún cristal. Mi cámara está perfectamente, aunque la base sí que está un poco pegajosa, con un rastro de su sangre, por haberlo golpeado en la cabeza con ella. La limpio antes de empezar a rebuscar en el interior de la caja donde creo que podría estar la foto (¿o fotos?) que estoy buscando.

Abro la otra caja que tengo de mi tercer año de universidad. Al estudiar Bellas Artes, todo el mundo actúa rigiéndose por la frase «todo o nada», y siempre preparan algún proyecto súper elaborado o algo así, cosa que yo también hice cuando me llegó mi turno. Monté un enorme telón de fondo y me llevé un montón de disfraces. Durante la visita privada de mi proyecto, me pasé todo el rato tomando a chicos y hombres que me llamasen la atención, obligándolos a disfrazarse para mí, y sacándoles fotos. Después las imprimía y las pegaba al telón. Me costó una fortuna en papel satinado y tinta, pero ese proyecto fue el que después me hizo entrar en el Royal College.

Sinceramente, creo que fue una pasada de proyecto. Fui una de las dos personas que ese año consiguieron entrar en el Royal College (el otro era David French, que siempre me seguía a todas partes como la peste), los dos entramos en el máster de fotografía. Recuerdo que después de la exposición de ese proyecto llamé por teléfono a mi madre para decirle que había entrado en el Royal College of Art y ella se limitó a decirme que no entendía por qué me hacía tanta ilusión, que tampoco era para tanto. Recuerdo haberle hecho una lista de antiguos alumnos famosos que habían estudiado allí:

«—¿Te suena Tracey Emin, mamá?

»—¿La mujer con la cama asquerosa? Vaya mierda.

»—¿Te suena David Hockney, mamá?

»—¿Quién?

»—¿Y James Dyson, el tipo que inventó tu aspiradora?».

Ese sí que le impresionó, por fin. Tampoco es que le gustase mucho la idea de que no fuese a volver a casa en una temporada, pero el que de verdad se molestó por esto fue mi padre. Me dijo que me echaba de menos. Mamá me dijo que lo que en realidad pasaba era que no quería pagarme un alquiler en Londres porque era caro.

Estudié en el RCA con la esperanza de poder organizar mis propias exposiciones en solitario y ganar un premio Turner cinco años después. Conseguí participar en otra exposición, me dieron una esquinita en una exposición enorme que hicieron en la galería Whitechapel, justo a principios de año; en mi primera tutoría, mi tutor me definió como «la alumna a la que no quitarle el ojo de encima en los próximos años». Más o menos un mes después, escribieron sobre mí ese artículo en el *Vice*, el que sigue saliendo en primer lugar cuando buscas en Google mi nombre, y me entrevistaron para unas cuantas revistitas más. Me sentía como una pequeña celebridad. De alguna manera, era justamente eso lo que *era*. Me invitaban a todas las fiestas, todas las chicas ricas, delgadas y modernas querían ser amigas mías. Yo elegí a Serotonin, aunque en aquella época se llamaba solo Sera Pattison, para que reemplazase a Flo en el papel de mi mejor amiga porque era la chica más alta y rubia que conocía y que había demostrado tener algo de interés en mí. Y siempre tenía coca.

Flo dijo que necesitaba un cambio de aires, pero lo que en realidad ocurría era que no había conseguido que la admitiesen en ningún máster, así que se fue a Leeds para hacer sus prácticas como profesora. Yo terminé mudándome a un piso sola. Profesionalmente hablando, las cosas me iban muy bien, pero personalmente hablando mi vida estaba... hecha una mierda. Hecha una mierda; por toda la presión que sentía y todas las tardes que tenía que pasar sola, sin nadie preocupándose por mí o teniéndome vigilada.

Flo no debería haberme dejado sola. Yo no debería haber dejado que se marchase.

Después de una semana viviendo sola, saqué una serie de fotos a las que titulé: «El hombre desnudo inconsolable». Rebusco entre las tomas de esa sesión las fotos que creía haber quemado, pero no encuentro nada que pudiese haber escondido. En todas las fotos sale un hombre adulto llorando, sentado en medio de mi cocina, en el suelo. Estábamos follando en el suelo y me pidió que lo abofeteara. Era la primera vez que un hombre me pedía que lo *golpease*. Así que lo hice. Lo golpeé, una y otra, y otra vez, hasta que le partí el labio. Lo golpeé hasta que llegué al orgasmo. Él empezó a llorar, aunque en ningún momento me hubiese pedido que parase de pegarle. Se le quedó la polla flácida en mi interior. Me dijo que lo sentía, y después se quedó sentado, en medio de mi cocina, en el suelo, llorando como un niño pequeño. Yo, mientras tanto, no pude hacer otra cosa que darle trozos de papel de cocina poco a poco para que se sonase los mocos y se secase las lágrimas, y me quedé contemplándolo mientras sollozaba. Entonces tomé mi cámara y me puse a sacarle fotos. No sabía qué decirle para que dejase de llorar, ni tampoco le pregunté por qué lloraba en primer lugar. Solo me quedé ahí, mirándolo. Observé cómo le temblaban los hombros al sollozar, cómo se le hinchaban los ojos y le caía la sangre por la barbilla desde la herida del labio. Él alzó la mirada hacia mí, como si se supusiese que yo tenía que hacer algo.

El pasar de sentirse herido a querer hacer daño es algo natural. Aunque no entendía por qué estaba llorando, supuse que debía de ser por algo que yo había hecho. Pero era como si estuviese mirando a través de una ventana oscura y acabase de darme cuenta de que todas las arañas macho eran enanas y *débiles*, y que estaban hechas de un caparazón vulnerable, mientras que yo era una araña hembra, con un tórax duro y brillante, y unos dientes enormes y fuertes.

Cuando llevé las fotos a clase al día siguiente, me sorprendió lo imbéciles que fueron todos mis compañeros y profesores conmigo. No sabía si eso era algo bueno, si yo era buena, o si todo el mundo me *había dicho* todo este tiempo que era buena porque les convenía tenerme contenta. Aquello me enfureció.

Sera comentó que tendría que haber grabado la sesión. Las únicas valoraciones que me hicieron en mi exposición final fueron que debería haber grabado esa sesión, porque verme fotografiar era mucho más interesante que las meras fotografías que había sacado. Y soy plenamente capaz de aceptar las críticas, aunque la gente se empeñe en decir que no lo soy. La siguiente sesión que hice (para la que saqué a casi todos los modelos de la calle) decidí grabarla entera.

Cuando subí los vídeos que había grabado de esas sesiones a internet, a todo el mundo les gustaron. Me sacaron en más revistas de arte, me dieron más fama. Conseguí una exposición en solitario, y los críticos la aclamaron. La primera caja que conservo de mis proyectos del máster está llena sobre todo de DVD, y también hay algunas copias de las fotos que saqué en las sesiones que dejé grabadas. Los vídeos de los DVD son muy parecidos, en todos salen hombres cualesquiera con los que me topé por la calle y les propuse que modelasen para mí, y yo aparezco gritándoles órdenes. De vez en cuando, me cuelo yo también en el plano, para posicionarlos como quiero que salgan, o para ponerles una máscara o algún otro accesorio estúpido. En todos los DVD escribí con rotulador permanente una descripción escueta sobre el modelo: «coleta y perilla»; «chico gordo»; «acné»; «adulto con ortodoncia y ojo vago».

No los reproduzco, como sí que podría haber hecho otra noche. No estoy buscando ningún DVD. Vuelco la caja y me pongo a rebuscar entre las fotos impresas. Saco todos los DVD de sus estuches de plástico barato y los sacudo, para ver si cae algo más de su interior. De uno sí que cae algo. Una foto *polaroid*. Una *polaroid* que no está tan rota ni tan borrosa como debería después de tanto tiempo.

Y ahí está él.

Precioso, con la mirada perdida, esbozando una sonrisa forzada debajo de una toalla mullida y sentado en mi cama. Sigue con la piel un poco sonrojada. Tiene la mirada perdida, pero sus ojos no están borrosos. Al menos, no en la foto que guardé aquí, lo que me hace preocuparme por las otras fotos que recuerdo haber conservado.

Voy a buscar mis guantes de goma de donde los he dejado antes, de debajo de la escalera, por si acaso termino encontrándome con algo con lo que no quiero encontrarme. Vuelvo a rebuscar en el interior de la caja de Frank. En el interior de mis cosas del curso preparatorio y de mis A Level. *Nada*. Me topo con una caja de zapatos escondida en lo más profundo del garaje, llena de recortes, artículos en los que hablan de mí y que imprimí, y tampoco encuentro nada ahí dentro. Pruebo a buscar debajo de los cojines del sofá de salón. No sé qué demonios estaba esperando descubrir allí, pero lo único que encuentro son setenta y tres céntimos.

Me fijo en un estuche de DVD que guardo detrás de la televisión, uno de esos estuches grandes y negros en los que puedes meter varios discos dentro de varias fundas de plástico, para ahorrar espacio. Está lleno de polvo, probablemente sea el único objeto con algo de polvo en toda la casa, y lo abro.

Mi intuición (o mi memoria) me pide que vaya a la «C», adonde guardo la película de *Chico conoce chica* del 94, no la comedia que produjo después la BBC en 2015. Tal y como pensaba, hay algo doblado detrás del disco, escondido en el interior de la funda de plástico. Lo saco, como si fuese un diente podrido.

—Te quemé —le digo a la foto. En la *polaroid* sale un hombre joven, muy joven, con la piel cetrina y el cabello, oscuro y rizado, pegado a la frente. Su ojo izquierdo es marrón, el derecho está completamente destrozado, con un trozo de cristal clavado justo en el centro. Echo el pestillo a la puerta de la entrada y corro todas las cortinas. Supongo que el resto de las fotos deben de estar guardadas detrás de todas las películas que la BBFC rechazó en su momento, y entonces me encuentro con otra foto más escondida junto al disco de *The Bunny Game*. Encuentro más fotos escondidas detrás de *Mujeres enjauladas, Los demonios, Freaks, Grotesque, Hate Crime, Campamento de concentración n.º 7, Estripador de Las Vegas, El destripador de Nueva York*, y, por último, detrás de *Sweet Movie*. Tengo algunas películas prohibidas más, en el apartado de la «S», pero detrás de *La matanza de Texas* o de *Visions*

224

of Ecstasy no encuentro ninguna fotografía más. El haber escondido una detrás de la película *Los demonios* fue una cagada por mi parte, porque nunca llegaron a prohibir esa película, solo fue objeto de mucha polémica y terminaron recortándola. Suelto un suspiro. «Zorra estúpida». Podrían haberme atrapado por esa fácilmente.

Vuelvo a rebuscar detrás de todos los DVD, solo por si acaso. No encuentro ninguna foto más.

Dejo todas las fotos *polaroid* a mi alrededor, como una especie de círculo de invocación. Agarro una; en esa el chico sigue intacto, en mi cocina, sin cristales. Está delgado e impregnado en grasa; se está comiendo un trozo de pan, ni siquiera se ha molestado en echarle mantequilla o en tostarlo. En este momento decido que odio las fotos *polaroid*, son tan cliché, y lo peor es que además se acaban de volver a poner de moda. Lo que es más probable es que solo tuviese mi cámara Polaroid a mano en ese momento.

Lo conocí en la parada de un autobús. Había estado esa noche bebiendo en Clapham, como si fuese una maldita agente de policía o algo así. Eran las dos de la mañana, y en esa parada solo estábamos él y yo. Le pregunté si estaba esperando al 345, él se encogió de hombros y no se volvió a mirarme. Supuse que sería de oído duro o que estaría durmiendo. Le pregunté si le apetecía darse una ducha, dormir en un sofá esa noche, y después me acerqué un poco más a él. Se alejó de mí. Le dije «como tú quieras» y él me preguntó qué me había pasado en el cuello, porque tenía unos cuantos moratones.

«Un novio malo», le dije. Y después, haciendo una mueca, añadí: «No me vendría mal algo de compañía esta noche, ¿sabes?».

Se montó en el autobús conmigo. Le pagué el billete. Pasamos por Clapham Common, por Lavender Hill y llegamos a Battersea, donde estaba mi piso. Le expliqué: «Soy fotógrafa» y después, como si no se me hubiese ocurrido hasta ese momento, le pregunté: «Oye, ¿me dejas sacarte unas fotos? Sería una especie de pago por dejarte duchar y por la comida».

Él se encogió de hombros. Tenía la mirada perdida, desenfocada, disociada, una mirada que reconocía y con la que supongo que me sentía identificada.

Recuerdo que se apartaba siempre que saltaba el flash, era una especie de reacción salvaje. Le pregunté cuántos años tenía; me dijo que dieciocho. No le creí, pero bueno… me daba igual, supongo. Ahora, mirando las fotos, no le echo más de dieciséis años. Como mucho.

Dejo la foto en la que sale tapado solo por la toalla a un lado, introduciéndola en la línea temporal de la sesión. Le saqué una en la que solo sale su cabeza, otra de su pelo y otra de sus hombros, para otra le pedí que me sonriera. Eso es lo que sale en todas estas fotos, su pequeña sonrisa. Metí su ropa en la lavadora mientras se duchaba, y le dije que estaría limpia en una hora, y que se podía poner cualquier otra cosa de las que tenía en mi casa. Le ofrecí un camisón y él se rio porque pensaba que estaba de broma. No estaba de broma. Borracha, le dije: «No tengo tan buen sentido del humor, cielo», y le lancé un camisón, diciéndole que podía ponerse eso o no ponerse nada. Decidió no ponerse nada.

La siguiente foto también es horrible. Otra que pensaba que había quemado también; lo juro por Dios, la quemé. Mi casera vivía en el piso de encima y recuerdo que me echó una buena bronca por quemar cosas en el jardín. La recuerdo con claridad, a ella, echándome la bronca a gritos, soltando babas sin parar al gritarme, quejándose. Le dije que eran fotos de mi ex y ella le echó un vistazo a mi cara, llena de golpes, y a mi cuello, y a mi mano vendada y dijo «ay, cariño…» y me dejó que siguiese a lo mío. Dios sabe qué demonios quemé ese día, pero estas fotos no.

En esta, el chico de la parada de autobús está en la cocina, desnudo y sintiéndose traicionado. Se puede ver el pánico a través de su ojo bueno, y se está tapando el ojo herido con una mano.

Le pedí que me dejase pegarle. Apenas lo toqué. Pasó de cero a cien así, de la nada, y me tiró al suelo cuando intenté pegarle.

Entró en pánico, como un animal, era todo adrenalina y fuerza. Me golpeó, no con la palma abierta, sino con el puño, una y otra vez, hasta que se quedó sin aliento y yo apenas podía ver. Tomé una botella de vino vacía de la papelera y se la rompí en la cara porque no paraba de pegarme. Podría haberme matado. Quería matarme. Se zafó, notó el cristal clavado en el ojo e inmediatamente empezó a chillar, a perder el control, a hacer ruido para que lo oyera mi casera. Le hice una foto. Lo hice tropezar y cayó de bruces, su cuerpo quedó rodeado por todos los cristales de la botella rota, esparcidos por el suelo. Entonces dejó de gritar.

La siguiente foto es antes del botellazo. Está en la ducha, con la cabeza echada hacia atrás y la boca abierta. Tenía la espalda cubierta de quemaduras de cigarrillo, antiguas. No se dio cuenta de que le estaba sacando la foto, pero sí que se asustó cuando me metí en la ducha con él. Me observó mientras lo masturbaba. Clavó la mirada en mi rostro mientras llegaba al orgasmo, se resbaló sobre el suelo de porcelana y lo atrapé con una mano a tiempo, antes de que se cayese. Podría haberse abierto la cabeza y haber muerto allí, en esa ducha.

Esa es la última fotografía en la que sale de cuerpo entero.

Creía que se había muerto cuando se cayó al suelo lleno de cristales, pero no fue así. Se dio la vuelta, tumbándose de espaldas, y seguía respirando. Lo pinché en las piernas y en los brazos, con fuerza, pero no le respondían; ni siquiera un movimiento reflejo, fue como si los cristales se le hubiesen clavado en el cerebro y rajado algo importante. No sé lo que pasó. En ese momento tampoco lo sabía. Supuse que se estaría muriendo. Supuse que, si se estaba muriendo, si se iba a morir, no tenía ningún sentido llevarlo al hospital, ¿qué sentido tenía que me metiese en problemas por esto si se iba a morir igualmente? No pensaba perder todo lo que había logrado por un niñato que ni siquiera me importaba, que se iba a morir de todas formas.

Acabé con su sufrimiento. Lo llevé a la bañera y lo hice allí.

Lo que más me impactó no fueron los sonidos que hizo, ni los ojos saltones, ni el color que tomó su piel, ni siquiera la mierda.

Sino lo fácil que fue todo. Siempre había oído que estrangular a alguien era muy difícil; los asesinos en serie que estrangulan lo intentan una vez, la cagan y entonces recurren a usar alguna herramienta: unas medias, un cinturón, la cuerda de un piano. Pero su respiración era tan débil, y su cuello tan delgado, que... simplemente, se murió.

Le rodeé el cuello con fuerza. Recuerdo su nuez moviéndose contra las palmas de mis manos. Todavía puedo sentirla. La foto que tengo en la mano es otro primer plano, un primer plano de su pobre rostro, lleno de cristales, su cabeza ahora separada de los hombros a los que una vez estuvo unida. Tengo una foto de cada pierna, de cada brazo y de su torso: todas estas partes de un chico cualquiera, que ahora puedo colocar por el suelo de mi salón como una especie de rompecabezas.

Al principio la cagué porque intenté usar un cuchillo. No puedes atravesar el hueso con un maldito cuchillo de cocina, ¿verdad? Qué estúpida fui. Manché de sangre la cortina de la ducha al intentar cortarlo a hachazos, serrando con un cuchillo tan romo que apenas podría cortar el tallo de un brócoli.

Al final tuve que ir al Asda 24 horas de Lavender Hill a comprar un cuchillo de carnicero. Tuve que ducharme con el cadáver en la ducha y volver a la parada del 345, como si nada hubiera pasado.

Cuando regresé a casa, el maldito Fritz se había revolcado en el charco de sangre de la cocina y se había paseado después por todo el piso. Tuve suerte de no tener alfombras. Así que no me quedó más remedio que acabar con Fritz también. Siempre le gustó más Flo, pero confiaba en mí. No me arañó ni me mordió cuando lo agarré y, cuando le rompí el cuello, no hizo ni un solo ruido.

Descuarticé al chico. Saqué unas cuantas *polaroid* más y la cámara quedó tan manchada de sangre que tuve que enjuagarla y tirarla a la basura. Metí al gato en la bolsa de basura con la cabeza, el cuchillo de carnicero en la misma bolsa que la pierna izquierda y todo lo demás en otras bolsas. Todo a mi alrededor eran bolsas de basura, y más bolsas de basura, y más bolsas de basura, y recuerdo que en ese momento me alegré de haber comprado unos cuantos rollos de bolsas de basura la semana anterior, porque se me había olvidado comprar más en Asda y vaya si las necesitaba en ese momento.

Pero me daba pánico no saber qué hacer ahora con todas esas bolsas. Entré en pánico, porque solo podía pensar en todas las cagadas que cometían los asesinos en serie. En cómo pescaron a Dennis Nilsen porque empezó a tirar los cachos de sus víctimas por el retrete, y en cómo ni todo el hormigón del mundo logró ocultar los esqueletos de las víctimas de Fred West. La nevera de Dahmer estaba llena de cabezas y de penes, y el asesino del baño de ácido tenía sus bidones de sopas humanas mal colocados.

Y entonces me acordé de los asesinatos de los páramos: cómo encontraron cadáveres enterrados por todos los páramos de Reino Unido, tan vastos y verdes que nadie pudo hallar jamás todos los cuerpos. Y lo que encontraron tampoco eran los cuerpos enteros, sino solo partes de ellos.

Metí al niño y a Fritz en dos maletas distintas, con ruedas, y los subí al maletero de mi coche. Fregué todo el piso. Eché el agua del cubo de la fregona por el retrete. Metí el mocho de la fregona, que se había teñido de un tono rosáceo de lo más incriminatorio, el vestido y los tacones que había llevado puestos anoche, y los guantes de goma en otra bolsa de basura, y la escondí debajo del fregadero, para quemarlo todo cuando volviese.

Tenía un sarpullido rojizo en las manos, que me iba desde las puntas de los dedos hasta las muñecas. Así fue como descubrí que me daba alergia el látex.

Dejé mi coche en Londres, casi ni lo usaba. Solo conducía de vez en cuando. Ese día, conduje hasta lugares verdes y frondosos, cavé, tiré las bolsas dentro y saqué fotos con mi cámara, para saber dónde había enterrado los trozos.

Aunque solo conservé la foto que me saqué en el lugar donde enterré la cabeza.

Pero allí no había ninguna cabeza, ¿no? Solo estaba Fritz.

Y si la policía la hubiese encontrado, supongo que también se habrían llevado a Fritz, ¿no?

Quizá la habían desenterrado unos niños cuando ya solo quedaba el cráneo y se lo habían llevado. Quizá, quizá (incluso aunque tenga ahora mismo las pruebas frente a mí) no hubiese ningún niño. Quizá jamás lo hubiese habido. Paso el dedo por las fotos, como si fuesen una ilusión óptica, pero se arrugan bajo mis dedos. No es posible que fuese tan tonta como para sacar estas fotos, ¿no?

Recuerdo que después busqué al chico en las noticias, en internet, tratando de dar con cualquier denuncia de alguna desaparición que encajase con su descripción: adolescente, un metro setenta y cinco, delgado, de pelo negro y ojos marrones.

Pero nadie lo estaba buscando.

Es como cuando se cae un árbol en medio del bosque y no hay nadie cerca para oír el ruido que produce al chocar con el suelo, y eso te hace pensar: ¿en realidad he talado el árbol?

Meto las fotos *polaroid* en un sobre.

```
Hola, B:

¡Cuánto tiempo! He arreglado lo del efecto
de los cristales, te mando unas cuantas fo-
tos polaroid a tu apartado de correos.
    Estoy probando ahora con este tipo de fo-
tografía, ¡espero que te gusten!


                                    Irina
```

Son las tres de la mañana y salgo a la carrera de mi casa, en busca del buzón más cercano, con una sudadera con la capucha echada ocultándome el rostro, aunque no hay ninguna cámara por aquí cerca y hace un calor de mil demonios.

Me he deshecho de ellas. Recorro toda mi casa en busca de alguna foto o prueba más, pero ya no queda nada. Se acabó.

Nada dentro del estuche de los DVD, nada. Todo ha desapareci-do. Ya está. Tomo y arrastro este incidente hasta el interior de mi papelera de reciclaje mental y después vacío la basura, y me tomo una botella entera de vodka y un par de Xanax para borrar de mi cabeza cualquier recuerdo relacionado con el día de hoy y con ese otro día, y la mezcla de las dos sustancias me deja incons-ciente durante las siguientes veinticuatro horas.

Me despierto con un correo electrónico de Dennis diciéndome que se encuentra bien y nada más. Me alegro. Si vuelve a poner-se en contacto conmigo llamaré a la maldita policía.

Me siento demasiado atontada. Sigo babeando, a pesar de lo deshidratada que estoy en realidad, y toso con tanta fuerza que me dan arcadas. Me bebo un par de vasos de agua demasiado rápido y se me escapa otro poco de vómito.

Me preocupa el no haber recibido ninguna respuesta del se-ñor B, y acabo de poner mi tetera a hervir cuando llaman al timbre y, al abrir la puerta, me encuentro con un mensajero con un enorme oso de peluche, con un inmenso corazón de peluche, en las manos. Entro en pánico por un momento, pensando que puede habérmelo enviado Eddie del Tesco, antes de darme cuen-ta de que ese peluche se sale mucho de su presupuesto. El men-sajero me dice que soy una chica con suerte cuando firmo la notificación de que lo he recibido y después me echa una mirada lasciva al pecho, al hueco que deja visible mi bata de andar por casa, y añade que quien quiera que me lo envíe también está claro que es un tipo con suerte. Esbozo una sonrisa y tomo el oso de peluche. Tiene una tarjetita y un abrecartas pegado den-tro:

Rómpeme el corazón,
B

Agarro el abrecartas y parto el corazón de peluche por la mitad. Está pegado con velcro a las manos del oso y, sorprendentemente, pesa bastante.

Pesa bastante porque en su interior esconde unas treinta mil libras en billetes envasados al vacío dentro de una bolsa de plástico. Los cuento para asegurarme. Treinta rollos, cada rollo con mil libras en billetes de cincuenta.

Llamo a Ryan y dejo mi trabajo en el bar. Me río de él por teléfono y, antes de que pueda empezar a discutir conmigo, le suelto: «¡Adiós, imbécil!».

Se acabó el tener las suelas de los zapatos pegajosas por el bar, se acabó el tener que soportar humillaciones. Se acabó. Después de lo de Hackney conseguiré mucho más, más dinero, más reconocimiento. El reconocimiento que me merezco. El reconocimiento que *me he ganado*.

Abro mi correo electrónico y le mando una nota dándole las gracias al señor B, pero cuando le doy a enviar, el correo me lo devuelve. Una y otra, y otra vez. Se me ocurre la idea de responder al último correo electrónico que me mandó, pero ha desaparecido. Todos sus mensajes han desaparecido, es como si alguien los hubiese borrado, como la sangre en un suelo de madera.

Hola, Finch:

¡Por fin he tenido tiempo para echarle un ojo a tu trabajo! Sé que ha pasado mucho tiempo desde que me lo pediste, pero he estado MUY ocupada. Como sospechabas, los cumplidos que recibiste por estas fotografías probablemente estuvieran motivados porque las personas que te los hicieron intentaban ir a favor del colectivo y todas esas cosas. Aunque técnicamente están bien, dependes demasiado del hecho de ser trans y, sí, tu operación de torso fue muy bestia, pero siento que es algo demasiado obvio para que saques tú esas fotos. No sé si has oído hablar de Frank Steel, pero hice algunas sesiones con ella cuando todavía daba clases de vez en cuando en el CSM, y deberías echarle un vistazo a su trayectoria para que te sirva como aviso. Terminó desapareciendo del ámbito académico y ahora todo el mundo cree que fue una especie de bomba de los 2000 y nada más, aunque podría haber sido muy importante en este mundillo si hubiese dejado atrás la fotografía LGBT que hacía, ¿no crees? ¡Muermo! ¡Aburrido! Toda la generación Z pertenece al colectivo así que es un poco… bueno, da igual, pero tú quieres que tu trabajo sea retorcido y transgresor. ¿Estoy diciendo que tus fotos son malas? No, son sin más, del montón. La política identitaria siempre ha sido algo muy difícil de vender y probablemente deberías probar a hacer algo distinto.

Me encanta cuando los fotógrafos se distancian un poco del trabajo que están acostumbrados a hacer, creo que muestra cierto toque de madurez, en vez de centrarse tanto en ese «yo, yo y yo», ¿sabes? Es difícil no centrar tu trabajo en ti, en ti y en ti si no te centras en la política identitaria, pero también es complicado separar la política identitaria de la inmadurez en tu caso. Me explico, veo estas fotos y pienso que son geniales, pero me cuesta no ver la conexión que existe entre estas fotos y las que se suelen sacar las adolescentes medio desnudas, con solo sus bragas para la regla

puestas y con pelos en las axilas. ¡Aburrido! Así que mi consejo es que te alejes un
poco de lo que estás habituado a hacer, o
incluso deja la fotografía durante una temporada y prueba a hacer algo nuevo.

Nos vemos en el bar,

Irina

EDDIE DEL TESCO II

Guardo el dinero debajo del fregadero y decido que ingresaré un par de rollos de billetes cada mes. Me compro unas cuantas tonterías, antes solía comprar tonterías constantemente, pero mis padres, al darse cuenta, me quitaron todas las tarjetas de crédito que tenía. Supongo que ahora ya no necesito ninguna tarjeta de crédito.

Vuelvo a casa con unas cuantas bolsas de la compra llenas y, cuando llego, ninguna de las luces se enciende. Escondo la compra en la habitación de invitados y después llamo a mi padre para que venga a arreglar las luces. Llega media hora después. Cuando le abro la puerta, me abraza con fuerza y me da un beso en el cuello. Su cabello sigue teniendo ese tono rojizo brillante, incluso aunque ya ronde los sesenta. Es un hombre feo, pero me veo reflejada en él en ciertos aspectos. Tenemos la misma estatura y el mismo color de piel. Él tiene una nariz aguileña que siempre está apuntando hacia arriba y los pómulos bien altos. Mamá y yo ni siquiera parecemos de la misma familia.

—Papi —lo llamo, como cuando era pequeña—. ¡No sé qué ha podido pasar!

—Yo me encargo de arreglarlo, cariño, no te preocupes.

Lo arregla. Resulta que la bombilla de la lámpara del salón ha explotado mientras yo estaba fuera y ha hecho que saltasen los plomos. Arregla lo de los plomos y después me cambia la bombilla. Lo sigo por toda la casa y le cuento cómo me están yendo las cosas. Le cuento que estoy saliendo con alguien y que los preparativos para la exposición están yendo viento en popa, y que estoy consiguiendo vender tantas copias de mis fotografías a vendedores privados que he podido dejar el bar.

—Bueno, eso te puedes encargar tú de decírselo a tu madre. Yo no pienso contárselo.

—En ningún momento he dicho que quería que se lo contases —espeto. Se baja de la silla de madera después de poner una bombilla nueva en su sitio. Le chascan las rodillas al bajar.

—¿Necesitas que haga algo más, cariño? —me pregunta—. ¿Qué tal están las tuberías? ¿Te sigue goteando el grifo del fregadero? Podría echarles un ojo mientras estoy aquí.

—No —repongo.

Lo llevo hasta mi mesita de noche, porque el cajón no se cierra del todo. Lo hago esperar fuera con la puerta de mi cuarto cerrada mientras cambio todas las cosas que tengo guardadas en el cajón de la mesita y las meto en el armario. Y después me siento en la cama a verlo trabajar. Él se pone a darle golpes al cajón con un martillo, sin orden ni concierto.

—Gracias, papi —le digo. Él esboza una sonrisa enorme y las comisuras de sus ojos se arrugan con el gesto.

—Me preocupo por ti, cariño. Que hayas dejado así como así tu trabajo... como si no importase nada... Sé que has estado enferma —dice—. Me pasé a verte al bar hace unos días y un chico me lo dijo. El que está fornido.

—¿Por qué te *pasaste a verme* a mi trabajo?

—Lo siento. Llevaba mucho tiempo sin verte; tu madre llevaba mucho tiempo sin verte. Solo quería saludarte —comenta—. Me preocupo por ti, forma parte de mi trabajo como padre. Y tú guardas muchos secretos, ¿verdad? Siempre te ha gustado eso de guardar secretos.

—Tal vez sea porque siempre os comportáis muy raro cuando os cuento cualquier cosa, ¿es que mamá no te ha contado lo que me dijo cuando le hablé de la exposición? Empezó a decirme que nunca había oído hablar de esa galería, que no es homófoba porque piense que mis fotos son una mierda y cosas así. Es que... ¿por qué debería contaros nada? —digo—. De verdad te lo pregunto, papá. ¿Por qué debería siquiera molestarme en contaros nada si lo único que vais a hacer es criticarme por cualquier cosa que haga?

—Lo siento —dice—. No quería que pareciese que te estaba criticando, cariño, es que estoy…

—Preocupado por mí. Sí, ya lo has dicho.

Papá me convence de que vaya a cenar con ellos a casa, aunque haya quedado con Flo para salir a tomarnos algo dentro de un rato. Me espera mientras me maquillo. Voy solo porque tengo hambre y solo tengo una bolsa de espinacas en la nevera y no me apetece nada tener que hablar con Eddie del Tesco hoy.

Papá tiene un coche deportivo de época, verde y horrible, y siempre que lo mira se queda ensimismado. Una vez, cuando tenía diecisiete años, se lo rayé porque le dijo a mamá que me había sorprendido fumando justo después de que ella encontrase un paquete abierto de pastillas en el bolsillo de *su* chaqueta. Dijo que las pastillas eran mías y que estaban ahí porque me había puesto su chaqueta para salir.

Cuando llegamos, mamá se queja de que no la habíamos avisado de que iba a venir.

—Entonces me voy —digo. Mamá me deja entrar en casa a regañadientes y no para de quejarse en ningún momento de que ahora le toca volver a pensar qué hacer de cena. Papá se ofrece a ir a comprar pescado con patatas fritas. Yo me quejo por los carbohidratos.

—Cómete solo el pescado —espeta mamá—. Esto me ha fastidiado la noche, Irina. De verdad. —Se iba a poner a ver *Corrie* esta noche.

Mientras papá esta fuera, comprando la cena, mamá me pide que me siente a la mesa de la cocina para interrogarme. Dice que la vieja tras el visillo, es decir, su amiga Susan (que vive en mi calle) me vio subiéndome a un coche desvencijado con un chico de aspecto extranjero y bajito, y que está preocupada, porque ha estado leyendo acerca de esas bandas de asiáticos que se dedican a secuestrar a chicas blancas.

—Me sentí tan avergonzada cuando me llamó, Irina —dice—. ¿Qué demonios estabas haciendo?

—Estoy saliendo con alguien —espeto. Pero ella me dice que debería tener más cuidado de con quién «me ven»—. ¿Me estás queriendo decir que no puedo salir con chicos que parezcan asiáticos? ¿O me estás preguntando si me han secuestrado para la trata de blancas o algo así?

—Ah, así que ahora encima soy racista —escupe mamá. Me dice que el problema es la diferencia de altura y el coche viejo, no «una cuestión racial». Le daba vergüenza porque Susan le dijo: «Tu Irina se ha metido en un Micra destartalado con un tipo de aspecto extranjero», y después sacó el tema de la trata de blancas y todo eso porque pensaba que era extraño que yo estuviese saliendo con un tipo tan bajito como ese. Mamá me dice que Susan no habría sacado el tema de las bandas de asiáticos ni de la prostitución si no le hubiésemos parecido una pareja tan extraña.

—A Susan parece que le han dado un golpe en la cara con una pala, con ganas —repongo—. Y se viste como si siguiésemos en 1997. ¿Por qué me debería importar una mierda lo que pensase Susan?

—Sabes que le dio un ictus, Irina. Pero dime, ¿quién es el chico? He estado echándoles un vistazo a las fotos en las que te han etiquetado en Facebook y no he visto nadie que encaje con la descripción que me dio Susan.

—*Por Dios* —murmuro. Tengo que borrarme de Facebook—. Solo hemos… salido una vez. Trabaja en el Tesco que hay cerca de mi casa.

—Hace unos segundos me has dicho que estabais saliendo. Por cómo me lo describió Susan, no parece un chico muy atractivo que digamos —dice mamá—. No es mi tipo, y encima trabaja en un Tesco. Venga ya. A *vuestra* edad.

—Bueno, puede que vuelva a quedar con él. No lo sé. —Bajo la mirada hacia la mesa. No puedo soportar tener que mirarla a la cara. Está sonriendo. Noto cómo se me revuelven las tripas. Le digo que está haciendo las prácticas para ser maestro de primaria.

No le hablo de su edad. Creo que tiene unos veinticuatro años. Como mucho. No pude encontrarlo en Facebook porque no sé cómo se apellida—. De todos modos, tampoco es que vaya a empezar a elegir con quien salgo basándome únicamente en si mi madre lo considera atractivo o no. Siento mucho que no sea una belleza convencional o lo que quiera que estés buscando. A mí no me importa. —Creo que está a punto de dejar de hablar del tema; se queda callada durante unos cuantos minutos. Frunciendo los labios y enarcando sus cejas demasiado finas y depiladas.

—Sé que a ti no te importa —repone. Le pregunto que qué quiere decir con eso. Ella chasca la lengua antes de responderme—. No todo lo que te digo es una crítica, Irina —dice—. Pero tengo que hablar de esta clase de cosas contigo porque, como tú dices, soy la peor madre *del mundo*, ¿no? Solo soy esa zorra horrible que te crio, que te bañó, y que te paga el alquiler de tu casa.

—*La mitad* de mi alquiler. Y nunca te pedí que me lo pagases —digo—. Lo hiciste para que me fuese de casa, ¿te acuerdas? Y, de todos modos, el dinero no es tuyo, es de papá.

—Eres *tan* desagradecida. Es como si hubieses *nacido* siendo una desagradecida —me escupe. Como si hubiese nacido solo para incordiarla. Y entonces empieza a hablar de la Barbie carísima a la que le teñí el pelo de rojo de pequeña, de la bicicleta que me regalaron para Navidad cuando tenía diez años por la que me pasé todo el día berreando porque no era del color que había pedido, y de la vez en la que le dije que se fuese a la mierda cuando estábamos en Tammy Girl y yo solo tenía doce años, solo porque no paraba de insistir en que me tenía que comprar un tanga para ponerme unos vaqueros porque si no se me marcaba demasiado la ropa interior. Me dice que siempre estoy echándole sal en la herida y yendo a llorarle a papá porque sé que para él soy un ángel. Lo que no es cierto. Cuando era pequeña, también solía enfadarme con él constantemente. La diferencia era que él siempre me perdonaba, mientras que ella nunca lo hizo.

Me levanto de la mesa mientras ella no para de echarme la bronca.

—¿A dónde te crees que vas?

—Voy a por una copa de vino —digo. Y me acerco a la nevera. De repente, se relaja y pierde todo el fuelle, y me pide que me asegure de tomar el Riesling y no el Chardonnay porque el Chardonnay que tienen es malísimo.

—Quiero tinto —digo.

—No tenemos tinto.

Nos sirvo una copa de Chardonnay a cada una. Me pone una mueca de asco al verme y le digo que, si tan malo es, lo mejor es que nos lo acabemos primero y cuanto antes, pero ella termina deslizando su copa hacia mí con los ojos entrecerrados.

—Bébetelo tú sola —dice—. Sé lo mucho que te gusta beber.

Se sirve una copa del Riesling, aunque se echa una cantidad insignificante, como si no soportase tener que bebérselo. Pone su copa junto a la mía para comparar las cantidades y me dice que solo le gusta tomarse un chorrito de vino entre semana.

Le pregunto acerca de su amiga con cáncer, la pesada de Facebook.

—Está en el hospital, ya no le queda mucho —dice mamá—. Y uno podría pensar que por eso pasaría menos tiempo metida en Facebook, ¿verdad? Pues *no*.

Eso la mantiene ocupada hasta que vuelve papá. Deja la bolsa llena de pescado y patatas fritas sobre la mesa y empieza a servirlo. Se pasa el rato corriendo de un lado a otro, con los cuchillos, el papel de cocina y los condimentos en la mano, y mamá y yo nos quedamos sentadas a la mesa, observándolo expectantes. Mamá señala que ha comprado tres raciones de patatas fritas.

—También le he traído una ración a Rini —dice. Yo me quejo al oírlo—. No tienes por qué comértelas, cariño; las he comprado solo por si te apetece darte un capricho. —Esboza una sonrisa enorme al mirarme—. Por comerte unas cuantas patatas fritas no te vas a morir, flacucha. —Me da un beso en la coronilla.

—Gracias, papi —respondo. Me sirve un enorme trozo de bacalao rebozado en el plato, sacándolo de su caja grasienta.

—*Gracias, papi* —repite mamá, con cierto retintín. El chorrito de vino que se había servido ha desaparecido bastante rápido de su copa—. ¿Es que también te vas a poner a cortarle el pescado, Nigel? —pregunta. Una vez, cuando salimos a cenar por su cumpleaños, mi padre me cortó el filete que me había pedido en cachitos pequeños y mamá nunca deja de recordárselo—. ¿Y qué hicisteis en la cita, Irina? ¿Hiciste que el tipo bajito ese te cortase la comida también?

—Ah. —Papá me mira sonriente—. ¿Estáis hablando del chico con el que estás saliendo? ¿Del que me has hablado antes?

—Pues *claro* que a *tu padre* le has hablado de él —escupe mamá—. Y yo he tenido que enterarme por Susan.

—Ah, ¿estás saliendo con ese chico? —dice papá—. Yo en ningún momento he pensado que pudiese estar en una banda de trata de blancas, cariño. Cuando tu madre me habló de él le dije que lo más probable era que solo fuese un amigo tuyo.

—En cierto modo sí que es solo un amigo —digo, encogiéndome de hombros mientras empiezo a quitarle el rebozado al bacalao—. Solo somos amigos. —Vuelvo a encogerme de hombros—. Es que me da pena, básicamente. Me siento mal por él.

—Ah, bueno —dice papá—. Tú siempre solías decir que solo salías conmigo porque «te daba pena», ¿verdad, Yvonne? —dice papá. Mamá suelta un gruñido como respuesta—. Todavía recuerdo cuando le pedí salir a tu madre en una discoteca. ¿Te hemos contado alguna vez esta historia, cariño?

—No —respondo, al mismo tiempo que mamá dice: «La ha oído un millón de veces». Sí que es cierto que ya me la han contado unas cuantas veces, pero me encanta lo mucho que ella se cabrea cuando papá me la cuenta. Cuando escucho esta historia me siento igual que cuando alguien, después de haber tenido un accidente, me cuenta con todo lujo de detalles la historieta de cómo, en vez de girar a la derecha como debería haber hecho, giró a la izquierda y entonces se vio yendo directo hacia un camión.

—Bueno, la vi al otro lado de la pista, estaba sentada, y tenía cara de estar pasándoselo fatal, una cara de culo, de un culo bonito, eso sí. Y me acerqué a ella y le pregunté si le apetecía bailar, y ¿sabes lo que me respondió? —Papá cierra la boca al mismo tiempo que mamá responde por él: «Ehh… estoy guardándoles los abrigos a mis amigas». Él se ríe, yo me río. Mamá esboza una sonrisa forzada—. Pero, por supuesto, al final terminó bailando conmigo, ¿verdad, Yvonne? Porque te di pena. Eso es lo que siempre dices.

—Ajá —responde ella—. Bueno, no paraste de insistir en que bailase contigo.

Papá es fontanero y, en algún momento de su vida, le empezó a ir muy bien a su negocio, y entonces comenzó a comprarse coches caros y a intentar comprar casas grandes. Y fue entonces cuando la delgada y constantemente enfadada Yvonne de la discoteca decidió fijarse en él. Hay una foto en la que salen los dos cuando eran jóvenes, cuando se mudaron juntos por primera vez, a mediados de los años ochenta, y papá lleva puesto un traje que le queda demasiado grande y que le da un aspecto horrible, como si fuese un David Bryne mucho más pelirrojo y feo. Mamá está pegada a su lado, con su cabello rubio platino planchado a la perfección, y lleva puesto un vestido dorado metálico muy ajustado; esa foto está enmarcada en el salón y papá siempre se la enseña a los invitados cuando vienen por primera vez a casa. «¡Somos Yvonne y yo, de cuando ella solo era una novia trofeo!». Y mamá normalmente comenta justo después que dejó de ponerse ese vestido para que papá dejase de hacer esa broma tan estúpida.

Aparte de la foto de su boda, en el resto de las fotografías que tienen por casa solo salgo yo. Yo de bebé, yo en mi habitación cuando era pequeña, y todas mis fotos de cuando iba al colegio. Hay un enorme vacío entre las fotos de cuando tenía doce y las de cuando tenía dieciséis (fue la época en la que decidí que odiaba que me sacasen fotos), y después de esa época, volví a dejar que me sacasen todas las fotos que quisiesen. Papá incluso me convenció de que le imprimiese unas cuantas que me había sacado yo sola con la cámara frontal de mi teléfono móvil de aquel entonces para que pudiese colgarlas también en la pared. Me quedo mirando mis fotos fijamente mientras me como el pescado. En una sale una niña con un montón de pecas, con el cabello recogido en un par de coletas bajas y anaranjadas. Le faltan las dos paletas. Me paso la lengua por mis implantes dentales al mirarla.

Mamá se enfurruña durante la cena y le echa la bronca a papá por contar las mismas historias una y otra vez. Le echa la bronca y no para hasta que se queda sin aliento.

—Irina tiene algo que contarnos sobre su trabajo —dice papá. Lo suelta de sopetón, mientras mamá no para de hablar, y después se hunde un poco más en su asiento, sin mirarme a los ojos.

—¿Ah, sí? —pregunta mi madre.

—He dejado el trabajo en el bar. —Y entonces me toca a mí ser el objeto de sus críticas. No se cree que esté ganando tanto dinero con mi trabajo como fotógrafa como para pagarme mi mitad del alquiler, que si quiero hacer estupideces, como dejar mi trabajo, me va a cortar el grifo por completo. Esa fue la única condición que me puso para mudarme: que trabajase, al menos, a tiempo parcial, o me cortaría el grifo. Que o pago mi parte del alquiler o me cortará el grifo—. ¡Pero el dinero no es tuyo, es de papá! —le grito. Y al darse cuenta de que papá no se pone a discutir conmigo ni la está apoyando, mamá sale de la cocina llorando y hecha una furia. Papá no tarda en seguirla.

Me como mi porción de patatas fritas entera. Me la como con las manos.

Oigo cómo mamá grita y llora en la planta de arriba. No puedo oír nada de lo que dice mi padre. Cuando vuelve a bajar, le digo que tengo que irme porque he quedado con Flo.

Él me lleva en coche al pub. Dice que mamá no está pasando por una época muy buena ahora mismo. Se pasa todo el trayecto llamándonos por teléfono, a papá y a mí, en cuanto se da cuenta de que nos hemos ido.

Flo ya está en el pub para cuando llegamos. Está Flo, sí, pero también Michael. En estos momentos juro que podría matarla. Se fija en cómo desaparece mi sonrisa al verlo, y me agarra del brazo para llevarme a los servicios mientras yo no dejo de quejarme. Me dice que lo único que quiere es que Michael y yo nos llevemos bien. Quiere que nos comportemos como dos personas adultas. Espera que un poco de alcohol y algo de tiempo juntos sea capaz de «lubricar» nuestra relación. Regresa a la barra mientras yo voy al baño a mear, frunzo el ceño y le echo un vistazo a mi teléfono.

Eddie del Tesco no ha dejado de mandarme mensajes en toda la tarde, he estado respondiéndole un poco fría esta semana, y no parece que lo esté llevando muy bien. Le digo que sigue en pie lo de vernos el viernes, por tercera vez en el día de hoy. Incluso acepto salir a comer con él antes del viernes, lleva toda la semana insistiendo. Aun así, soy muy consciente de que mi teléfono no deja de vibrar en el interior de mi bolsillo unos cuantos minutos después de que salga del baño. Flo se bebe su cerveza a sorbitos y Michael me fulmina con la mirada por encima del borde de la suya. Flo me ha pedido una copa de vino, que me espera pacientemente encima de la mesa.

—¿Qué? —pregunto.

—No te para de zumbar el teléfono —dice él—. Tienes la vibración *muy* alta. —Me encojo de hombros ante su comentario. Flo suelta una carcajada.

—¡Es que es muy popular! ¡Es una chica muy popular! *Una mujer*. ¿Sabes que Irina tiene novio? —dice Flo. «No, no tengo», estoy a punto de soltar, como si estuviese aquí cerca, como si pudiese oírme. Michael me mira escéptico.

—¿Ah, sí?

—¡Es genial! Trabaja en el Tesco. Lo encontré yo y me pareció perfecto para ella.

—Va a empezar a dar clases dentro de poco. Hemos quedado un par de veces, no es... —Me encojo de hombros—. No está mal. He quedado con él el viernes.

Creo que Flo estaba intentando que picase el anzuelo y hablase un poco más de él. Sabe lo que pienso de los «novios» y las «novias». Me ha visto ponerme nerviosa al hablar de parejas, cortar lazos con ellas, gruñir y quejarme una y otra vez cuando suelta esas palabras relacionadas conmigo. Le digo que cierre el pico. Ella frunce los labios.

—Yo solo... voy al baño —dice—. Solo tardo un segundo.

—Pero si acabas de ir —repone Michael. Ella lo ignora. Michael suelta un suspiro. Yo me pongo a leer mis mensajes.

Eddie del Tesco no para de insistir en que tenemos que concretar los detalles de lo del viernes y tampoco para de disculparse por molestarme y preguntarme si va todo bien. Estoy a punto de responderle con algo irritante y escueto cuando Michael interviene. Los dos tenemos una regla tácita que seguimos siempre a rajatabla: si no está Flo, y no tenemos por qué, no nos hablamos. Es más su regla que la mía, creo. Puede que me odie, pero a mí me es completamente indiferente. Le doy un sorbo a mi vino y me cruzo de brazos bajo el pecho.

—Así que novio —dice—. ¿Eso significa que por fin vas a dejarla en paz?

—¿Qué quieres decir? —repongo. Él respira hondo.

—Ya sabes lo que quiero decir.

—No, creo que no.

—Eres como un resfriado del que nunca se cura, ¿lo sabías? —comenta—. Siempre que parece que se ha recuperado un poco de ti, y está normal en ese momento, después vuelve a pasar demasiado tiempo *contigo*, y ella... —No llega a terminar la frase, se queda mirándome fijamente, con la mirada clavada en mi pecho.

—¿Me estás mirando las tetas?

—Sí, te estoy mirando las tetas, porque *siempre* las tienes ahí, a la vista, ¿verdad? —escupe—. Vete a la mierda, «¿te estoy mirando las tetas?», lo dices como si el haberte puesto esa camiseta escotada hubiese sido un accidente. Vete a la mierda.

—Me inclino sobre la mesa, meto los dedos en su vaso de cerveza y después le paso los dedos mojados por la cara—. Eres patética —dice—. ¿Sabes por qué siempre se comporta así cuando está contigo? —Ahora está siseando, escupiendo al hablar—. Le das pena. Sabe que ella es lo único que tienes. Por eso no puede… desenredarse de ti, porque ella no es una persona horrible. No como tú.

—Si cuando volviese le dijese que te dejase y se mudase conmigo, los dos sabemos que te dejaría sin pensárselo dos veces, como la mierda que eres. Así que… —Me encojo de hombros—. Si pensar así te deja dormir mejor por las noches…

Flo vuelve del baño. Me ha pedido otra copa de vino aunque apenas he tocado la que tengo. Y, cuando la deja sobre la mesa, derrama un poco sobre el regazo de Michael. Me pide perdón a mí y no a él por ello.

Elijo la ropa que me voy a poner para la comida con Eddie del Tesco bastante rápido. Me pongo un vestido, tengo este mismo vestido en cuatro colores distintos, es uno de esos vestidos súper ajustados de American Apparel que me queda como un guante. Una vez, hace un año, más o menos, engordé unos kilos y el vestido pasó de quedarme bonito y sensual, a hacerme lucir como si fuese una salchicha embutida. Gracias a ello aprendí una valiosa lección: el gluten es el verdadero enemigo.

Lo tengo en rojo, en negro, en blanco y en azul. El rojo me parece *demasiado* para una comida, y ni siquiera sé por qué compré el azul en primer lugar, porque me queda fatal con mi color de pelo. Me decanto por el negro y me pongo una chaqueta vaquera encima y lo combino con unas plataformas planas. Salgo de casa y me doy cuenta de que el haberme puesto la chaqueta ha sido una cagada, por lo que termina metida a presión en el interior de mi mochila. Me echo crema solar por todas partes en el autobús; ya puedo sentir cómo mi piel empieza a quemarse, cómo empiezan a salirme arrugas por el sol, cómo las células cancerígenas empiezan a multiplicarse en mi interior. Debería haberme puesto un sombrero.

Recibo un montón de mensajes de Flo. Me dice algo sobre una discusión con Michael y el problema de dejarlo cuando la casa le pertenece solo a él. No me molesto en responderle, todavía sigo cabreada por la trampa que me tendió la otra noche.

Encuentro a Eddie del Tesco sentado en el monumento a Grey, moviendo la pierna sin parar, jugueteando con su teléfono móvil y con los cascos puestos. Va vestido raro. Su ropa parece nueva y... le queda bien. Solo lleva unos vaqueros sencillos y una camiseta gris de manga corta, pero está claro que es *nueva*. Le hago saber que ya estoy aquí al acercarme a él por la espalda y quitarle los cascos. Él se pega un susto y yo me río con ganas al verlo, y después se pone a balbucear algo ininteligible.

—¿Ropa nueva? —le pregunto.

—¿Eh? ¿Esto? No —dice. Le digo que se ha olvidado de cortarle la etiqueta a la camiseta y él se la esconde al momento. *Por Dios*. Pues sí que parece que está ganando bastante con el trabajo ese del Tesco—. Vale, sí, es nueva. Quiero decir. Es que toda mi ropa es una mierda, yo solo... no sé, no quería que te sintieses como si estuvieses saliendo con un crío de quince años. —Le comento que esa es una preocupación de lo más específica y me explica que, después de pedirle consejo a su hermano (el hombre más elegante que conoce), se dio cuenta de que viste como un célibe. Su hermano le dijo que se comprase algo «sencillo» que le «quedase bien» porque no había nada peor que un tipo rarito y bajito que intentaba ir a la moda por primera vez y que terminaba pareciendo que acababa de salir de las rebajas de Topman—. Eh... ¿te gusta? —Se mece de un lado a otro—. Quiero decir, tú estás preciosa, muy... muy guapa. Me refiero. ¿Qué haces saliendo con alguien como yo?

—No estás... mal —comento. Sí que está guapo. Está muy guapo—. Un poco básico, quizá. —Me encojo de hombros—. Probablemente habrías parecido todo un imbécil si hubieses

247

aparecido con una camiseta con estampado de leopardo o algo así, así que...

—Estoy totalmente de acuerdo —dice—. He reservado una mesa para y media, así que deberíamos ir yendo hacia el restaurante cuanto antes —comenta. Se pone de pie y, aun así, le sigo sacando una cabeza.

—¿Has hecho una reserva? Mierda —digo—. Pensaba que íbamos a ir... a una cafetería o algo así. No sé.

—Ehh... —De repente, me mira cohibido—. Quiero decir, no he reservado en un restaurante pijo ni nada por el estilo, solo... ¿medio pijo?

—*Medio* pijo.

—Sí.

Le digo que más vale que no esté muy lejos.

—Claro, porque a ti este calor no te importa, te pones moreno. Siempre estás moreno. Es como si acabases de volver de vacaciones o algo así —comento. Él se ríe.

—¿Estás de broma?

—¿Qué?

—¿Soy mestizo, Irina? ¿No te habías dado cuenta? Mi apellido es árabe, está claro que soy extranjero.

Es gracioso que piense que me importa cómo se apellide.

Vamos al restaurante medio pijo, un bonito restaurante francés que hay cerca de la estación de tren, donde el camarero es de lo más entusiasta, nos explica cómo funciona el sistema de tapas francés y nos ofrece la carta de vinos. Eddie del Tesco le pide que nos traiga una botella de vino tinto que nos recomiende, lo que habría sido un gran acierto si no la hubiese pedido tartamudeando y sin dejar de sudar.

Hay muchos lácteos en el menú, muchos carbohidratos, pero Eddie del Tesco ya lo había previsto y me señala que también tienen un montón de pescados, ensaladas y ensaladas de pescado que me puedo pedir. El vino que nos trae el camarero está muy bueno. Me cuesta encontrar algo de lo que quejarme.

—Esto es demasiado —le digo.

—Lo sé. —Me sonríe y estira la mano por encima de la mesa para tomar la mía—. Es que... creo que te mereces vivir solo buenas experiencias. —Aparto la mano y me meto un mechón detrás de la oreja—. Me preocupa que no... que tú no lo veas así. Pero no importa, porque te entiendo. En eso nos parecemos mucho.

—No nos parecemos en nada —espeto. Él no deja de sonreír. Está siendo muy paciente conmigo e ignora que yo esté siendo una auténtica imbécil con él.

—¿Quieres pedir algo para compartir?

—*De verdad* que creo que no nos parecemos en nada —repito.

—Vale. Lo siento. Ha sido una estupidez. ¿Quieres pedir algo para compartir?

No. Lo miro mientras se pasa veinte minutos comiendo pan y yo me dedico a beberme sola la botella de vino entera antes de que el camarero sonriente regrese para tomarnos nota de la comida.

—El camembert —le pido. Me sale solo, y también le pido una ración de patatas a la Dauphinois, y una tabla de embutidos. Y Eddie del Tesco me mira sorprendido. Entonces esboza una sonrisa.

—Vaya —dice—. Eso sí que es ir a lo grande. —Él se pide el filete. Creo que se pide el filete y otro plato de carne más, porque parece la clase de hombre masculino y enorme que haría algo así, cuya única personalidad gira en torno a beber cerveza y consumir carne roja.

Mientras esperamos a que nos traigan la comida, me como lo que le queda de pan, que está impregnado en mantequilla y ajo. Pongo los ojos en blanco. Nos traen otra botella de vino y Eddie del Tesco se pide una cerveza. Yo estoy demasiado ocupada bebiéndome mi copa de vino como para obligarlo a que me ayude a beberme la botella.

—Bueno, ¿te gusta Nan Goldin? —me pregunta Eddie del Tesco.

Sí que me gusta Nan Goldin. Y entonces nos ponemos a jugar a una especie de bingo artístico durante un rato mientras él no deja de preguntarme sobre los distintos fotógrafos y si me gustan sus obras, a lo que yo respondo simplemente con un «sí» o un «no». Cuando le digo que no me gusta Helmut Newton se sorprende.

—A mí me gusta —dice—. Creo que hay muchas similitudes entre sus obras y las tuyas.

—Vete a la mierda —espeto—. Literalmente, vete a la mierda.

—¿Qué tiene de malo Helmut Newton?

—¿Estás de broma? —digo—. Creía que eras una especie de... «aliado despierto».

—¡Y lo soy! Es solo que... —Se encoge de hombros—. Quiero decir, tampoco he estudiado Bellas Artes, ni tampoco he hecho ningún curso de arte, ¿sabes?

—No es mi trabajo el tener que educarte acerca de... —Le doy un buen sorbo a mi copa de vino—: Los fotógrafos *misóginos* y por qué son *misóginos*. Debería ser algo obvio.

—Oh. Lo siento.

—Me estoy burlando de ti —repongo—. Entiendo tu punto de vista. Es solo que no me gusta su trabajo. Es una especie de... fotógrafo blanco que solo saca fotos de tetas, ¿no crees?

—Eh. Sí, supongo.

—Y, quiero decir, *sí* que me gusta... me refiero, todas las mujeres a las que fotografía son sensuales y prototípicas, ¿no crees? Y yo, ya sabes, te he sacado fotos *a ti*. No es que seas exactamente un modelo prototípico de los que salen en la revista *Vogue*, ¿sabes?

—Cierto —acepta, asintiendo. Es un poco triste que se comporte así siempre. Mi madre siempre me decía que se cazan más moscas con miel que con vinagre. Y Eddie del Tesco es como una mosca, pero solo le gusta el vinagre. Es como si el vinagre fuera todo lo que ha probado de la gente, y ahora ni siquiera supiese a qué sabe la miel.

Nos traen la comida. Es sublime. Es la primera vez que como queso desde hace dos años. Me cuesta no ponerme a babear mientras como. Me aseguro de tener siempre la servilleta en la mano y me limpio las comisuras de los labios cada vez que me como un cacho de camembert, o un trocito de embutido ahumado o una patata pringosa. Ignoro la sensación de mi cintura expandiéndose y las imágenes intrusivas que me asaltan de cómo se verá mi barriga cuando terminemos de comer.

—¿Tenías hambre? —me pregunta.

—No —respondo. Me lo como todo. Eddie del Tesco no aparta la mirada de mí, con la cabeza apoyada en la mano. Tranquilo e interesado, como si estuviese viendo a un pez en un acuario—. ¿Qué?

—Nada —dice—. Es que eres preciosa. Y tienes queso en el pelo.

Sí que tengo queso en el pelo.

Para cuando terminamos de comer, estoy tan llena que ni siquiera puedo pensar en el postre, pero termino pidiéndome un *affogato* con un chorrito de *amaretto*. Me entran ganas de vomitar, de meterme una pluma por la garganta, como hacían las emperadoras romanas.

Discutimos cuando nos traen la cuenta, que además es una cuenta bastante grande. Eddie del Tesco *insiste* durante unos minutos en invitarme. «Yo le dije al camarero que nos trajese esa botella de vino y reservé este sitio», pero yo termino dejando un par de billetes de cincuenta en la mesa y me encojo de hombros, y le digo que el otro día vendí unas cuantas fotos y gané bastante dinero con ellas.

—¿Estás segura? —me pregunta—. Quiero decir, de verdad que esperaba… —Lo interrumpo.

—Deja tú la propina, si quieres. —Así que eso hace, y deja un billete de veinte en la mesa antes de marcharnos. Me siento *muy* mareada, como si hubiese perdido por completo el sentido del equilibrio por toda la comida que me llena el estómago. Mientras que Eddie del Tesco insiste en que vayamos a tomarnos una copa más, le digo que ya he pedido un Uber y que podemos volver a mi casa y tomarnos algo allí.

Consigo que se beba unos cuantos chupitos conmigo cuando llegamos. Le ofrezco un poco de coca y me mira horrorizado. Me encojo de hombros, y esnifo una raya; más para mí, supongo. Él no para de parlotear («si te atrapan te sentencian a la condena mínima; es tóxica para nuestro torrente sanguíneo si se mezcla con alcohol; tabique desviado»). Lo arrastro hasta el garaje. Hasta mi estudio.

Tengo una cámara que pongo a grabar y coloco frente al sofá, en un trípode, en mi estudio. Quiero algo sencillo, descarnado, pero que no requiera que tenga la cámara en la mano. Si lo grabo con la cámara en la mano va a parecer demasiado una película de porno Gonzo para mi gusto. Quiero algo estático, frío, como lo que suele hacer Pasolini. Hace mucho tiempo desde la última vez que grabé algo. Tengo una botella de vino tinto empezada en el garaje, y me la termino mientras Eddie del Tesco se desnuda y se pone la cabeza de conejo y la cola.

Yo me cuelgo la cámara al cuello. Esnifo otra raya, y luego otra más. Las cosas se vuelven un poco borrosas después de eso.

Es un controlador de mierda

No quería cagarla pero, cuando te fuiste al baño la otra noche me dijo que solo eras mi amiga porque te doy pena

Dijo que soy patética y empezó a hablar de mis tetas y fue MUUUY RARO

Pregúntale sobre eso.

Si rompes con él, ya sabes que me tienes aquí, y a mi sofá también

<3

A estas alturas ya he visto el vídeo unas ocho o nueve veces. Lo primero que se ve, en primer plano, es a él. De pie ante el sofá, frente a un muro de ladrillo desnudo. Decidí grabarlo sin ningún fondo.

Yo no salgo en el plano. Le pregunto si le excita hacer de modelo para mí y él se ríe.

—Tal vez. Sí, supongo. —Su voz suena rara; está amortiguada por la cabeza de conejo. Tengo un micro externo conectado a la cámara así que, por lo menos, algo se le entiende. Amplío la zona de su entrepierna, en ese momento me pareció que se le estaba poniendo dura, aunque en el vídeo no se ve muy bien. Se me vuelve a escuchar pedirle que dé «una vueltecita para mí» y que sacuda su colita de conejo.

—Creo que me gustas más tú que... *modelar para ti* —comenta. Le pregunto si es sumiso. Vuelve a soltar una risa tímida—. Supongo que un poco —dice—. Pero... no haría esto por cualquiera.

Le digo que se agarre del sofá y se recline, y entonces aparezco yo en el plano. Estoy impresionante, con el mismo vestido que me puse para la cita. Tengo un aspecto *brillante*, incluso después de haber consumido tantos carbohidratos y lácteos. La cámara me cuelga alrededor del cuello, y tengo el cuerpo de la cámara pegado al vientre. Si lo hubiese pensado antes, me habría colgado la cámara un poco más baja, para que el objetivo representase una especie de falo o algo así.

Con los zapatos que llevo puestos le saco una cabeza y me quedo un minuto de pie detrás de él. Hago fotos de su espalda. De la forma en la que se ondula su columna, los huesos que se le marcan debajo de la piel, sus pecas, sus omóplatos, los hoyuelos que se le forman a ambos lados del coxis.

Bajo un poco la cámara. Levanto la mano y la pongo sobre su cintura, aunque sin tocarlo, pero creando la ilusión de que quiero tocarlo, como esas fotos raras que se sacan los adolescentes gordos poniéndose encima de una chica guapa pero sin tocarla. Editaré eso más tarde.

Le doy un cachete en el trasero, con fuerza, y él grita:

—¡Auch! ¡Irina! —Lo vuelvo a hacer y se me escucha reírme en el vídeo.

Entonces suelta un:

—*Ah.*

Recuerdo haberlo hecho, pero no haberme reído de ello. Recuerdo el tacto de su piel.

Una vez tuve un sueño en el que estaba sentada en la cama y tenía mi cuerpo a mi izquierda. Y rodaba junto a ella, junto a mi cuerpo. Le acariciaba la piel. Le besaba los labios, eran suaves, y míos, pero fríos y gomosos.

Al ver este vídeo me siento como en ese sueño; sé que soy yo. Sé que ese es mi cuerpo. Pero ella no es fría y rígida, está sonrosada, y ansiosa, sacando fotos sin parar, pellizcando y agarrándole la carne como si fuese una niña codiciosa.

Se pasa así un buen rato. Es delgada y preciosa y joven, y yo no puedo dejar de mirarla. No puedo dejar de reproducir el vídeo una y otra, y otra vez, pudriéndome poco a poco.

Le bajo la ropa interior y entonces tengo en la mano la botella de vino que me había estado bebiendo. Él suelta un grito cuando se la meto por detrás. Y se estremece. Le fallan los brazos y se deja caer sobre el brazo del sofá como si fuese un pene flácido.

Yo doy un paso atrás, le saco unas cuantas fotos. Me tumbo en el suelo para capturar la estampa desde un mejor ángulo. Me tropiezo con mis tacones, eso también lo recortaré, porque parezco una estúpida.

En ese momento no me di cuenta, pero él estaba temblando. En el vídeo se puede ver cómo le suben y bajan los hombros. Estuvo excitado todo el tiempo, de eso estoy segura, pero en el vídeo no parece que esté conteniendo su libido; es como si fuese una especie de presa, un animal, arrinconado, indefenso.

—¿Estás bien? —le pregunto—. Oye, ¿estás bien? —Y él balbucea algo, desde el interior de la cabeza de conejo; se lo oye balbucear.

Entonces me acerco al trípode y dejo de grabar. Él se levanta del sofá, con el pecho haciendo un ruido húmedo al despegarse del cuero, y se quita la cabeza de conejo. Estaba llorando, probablemente llevase todo ese rato llorando. No era un llanto de desahogo emocional; era un auténtico llanto de angustia.

Probablemente habría parado si me hubiese dicho algo.

Le dije: «Si estabas incómodo, deberías habérmelo dicho. No me culpes de esto. Eres un chico grande, Eddie del Tesco». Él se encogió de hombros. Tenía el trasero completamente rojo e hizo una mueca de dolor al ponerse los pantalones. Se quedó mirando fijamente el suelo en vez de mirarme a la cara o a las tetas.

—Estoy bien. No pasa nada —dijo. Pero no le creí.

Se marchó. Se despidió de mí con un simple adiós y se marchó. Volvió andando a su casa, creo. No lo sé.

De eso hace ya una semana. Desde entonces me encuentro muy rara. Me encuentro mal, pero después me enfado porque me haya hecho sentirme mal por ello. Quiero decir, no es mi culpa, ¿vale? ¿Dime algo antes? Vuelvo a reproducir el vídeo, una y otra vez. Lo reproduzco hasta que se pone el sol.

Y entonces aparece en mi puerta, borracho como una cuba y sollozando. Llama a la puerta, o más bien martillea la puerta con sus puños, y me dice que siente mucho haberse asustado, haberse portado así y que «sí», debería haberme dicho algo, y que si «por favor» lo dejo pasar. No abro la puerta. Finjo que no estoy en casa, pero no creo que funcione.

—¿*Por qué mi vida es siempre así?* —pregunta. Empieza a darle golpes a la puerta, y se pasa veinte minutos gritando antes de darse la vuelta y de adentrarse en la noche. Siento escalofríos. Estoy realmente asustada, aunque soy plenamente consciente de que no tengo derecho a estarlo, dadas las cosas que podría haber hecho.

Hay una historia sobre el juicio de Ted Bundy que cuenta cómo se presentaron ese día un montón de mujeres vestidas como sus víctimas. Se pusieron pendientes de aro, se tiñeron el pelo de castaño y lo llevaban peinado con la raya en medio. Y hubo una chica que fue al juicio, se sentó en la zona destinada para el público, y le decía «te quiero» a Bundy una y otra vez, «te quiero». Y Bundy tuvo que pedirle a su novia que no dejase que esa extraña fanática entrase en el juzgado porque lo estaba asustando mucho. Y yo, como Ted, estoy a punto de llamar a Flo para ver si quiere venir a pasar un rato conmigo, por si Eddie del Tesco vuelve. La maldita Susan se acerca a mi casa para ver si me encuentro bien, ni siquiera tengo que fingir que estoy asustada. Le digo que voy a llamar a la policía. Le suplico que no le cuente nada a mi madre y después la amenazo.

—Lo juro por Dios —digo—, si se lo dices a mi madre, si te *atreves* a hablarle a mi madre de esto... —No termino la frase. Ella se marcha.

Al igual que el tener que ponerme mi vestido de American Apparel después de haberme empachado a pan, esta también es una especie de lección de autocontrol. Es una lección de la vida sobre los hombrecillos de mierda tristones.

Pero el vídeo es genial. Muy efectivo. Un bonito recuerdo.

Al menos sé que a partir de septiembre ya no trabajará en el Tesco, no puedo ir a comprar al Waitrose todos los días. No estoy forrada.

Irina:

Me va a costar escribirte este correo electrónico. Supongo que piensas que soy imbécil porque trabajo en el Tesco y estoy estudiando para ser maestro de primaria, lo deduzco por la forma en que me hablas, en general, pero en realidad estudié el grado de literatura inglesa en la universidad de Leeds, te estoy contando esto para que sepas que puedo escribir bien si me apetece. Estoy borracho.

Ni siquiera estoy seguro de si voy a enviarte esto, y si te lo envío, probablemente será porque me he emborrachado aún más, y son las 3 de la mañana, y he decidido que prefiero entregarte mi corazón en una bandeja de plata a dejar que todo esto se pudra en mi interior, con lo poco que me queda de dignidad. No sé cómo sentirme por lo que hicimos, y no sé cómo sentirme contigo. Cuando estoy contigo, me siento especial, y un don nadie al mismo tiempo. Nunca nadie me había hecho sentir tan deseado (lo cual me resulta raro de por sí, porque creo que nunca había pensado que podía ser alguien sexualmente deseable) y tan asqueroso al mismo tiempo. Es extraño. No sé si te das cuenta de cómo le hablas a veces a la gente, de cómo le das de comer a todo el mundo tus sobras. Sé que eso es lo que me merezco que me des, tus sobras, pero quiero que sepas que tus sobras son mucho mejores que una comida elegante que cualquier otro me haya preparado. Y me has dejado entrar, aunque solo sea un poco, en tu vida, y me pregunto si todo esto es culpa tuya. Me pregunto si podrías darme algo más que tus sobras.

Todo el mundo me dice constantemente que soy demasiado sensible. Y creo que tienen razón. Cuando tengo una relación con alguien, cada pequeño golpe o piedra en el camino me afecta demasiado. Siempre consigo recomponerme, pero creo que hay un número limitado de veces en las que puedes romperte y volver a pegar los pedazos de tu corazón antes de empezar a perderte poco a poco a ti mismo. Siempre he pensado en esos momentos en los que mi corazón se rompe como el clímax de una relación. Una ruptura es como cuando Ben me ignoró en aquel bar, o cuando la chica de la que estuve enamorado durante dos años en el instituto me dijo «tienes que ser al menos así de alto para montar en bici» y me colocó la mano un palmo por encima de la cabeza. Es darte cuenta de que llevan nueve meses engañándote. Solo se rompen relaciones largas y prolongadas.

Tú y yo solo hemos salido un par de veces, y siento que me destrozan el corazón y me vuelven a pegar los pedazos a cada hora que paso contigo: cada vez que abres la boca, o me pones las manos encima, o me envías un mensaje, no sé si estoy a punto de romperme en pedazos o de sentirme como nuevo.

No creo que esto sea sano. Pero nunca se me ha dado bien lo de ser sano.

No sé lo que estoy tratando de decirte. No sé si intento decirte que es mejor que me aleje de ti, o si te estoy suplicando que te quedes conmigo para siempre. ¿Prefiero mantener intactos los pedazos de mi corazón de mierda o quiero entregártelos todos a ti, por muy rotos que estén?

Pienso en ti constantemente. Oigo tu voz en mi cabeza, ensayo conversaciones contigo, hablo solo y me imagino que estoy hablando contigo. Y me gustaría que sintieras lo mismo por mí, pero sé que no es así y no creo que nunca lo hagas. Creo que eres feliz dándole a la gente tus sobras. Creo que te resulta sencillo, y no te culpo, porque odio ser como soy, y desearía ser más como tú.

No sé, Irina. No creo que vayas a responderme a esto. No sé por qué pensé que alguien como tú podría estar remotamente interesado en mí, y a veces me pregunto si esto solo es una especie de golpe de realidad que tengo bien merecido o no, no sé cómo es posible que una parte de mí pensase alguna vez que A TI podría gustarte YO. En realidad, me parece una broma, una puta broma. Yo mismo soy una broma.

Creo que lo mejor va a ser que deje de escribir ya. Si estás leyendo esto, siento habértelo enviado.

LOS AÑOS FALLIDOS

Jamie no para de insistirme en que le envíe ya el material para el álbum fotográfico. Le digo que casi he terminado de examinar mis archivos y que le mandaré algo muy pronto. Ignoro su respuesta y me pongo a rebuscar entre las fotografías que tengo subidas en mi página web.

Les echo un vistazo a mis favoritas y después a las que mejor se venden. Y entonces paso a preguntarme si en realidad tengo favoritas, si hay alguna foto que destaque especialmente porque la he vendido infinidad de veces o si todas son simplemente... demasiado. Desde que terminé mi máster y volví a casa, he tenido un desfile constante de invitados entrando y saliendo de mi casa, distintos cuerpos, muy parecidos entre sí, y que ahora me resulta complicado diferenciar. Estos años, mis «años salvajes», han sido muy productivos, pero ¿para qué me han servido? Siempre saco las mismas fotos, las que sé que se van a vender bien. Siempre esperando a que me contacte una galería más y nunca recibiendo la respuesta que tanto espero. Solo silencio por parte de las galerías y ventas por doquier en mi página web de las mismas fotografías. Seguidores de Instagram y unos ingresos constantes y razonables, pero nada de prestigio, nada de reconocimiento.

Después de que ocurriera lo que nunca ocurrió, me sentí una extraña en mi propio cuerpo. Sentía que ya no reconocía mi propia fotografía. Así que lo dejé todo. Dejé de sacarles fotos a chicos, dejé de follar y dejé de salir de mi piso para algo que no fuese ir a la universidad, donde siempre me quedaba sentada en el estudio, sin hacer nada, con la mirada perdida en la pared.

Hice algunas cosas relacionadas con la moda, me dediqué más a fotografiar a mujeres vestidas que a hombres desnudos. Colaboré con algunos compañeros que conocía del curso de fotografía de moda del CSM (algo que no fue *muy* bien porque, al parecer, soy demasiado «agresiva» y «una obsesa del control»). Mis profesores odiaron esas fotos —para ser sincera, yo también las odié—, dijeron que eran demasiado comerciales, aburridas, que «eso no era lo que habían firmado» cuando me dieron la plaza para el máster. Me sentí como si hubiese dado un gigantesco paso atrás, como si hubiesen «castrado» mi arte.

No me importó. Dejé de importarle a todo el mundo. Dejé de ir a la universidad. No fui a mi graduación. Hice algunos trabajos por mi cuenta dentro del mundo de la fotografía de moda durante unos cuantos meses, solo para codearme con los diseñadores y los editores más importantes. Pensé... que le den a todo. Después de un mes tumbada en mi cama sin hacer absolutamente nada, teniendo que soportar las críticas constantes de mis padres de que no estaba haciendo nada con mi vida, volví a casa.

Viví con ellos durante una temporada, conseguí el trabajo como camarera en el bar. Me pasé meses sintiéndome como un zombi en mi propia vida. Iba a trabajar, me emborrachaba durante mi turno, volvía a casa y dormía la mona hasta el día siguiente, solo para repetir el ciclo una y otra vez. Emborracharme y volver a empezar. Sigo rebuscando sin parar entre los archivos que tengo subidos a mi página web hasta llegar a la foto más antigua de mis primeras sesiones, de la sesión de fotos que hice al volver de Londres.

Me acuerdo de él. A primera vista solo parece un hombre con una marca de nacimiento bastante fea. Es enorme, del color del vino tinto, y le cubre casi toda la cara, el cuello y el pecho. Sin embargo, alguien que esté acostumbrado a observar hombres se dará cuenta inmediatamente de que, en realidad, debajo de esa desafortunada marca de nacimiento, se esconde un hombre muy guapo. Tiene la mandíbula marcada, una nariz romana, pómulos altos y ojos oscuros. Pero su marca de nacimiento destaca tanto, es tan fea que, al mirarlo, tan solo puedes ver un borrón rojizo y amoratado, eso si no te gustasen los hombres de todo tipo, sin importar su aspecto.

Recuerdo que lo encontré un día mientras trabajaba en el bar, vino a pedirme algo. Me quedé observándolo fijamente. Me dijo que le sacase una foto, que al menos eso me duraría más.

«¿Puedo? ¿De verdad puedo?».

Para aquel entonces todavía no tenía tarjetas de visita. Le escribí mi número en la parte de atrás de un recibo y Ryan no paró de quejarse y de lloriquear, porque le había dado a *ese* («a ese maldito hombre gigantesco de allí») mi número, pero a él siempre lo rechazaba cuando me invitaba a salir (para aquel entonces para él solo era una conquista potencial más, en vez de un enorme grano en su trasero).

Me pasé el resto de mi turno nerviosa, perdida en mis propios pensamientos, imaginándome todas las formas en las que podría iluminarlo, las posturas que podría pedirle que hiciese para mis fotos. Me imaginé que debía de sentirse muy enfadado consigo mismo por tener esa marca de nacimiento. Porque tenía que saber que era un ocho sobre diez de hombre debajo de esa piel horrible y fea.

Pensé en mí. Recordé cuando era adolescente y estaba de pie frente al espejo, mirándome furiosa porque sabía que era guapa. Sabía que debajo de todas esas pecas, de todo ese peso de más, de esas orejas enormes y de esa nariz a la que jamás había logrado acostumbrarme, era preciosa. Podía verlo; siempre se me había dado bien captar la belleza de lo que me rodeaba, sabía perfectamente que era guapa, al igual que, con solo mirar a ese hombre, sabía que él también lo era.

Accedió a hacer una sesión de fotos conmigo, un tanto a regañadientes, y al día siguiente vino a mi casa y me miró como si yo fuese un filete y él llevase semanas sin comer. Solo con esa mirada me bastó.

Le saqué las fotos que tenía que sacarle, mantuve las distancias, nadie me tocó y no pasó nada malo.

Últimamente he empezado a toquetear de nuevo a mis modelos. Por eso todo salió tan mal con Eddie del Tesco. Porque lo toqué. Con Will igual, porque lo toqué; con el estúpido adolescente cuya madre terminó pegándome igual, porque lo toqué. Pero lo difícil es quedarse solo mirando, ¿verdad? Me resulta muy difícil mirar y no tocar, no apretar, no pinchar, no agarrar toda esa piel suave y privada que me muestran.

No toqué al tipo con la marca de nacimiento. Y las fotos no están mal. Todas esas fotos, de todos esos otros hombres, no están *mal*. Sin importar lo que fuera que les obligase a ponerse, o dónde les pidiese que se sentasen, simplemente... no están mal.

29

Ese año celebramos mi cumpleaños a lo grande, el fin de semana entre Halloween y la Noche de las Hogueras. Al igual que mi cumpleaños, ese año Halloween había caído en miércoles, así que el viernes por la noche, cuando salimos de fiesta, nos encontramos con muchísima gente disfrazada; eran sobre todo estudiantes, chicas vestidas de brujas, y de gatos, y niños pequeños disfrazados de zombis, acompañados por chicos un poco mayores que ellos con las camisetas llenas de sangre falsa. Estamos en ese momento del año en el que los fotógrafos del *Daily Mail* empiezan a pasearse por el Bigg Market, con la esperanza de encontrarse con mujeres sin sus abrigos puestos y vestidos muy cortos a las que fotografiar cuando se resbalen por la lluvia, el hielo o incluso la nieve.

Salimos unas diez personas juntas esa noche, y empezamos la velada en el pub. Eché un vistazo a mi alrededor, a las distintas mesas, y me di cuenta de que la fiesta estaba formada en su mayoría por los amigos de Flo, eso sin contar a Finch, porque Flo y yo compartíamos su custodia. Esnifé una raya de cocaína y me quejé de que la mayoría de mis amigos vivían en Londres y que no podían venir con tan poca antelación. Ni Flo ni Finch consiguieron que dejase de quejarme del tema. Finch se pasó toda la noche invitándome a copas.

Mis recuerdos de esa noche están bastante borrosos, sobre todo los que tengo desde el momento en el que salimos del pub. Recuerdo fardar sobre la exposición, pagar la cuenta a medias con Flo, y fardar un poco más y bailar. Recuerdo estar hablando con todo el mundo, aunque solo mantuvimos esas típicas conversaciones que se suelen tener con desconocidos de fiesta, y después hablé con gente que *sí* que conocía mi trabajo, y les dije que no publicaba mis fotografías únicamente en Instagram y que, después de esta exposición en la que iba a participar, mis fotos estarían por todas partes.

Me encargué personalmente de acabarme todo un gramo de coca en el trascurso de solo doce horas, mi memoria volvió a ponerse en funcionamiento a partir de las nueve de la mañana siguiente, con Flo temblando y sudando sobre mi sofá, discutiendo con un desconocido que estaba intentando descorrerme las cortinas. Me bebí un vaso de agua enorme y vomité en el fregadero, y entonces Finch gritó que se había acabado la fiesta mientras fumaba en mi patio trasero. Echó a todo el mundo de mi casa, menos a Flo, y me dejó un Xanax en la mano. Flo me dijo que ella se quedaría despierta y me vigilaría, por si acaso volvían a entrarme ganas de vomitar, para que no me ahogase con mi propio vómito mientras dormía.

Me tomé el Xanax y me tumbé en la cama mientras Flo me desmaquillaba con un algodón empapado en agua micelar. Recuerdo que en ese momento pensé que me iba a morir, que me iba a ahogar con mi propio vómito y la cara sudorosa de Flo sería lo último que vería. No tendría que preocuparme por no llegar a cumplir veintinueve el miércoles que viene, ni por no llegar nunca a los treinta. No tendría que volver a preocuparme por los chicos, o por Frank, o por las fotografías que tenía que quemar. Jamás envejecería ni me volvería fea. Ya no podría entrar en el club de los veintisiete, pero todavía podía crear mi propio culto, una especie de retrospectiva póstuma de mis obras que se expusiesen en el Baltic, en el Tate Modern y después también en el MoMA. Quizás incluso terminasen descubriendo lo del chico. Entonces mi obra pasaría a valer una fortuna, como los cuadros de payasos de John Wayne Gacy que ahora valían miles de libras. Pero me terminé despertando, decepcionada; era noche cerrada, y tenía el brazo de Flo apoyado en mi vientre.

Feliz cumpleaños cariño

Siento mucho lo de tu madre

Te daré tus regalos cuando vuelvas de Londres y te he mandado algo de £££ para que te compres algo bonito algo de volver

No te emborraches mucho esta noche, ¡¡¡acuérdate de que tienes que volver en tren!!!

Jajaja. Besos.

Papá me ha enviado «£££» y mamá no me ha enviado ni un mísero mensaje, porque se negaba a hablar conmigo desde que le conté que había dejado el trabajo en el bar.

Espero a Flo sentada en el sofá mientras ella enciende las velas en la cocina, y Finch me coloca un sombrerito de cumpleaños en la cabeza y me lanza a la cara los globos que se ha pasado toda la tarde hinchando.

Flo se ha hecho su pequeño nidito privado en mi sofá y hemos metido la ropa que se ha traído en el armario que hay bajo las escaleras. Esta noche le toca quedarse conmigo. Ha estado durmiendo en casa de Finch desde el domingo, haciendo que se subiese por las paredes, o eso creo. Sin dejar de quejarse de lo mucho que fuma, de la nube de humo blanco que lo sigue a todas partes desde que empezó a pintar. Él la ha ayudado a hacer la tarta, he podido escucharlos discutir como un matrimonio de ancianos cuando estaban en la cocina los dos solos. Yo, mientras tanto, estaba viendo la tele con la mirada desenfocada, porque esta vez el bajón me había dejado mucho peor que otras veces.

—Alégrate un poco, patita —dice Finch.

—Estoy bien.

—Mañana te vas a Londres —comenta—. Seguro que te lo pasas genial.

—Sí.

Apaga la televisión y entonces Flo sale de la cocina con la tarta en las manos. Me cantan el «Cumpleaños feliz», a Finch le salen unos cuantos gallos como si fuese un adolescente entrando en la pubertad, mientras que Flo prácticamente grita la canción.

Es una tarta de chocolate vegana. De chocolate negro y jengibre. A Flo se le da bastante bien la pastelería. Soplo las velas con un suspiro y se me cae el gorrito de fiesta. Flo me sirve una copa de vino tinto y un trozo de tarta. Le doy un mordisco muy, muy pequeño.

—*Te dije* que sí que comería aunque solo fuese un poco —le dice a Finch. Al oírla escupo lo que todavía no me había tragado. Está buena. En realidad, esta receta en concreto es mi favorita—. Es su favorita —añade Flo con retintín.

—Bah —suelto, encogiéndome de hombros. Pero termino comiéndome la tarta. Es la primera vez que como algo dulce desde... bueno, desde que me tomé ese *affogato* con Eddie del Tesco. Flo esboza una sonrisa enorme, orgullosa. No me ha comprado ningún regalo, porque sabe que no me gusta celebrar mi cumpleaños. Me terminará comprando algo la semana que viene, cuando esté de mejor ánimo para celebrarlo.

—¿Siempre se comporta así? —pregunta Finch.

—¿En su cumpleaños? Sí —responde Flo. Yo suelto un gruñido—. Desde que cumplió los veinticuatro. Todos los años hace lo mismo.

—Cierra el pico —ordeno—. No habléis de mí como si no estuviese aquí mismo, como si fueseis mis padres o algo por el estilo. —Se pasan el rato hablando y bebiendo vino y yo me quedo todo ese tiempo en silencio. Finch no para de bromear con lo mismo: «Está comiendo tarta y no bebiendo vino, ¿deberíamos llamar a Emergencias?».

Nos deja a solas al irse fuera a fumarse un cigarro y una Flo borracha se acerca a mí arrastrándose de rodillas por el suelo. Me esconde un mechón suelto detrás de la oreja y me besa en los labios. Yo la dejo hacer.

Pienso: *Esto está bien, ¿no?* Podría vivir en mi casa conmigo y encargarse de limpiar, y de mantener sexo oral conmigo unos cuantos días a la semana. No tengo por qué decirles a mis padres que estamos juntas porque, ahora mismo, prácticamente vive conmigo, así que tampoco se darían cuenta de nada. Resultaría de lo más conveniente y probablemente me ayudaría a dejar de tener ganas de estrangular a mis modelos mientras me los follo. Porque, de esa manera, sabría que ella estaría allí cuando necesitase echar un polvo y no tendría por qué ocultarlo.

Flo tendría que perder peso y cortarse el pelo, por supuesto, y siempre podría dejarla si encontrase a alguien mejor.

Espero sentir ese característico pinchazo del deseo, o cualquier otra sensación, cualquier reacción natural de mi cuerpo o incluso alguna sensación que me resulte familiar. Pero no siento nada. Ahora está tan blanda.

La empujo para apartarla con más fuerza de la que pretendía.

—No.

—¿Por qué no? —me pregunta—. Lo necesitas. —Le suelto un gruñido. Ella vuelve a lanzarse hacia mí y yo vuelvo a apartarla de un empujón. En realidad, me sorprende que esto no haya pasado antes. Me limpio los labios húmedos con la manga—. Yo... Me dijiste que lo dejase. Y tú dejaste de salir con el chico del Tesco, y *me dijiste*...

—Michael era un imbécil. Lo que tenía con el del Tesco... no funcionó. Son cosas que pasan —repongo—. ¿Qué es lo que pensabas que quería?

—No lo sé —dice. Creo que se va a poner a llorar de un momento a otro, pero no llora. Se arrastra hasta el otro lado de la habitación y suelta un suspiro, antes de llevarse las rodillas al pecho y abrazarlas con fuerza—. No importa.

Llevamos todos estos años juntas y nunca me he preguntado *por qué* me quiere. O por qué piensa que me quiere. Con los hombres siempre lo tengo claro, se enamoran de lo que creen que soy, de mi imagen, sé que es un cliché pero se enamoran de la *idea* que proyecto. Pero Flo me conoce desde hace mucho tiempo. Me ha visto en mis peores momentos, enfadada, cuando empecé a adelgazar y me volví mucho más cruel y una completa desconocida para ella y para todo el mundo. Pero sigue aquí.

—¿Qué es lo que quieres, Flo? —le pregunto—. Quiero decir, ¿qué es lo que piensas que puedo ofrecerte?

—¿Qué quieres decir? Solo quiero ser feliz —responde. Después se queda unos minutos en silencio, pensativa y con el ceño fruncido—. Siento mucho no ser *lo que buscas*.

—¿Lo que busco?

Finch vuelve antes de que pueda explicarme qué es lo que ha querido decir con eso. Y ahora jamás lo sabré, porque de ninguna manera pienso volver a sacar este tema.

—Y dime, Irina, ¿cuál de todas tus horribles películas quieres que veamos? —Pregunta Finch.

Vemos *Alta tensión*. Una elección segura.

¿¿¿Te apetece que te acompañe a la estación???

¿¿¿¿Podría ir a verte durante mi descanso para el almuerzo????

Nah.

¿¿¿¿Estás emocionada????

Sin más.

Valep.

¿Quieres que te haga la cama?

¿O quieres que haga algo mientras estás fuera?

Haz lo que quieras.

Ni se te ocurra mirar en el cajón de mi mesilla

Vaya :P

¡¡¡¡¡¡Pienso chupetear todos tus juguetitos mientras estés en Londres!!!!!!

Flo me envía después un emoticono de una carita lanzando un beso. Una parte de mí quiere decirle que se asegure de no sobrepasarse mientras no estoy. Guardo mi teléfono móvil en el bolsillo de mi abrigo. Es la primera vez que me pongo un abrigo desde abril. Llevo también unas botas que me llegan por encima de las rodillas, pantalones de pinzas, y una gabardina negra de PVC, y no sé cómo no he acabado empapada en sudor cinco segundos después de ponerme todo eso. No se puede *vestir bien* en verano. Ha hecho tanto calor que ni siquiera he podido ponerme una faja debajo de la ropa en todos estos meses, pero hoy por fin me he puesto una. Me aprieta la barriga, como un abrazo.

Los mechones rebeldes me caen sobre los ojos mientras arrastro la maleta de ruedas hasta el Starbucks que hay enfrente de la estación de tren. He decidido dejarme crecer el flequillo, he pasado de llevar un flequillo estilo Bardot a algo que puedo hacerme a un lado cuando quiera. Aunque todavía no está lo bastante largo y por eso no para de metérseme en los ojos.

Escucho a Sutcliffe Jügend y miro a través de los ventanales. Veo a un chico con sudadera universitaria y pantalones cortos. Lleva una bolsa de deporte y sus pantorrillas son gruesas y bien desarrolladas. Veo a un hombre alto y delgado, con la nariz respingona, húmeda, roja y dolorida. Veo a un hombre moreno, con la cabeza rapada y gafas, que lleva una bandolera y está hablando por teléfono con alguien. Parece furioso. Lleva un traje de tweed, con un pañuelo en el bolsillo, y me paro a observarlo durante un rato, porque se detiene junto a la ventana para seguir hablando; se nota que, a medida que progresa su conversación, está cada vez más furioso. Me pesca mirándolo y yo esbozo una sonrisa. Él me devuelve la sonrisa, aunque se nota que está incómodo, y se aleja en cuanto el contacto visual se rompe. Es como si estuviese en un acuario: si te pones a darle golpes al cristal, los peces siempre se terminan alejando a nado.

Me pido otro café antes de marcharme hacia la estación, y allí me compro una ensalada en el M&S. Me subo al tren hacia Londres sin ningún problema antes de que salga de la estación. No sé cómo, pero he acabado montada en el tren de mierda; hay un tren que tarda en llegar dos horas y cincuenta minutos, que solo para en York y después va directo hacia Londres, pero yo he acabado montada en el que tarda más de tres horas y pasa por todos los pueblecitos de mierda de la costa este. Para cuando estamos llegando a Northallerton, estoy que echo humo por las orejas, porque ¿quién cojones vive en Northallerton? Podría entender que parásemos en Durham y en Darlo, pero Northallerton solo existe para que todos los que eligen este tren se enfaden al ver que también para en este sitio de mierda. Me como mi ensalada en silencio e intento echarme una cabezadita, pero los dos cafés que me he tomado antes me lo impiden.

Le mando un correo electrónico a Serotonin. No he hablado con ella desde que me marché de Londres, aunque fuimos muy amigas durante una temporada. Incluso tengo colgadas en Facebook unas cuantas fotos en las que salimos juntas que son bastante buenas. Dos son del fin de semana de Halloween de 2014. Está la de ese viernes por la noche, en la que yo aparezco disfrazada de Jessica Rabbit y ella de Holli Would, y la de ese sábado, en la que yo soy Ginger Spice y ella Baby. Estuvo a punto de sustituir a Flo como mi mejor amiga, mi rubia flacucha, pero al final resultó que no tenía el carácter necesario para ello.

Se volvió un poco pretenciosa. Empezó a trabajar para Damien Hirst, y se cambió el nombre, y de repente todo era: «¡No quiero ir allí! ¡Odio ese restaurante! ¡Ya me encargo yo de elegir mi propia ropa, gracias!».

De todos modos, le mando un correo electrónico.

Hola, Sera:

Llego a Londres en un par de horas. ¿Te apetece cenar e ir a tomar algo esta noche?

Irina

Me llega un correo con su respuesta al mismo tiempo que el tren sale de la estación de Doncaster.

PERO SI ES LA MISMÍSIMA IRINA STURGES, ¡SIGUE VIVA!

Me parece de lujo. Llegué de Nueva York anoche (no sé si habrás estado pendiente de mis idas y venidas, pero ahora vivo en Brooklyn, #gentrificación) y juro que estaría dispuesta a chupar 50 pollas con tal de comerme un cuenco gigantesco de curri. ¿¿Quedamos en la estación de Shoreditch HS a las 5??

Te he echado mucho de menos, ZORRA.

Besos, Sera

Me alegro de que siga cuantificando cuánto quiere hacer cosas por cuántas pollas estaría dispuesta a chupar para conseguirlo. Me acuerdo perfectamente de una vez en la que me agarró con fuerza la cara en el Heaven y se quejó sin parar de que estábamos en un club gay donde no encontraría a «ningún objetivo disponible» con el que acostarse. «En estos momentos estaría dispuesta a chupar veinte pollas por poder comerme una polla de verdad, Irina».

Recuerdo que, una noche de fiesta, señalé a un chico y le dije que estaría dispuesta a cortarme un dedo del pie para follármelo, y ella soltó un «puaj, qué asco» como respuesta. Como si

273

la imagen de ella comiéndose cien pollas no fuera más asquerosa que la mía cortándome un dedo del pie. Solo uno.

Quedo con ella a las cinco de la tarde. Mi tren llega a las dos, así que debería tener tiempo de sobra. Por un segundo me asusto porque no llevo mis tarjetas de visita encima. He traído una caja con unas doscientas, solo por si acaso. Me levanto de mi asiento, me acerco hasta el portaequipajes tambaleante y rebusco en la maleta hasta que las encuentro.

En el resto del viaje no me ocurre nada digno de mención. Recibo unos cuantos mensajes de Flo, que decido ignorar, y un correo electrónico de Jamie, la de la galería, en el que me informa de que ya le han llegado todas mis fotos.

El hotel que he reservado está en Islington, así que estoy bastante cerca de una boca del metro, y el trayecto desde la estación de King's Cross transcurre sin más. El hotel es bonito, muy bonito. Con una habitación grande, muebles bonitos, una cama de matrimonio y un minibar. El baño tiene el suelo calefactado, un espejo enorme en el que me voy a sacar más de una foto y una bañera de lujo.

No me cambio de ropa. Ya voy vestida demasiado elegante para estar en Londres; el código de vestimenta de la capital es «casual», aunque a mí eso nunca me ha importado. La gente suele salir de fiesta con zapatillas de deporte y vaqueros, y no me importa. Y si te ven con tacones y un vestido ajustado se pasan toda la noche diciendo que seguro que solo eres una pobre chiquilla que acaba de salir de su pueblo por primera vez, y tienes que escuchar comentarios como «ay, pobrecita, es su primera vez en la gran ciudad».

Sigo odiando el tren, como siempre. Después de haberme criado con el metro de Tyne y Wear, que la gente se quejase constantemente del metro de Londres era algo que no terminaba de comprender, pero los trenes que no son subterráneos son la *verdadera* mierda londinense. Vamos, el transporte público más mierda de toda la ciudad, de verdad que preferiría mil veces tener que ir en autobús a todas partes. Pero los autobuses londinenses nunca me han parecido del todo seguros y, la verdad sea dicha, no estoy por la labor de poner mi vida en peligro solo por no tener que ir en tren. Así que a ir en tren se ha dicho, y a tener que esperar once minutos entre uno y otro, porque para cuando llego a la estación, el tren se acaba de ir. Recuerdo que, una vez, le dije a Finch que no debería ni siquiera pensar en hacer el máster en Londres, que el vivir aquí vuelve a la gente agresiva. Y me dijo que le parecía gracioso que yo pensase así porque, de normal, ya era una persona de lo más agresiva. Le dije que se fuese a la mierda.

Sera llega tarde. Me dice que es porque ha venido andando, me da un par de besos en las mejillas antes de que pueda alejarme de ella.

Me agarra de la cintura.

—Sturges, menuda *puta* delgaducha estás hecha —dice.

Nunca llegó a perder ese hábito que tienen todas las adolescentes en el instituto de llamar a todo el mundo por su apellido. Sera ha engordado. Ahora se le hincha mucho más la tripa al respirar. No es que haya engordado muchísimo, pero sí que ha ganado algo de barriga, aunque sus tetas siguen tan pequeñas como siempre. No lleva nada de maquillaje, como mucho solo un poco de máscara de pestañas. Su pelo ha vuelto a su castaño natural, tiene la piel rojiza, áspera y curtida por el viento. Unas cuantas arrugas en las comisuras de sus labios y la piel de sus pómulos ha empezado a volverse flácida. Parece una chica pija de manual, con su nariz respingona y un marcado surco nasolabial que la hace parecer que está oliendo algo pestilente constantemente.

—Te odio —suelta. Su acento es distinto a como lo recordaba, ahora tiene cierto deje estadounidense—. No has envejecido ni un día. Sinceramente, ¿cómo cojones lo haces? —Y ahí está de nuevo ese deje marcado. Es como si respirase las vocales en vez de que reverberasen en lo más profundo de su garganta al pronunciarlas—. Solo verte me está dando ganas de pincharme Botox.

—Yo nunca me he pinchado Botox.

—Ya sé que no. Y yo que solía burlarme de tu rutina de limpieza que tenía cinco mil millones de pasos —comenta. En realidad solo tiene diez pasos, y le habría servido de mucho si me hubiese hecho caso y la hubiese seguido ella también todos estos años. Parece que tiene diez años más que yo, aunque solo nos llevamos unos pocos años. Es alta, como yo, y cuando salíamos de fiesta juntas siempre les decíamos a los hombres con los que coqueteábamos que éramos modelos y que vivíamos con otras seis modelos en la misma casa y que, a lo mejor, si nos invitaban a otras copas, nos podrían acompañar a la fiesta que daríamos después en nuestra casa. A ella nunca le funcionó esa mentira. Me da la mano—. Me alegro mucho de volver a verte.

Me lleva a rastras hasta su restaurante de curri favorito, con la esperanza de que siga siendo igual de bueno de lo que recuerda. Los curris en Nueva York no se parecen en nada a los de aquí; lo que ella no sabe es si se debe a que los de allí son mucho más auténticos que los de aquí o justo a lo contrario. Todos los restaurantes de curri de Londres tienen un cartelito anunciando que sirven el «Mejor curri de la ciudad», o al menos tienen un cartel que anuncia que los galardonaron con el premio al mejor curri de la ciudad en 2018, en 2017, o que llevan «diez años sirviendo el mejor curri de la ciudad». Sera no para de hablar de las ganas que tiene de volver a mudarse a Londres.

—Quiero decir, todo se ha vuelto demasiado *hashtag* Pete Tong con el tema del Brexit aquí, pero los Estados Unidos de Trump... —Me mira y pone los ojos en blanco—. Por supuesto, todos *odiamos* a Trump en Nueva York, y, sinceramente, ahora mismo se respira *tan* mal ambiente en la ciudad. Fui a dar una charla a una universidad que estaba en otro estado, en uno de esos que apoyan a Trump a ciegas, y solo podía pensar... «puaj», ¿sabes? —No, no sé. Nunca he estado en Estados Unidos. Así que se lo digo—. Oh, *cielo*, *tienes* que venir a visitarme un día de estos. Vamos, en cuanto vuelva a mi Airbnb pienso enviarle un correo a Carmen. Te prometo que le encantará tu trabajo. —No tengo ni idea de quién es Carmen—. Es la propietaria de una galería *increíble* que hay en Soho, en el Soho de Nueva York, no en el Soho *Soho*. Expuse en su galería y así fue como conseguí ese bolo en el MoMA; es un contacto increíble al que tener en cuenta. Quiero decir, quiso exponer *mi* trabajo, así que estoy segura de que también querrá exponer el tuyo.

Nos asignan una mesa libre en cuanto entramos en el restaurante de curri porque somos las únicas clientas de todo el restaurante. Sera me asegura que es *el* mejor.

—¿Y qué tal te va en Newcastle? —me pregunta. También pronuncia Newcastle con una «a» nasal y oírla me hace arrugar la nariz del asco. Le digo que no me va mal. Que saco muchas fotos y que gano bastante dinero vendiendo copias de esas fotos—. Me alegro mucho de que aceptases participar en esta exposición —dice—. Le hablé a Marnie de tu trabajo y me dijo «nunca había oído hablar de ella», y en cuanto le enseñé tu portfolio se quedó alucinada y no paraba de decir «¿cómo es posible que *no* haya oído hablar de ella?», ¿sabes? —Enarco las cejas. Nos traen un plato de *papadum*. Yo pido un Cobra grande y le doy un sorbo en cuanto me lo traen—. ¿Marnie? ¿La *dueña* de Hacknet Space? Fui al instituto con su hermano, así que somos... bueno, no somos *mejores amigas*, pero siempre nos tomamos algo juntas cuando está por Nueva York.

—Mmm. —Yo no como nada—. Tú... ¿me has conseguido tú esta exposición?

—No, te la has conseguido *tú solita* —dice, la puta condescendiente. Y entonces me acuerdo de por qué dejé de hablar con ella—. Yo tan solo te *sugerí*. Siempre me pareció una pena cómo desapareciste de repente de la faz de la Tierra. Me refiero, si en el pasado me hubiesen pedido que apostase por quién creía que terminaría ganando un premio Turner, habría apostado por ti, cariño. Y no por David French. Solías follártelo, ¿no?

—Ajá... —Le doy otro sorbo a mi cerveza—. La chica de la galería, Jamie, me dijo que me conocía de antes, que había sido idea suya contactarme para la exposición.

—Oh, cielos, no. Hasta hace solo unos meses solo era una simple becaria. Le acaban de quitar los ruedines de la bici, digamos. Menuda mentirosilla está hecha, por favor. —Me sonrojo con violencia. Y creo que Sera se da cuenta. Me mira avergonzada—. Que esto no te incomode, Sturges. Sinceramente, siempre me ha extrañado la cantidad de gente de clase media que termina desperdiciando su talento. Quiero decir, si la gente que es como yo o como David French de este mundo tenemos «una pequeña recaída», podemos... volver fácilmente a donde estábamos porque papi tiene contactos. No es justo que tu carrera descarrile por completo por tu salud mental, ¿no crees?

No sé qué decir. Lo único que quiero decirle es «no soy de puta clase media», pero ya hemos tenido esta misma discusión antes. Solo porque mi familia y yo seamos «nuevos ricos» no significa que pertenezcamos a la clase media. Puede que mi padre sea súper exitoso pero, al final, un fontanero con una casa enorme y con un contable de moralidad dudosa sigue siendo un fontanero.

—Lo mío no se debió a ninguna recaída ni nada por el estilo —escupo—. ¿Quién te dijo eso?

—Eh... bueno, solía salir de fiesta contigo. Y, bueno, sé que todos terminábamos esnifando coca y drogándonos pero, *joder*, tú siempre te comportabas de forma muy errática. Mi compañera de piso solía llamarte «el monstruo de la fiesta», ¿te acuerdas? Y, básicamente, desapareciste de la faz de la Tierra en el segundo año del máster. No es... no tienes nada de lo que avergonzarte, al fin y al cabo, eres artista; ser errático es algo que viene con el trabajo —comenta—. Es que nunca dejé de pensar en ti, siempre pensé en lo injusto que era todo para ti y... he visto a mucha gente haciendo copias de mierda de tu trabajo...

—La interrumpo.

—No tuve ninguna recaída... vete a la mierda, yo no... —Carraspeo para aclararme la garganta—. Sé que te crees una especie de defensora de la clase media, o lo que sea, pero no estoy... no estoy loca, no soy un puñetero... *bebé* que dejó el máster porque estuviese *triste*, yo solo… ¿Sabes qué? *Que le den* a Londres, que le den a todo esto —suelto—. He conseguido vender un montón de mis obras, y solo porque mis fotos no se expongan en el Tate, o en el MoMA, o en cualquier otra galería no quiere decir que no haya tenido éxito en la vida.

Sera esboza una sonrisa. Me doy cuenta de que se compadece de mí.

—Lo siento mucho. No debería haber supuesto nada —dice, lanzándome esa maldita mirada como si «lo supiese todo». Aunque no sabe una mierda—. Me estoy comportando como una zorra prepotente —comenta—. Es que… estoy intentando ser un poco más consciente de los privilegios que tengo por estar en mi posición, así que… agradezco mucho tenerte en mi vida, porque tú te aseguras de que mantenga los pies en la tierra. —Es un comentario de lo más maduro por su parte. Me dan ganas de aporrearla con este enorme botellín de cerveza en la cabeza, pero no lo haré.

—Bueno, para eso está la *gente insignificante*, ¿no?

—No —dice. Entonces, en un visto y no visto, pierde el acento estadounidense que tenía hasta ahora—. No seas así. Sé que cuesta aceptar ayuda de otros, pero…

—Ah, joder, ¿es que ahora quieres que me *arrastre* por ti? —Suelto una carcajada amarga—. Hace tres segundos me estabas diciendo que me habían ofrecido esta exposición por mis propios méritos y ¡ahora resulta que estoy «aceptando tu ayuda»! —No dejo de reírme—. De verdad, Sera, esto parece un puto chiste.

—Sabía que te pondrías así —dice—. No debería haberte dicho nada. —Suspira—. Te diré una cosa, Sturges, voy a salir a fumarme un pitillo. Y, cuando vuelva a entrar, vamos a fingir que nunca te he dicho nada. Vamos a comer tranquilas, yo voy a pagar la cuenta *como disculpa*, y no porque piense que no te lo puedes permitir; estoy segura de que sí que te lo podrías permitir. ¿Vale?

Me encojo de hombros.

Yo me encargo de pedir la comida para las dos mientras ella fuma fuera y no dejo de pensar en todo esto. Aprieto los dientes con fuerza, y los puños también. Vamos, menuda imbécil he sido al pensar que había conseguido todo esto por mis propios méritos, ¿no? Menuda imbécil he sido al pensar que esto no era una puta limosna.

Se me anegan los ojos de lágrimas. Me clavo los dedos en las cuencas. La sensación me resulta tan extraña... es como cuando te das un golpe en la cabeza y te llevas los dedos a la herida para comprobar si estás sangrando. Tengo los dedos húmedos, me moquea la nariz, parpadeo, y parpadeo fuerte y rápido hasta que todo desaparece. Me limpio la nariz con la manga, aunque todavía noto mis mejillas acaloradas y sonrojadas, el calor me baja por el cuello y se extiende por mi pecho por la vergüenza que siento con todo esto.

—¿Te encuentras bien? —me pregunta Sera. Su acento falso ha vuelto a desaparecer—. Por Dios, Irina, lo siento muchísimo. No debería haberte dicho nada.

No respondo nada a eso, porque sé que, si lo hago, se me va a quebrar la voz. Aprieto los labios con fuerza y me limito a asentir. Me encojo de hombros y le doy un sorbo a mi cerveza. El líquido me deshace el nudo que se me ha formado en la garganta al caer y se me asienta en el estómago. Se me revuelve el estómago con el alcohol.

—Dame un momento —digo. Me voy al baño, donde me paso cinco minutos apretándome los ojos con las manos, golpeándome los muslos y gritando con la boca cerrada. Me golpeo la cabeza con la puerta del cubículo hasta que me empiezan a pitar los oídos, y después me siento sobre el retrete y escondo la cabeza entre las rodillas hasta que me paran de pitar los oídos y siento que puedo volver a respirar tranquila. Me peino un poco, me aliso la ropa y regreso a la mesa. Sera tiene el ceño fruncido, y las arrugas de su frente se hunden un poco más al mirarme preocupada—. Estoy bien —comento. Sé que sueno un poco cortante, así que esbozo una pequeña sonrisa para tranquilizarla—. Estoy *bien*.

Sera pide una botella de champán para las dos en un bar popular del Soho. Nos pasamos la noche recordando los buenos momentos que compartimos, riéndonos. Aunque yo no consigo librarme de esa sensación de malestar que se ha asentado en mi estómago al enterarme de lo de la galería y su limosna. Se pega a mi cuerpo, como la gripe.

—Si le cuentas a alguien cómo he conseguido esta exposición, o lo que ha pasado antes, te juro que te mato —digo. Suelto una carcajada amarga, el aire se me filtra entre los dientes, y ella empieza a reírse también—. Te juro que *te mato*.

—Lo sé —repone. Se da un suave golpecito en la punta de la nariz—. Será nuestro pequeño secreto.

—Me gusta la cabeza de conejo, la cabeza de conejo me parece muy *guay* —dice Jamie. Estamos en su despacho y el vídeo que grabé se reproduce de fondo mientras hablamos. Sospecho que todavía no lo ha visto entero, porque la observo mirándolo de reojo de vez en cuando, y después viéndolo directamente cuando se piensa que no la estoy mirando, para luego volverse y mirarme fijamente a los ojos. Tiene pinta de ser una chica muy sosa. No es más que una zorra pija normal y corriente, con su cabello largo y castaño con reflejos, y una chaquetilla que estoy segura de que ha comprado en el Zara. Por su acento diría que es una *Sloane Ranger*[7], y que no lleve puesto un chándal que haya podido comprar en una tienda de segunda mano me deja claro que tampoco le importa que la gente sepa a qué clase social pertenece.

---

7. N. de la T.: En Reino Unido un *Sloane Ranger* es una persona que cumple con todos los estereotipos de alguien que proviene de clase media alta o alta, y suele haber recibido una educación privada bastante particular.

Sera me dijo que acababan de quitarle los ruedines hace poco, y joder, vaya si se nota que solo es una novata.

Me ha hecho venir a la galería solo para decirme que van a proyectar mi vídeo en una sala junto con uno de los cortos de Cam Peters porque, al parecer, pegan bastante juntos. El suyo tiene esa estética tan característica de Gilbert & George, como si lo hubiese rodado en el campo o algo así. También me dice que repartirán auriculares al público, y acordamos que será lo mejor, sobre todo por mi vídeo, para que la gente pueda escuchar hasta el más mínimo sonido.

—Espero que no te importe. El tener que compartir sala de proyección con otro artista —comenta. Yo me encojo de hombros.

—Tú eres la conservadora júnior de la galería.

—Me encanta tu acento, es encantador, ¿sabes? Eres de Newcastle, ¿verdad?

—Nacida y criada allí.

—Estuve allí una vez; había una cosa en la que participé que la organizaron en el Baltic. Fue una experiencia bastante agradable, y me sorprendió disfrutarlo tanto.

—Ajá.

—Supongo que estarás encantada de haber conseguido participar en esto. No hay muchas oportunidades como esta… allí. —Me mira como si me hubiese abierto camino hasta aquí arrastrándome fuera de una puñetera mina de carbón—. ¿Cuándo terminaste tus estudios en el CSM?

—En 2012.

—¡Entonces creo que yo empecé la carrera en el Slade más o menos al mismo tiempo que tú empezaste a estudiar en el RCA! ¿Para 2014?

—Bien por ti.

Cuando era universitaria, solía reírme de la gente que estudiaba en el Slade. Todos eran un poco como ella. Solía llamarlo el *Suh Lar Day*, intentando poner ese acento pijo con el que hablaban todos los que estudiaban allí.

Jamie cierra su portátil cuando termina el vídeo.

—Me hace muchísima ilusión esta exposición. Y también me *encantan* las fotografías.

—Ya, bueno, será mejor que me ponga a colgar mis fotos —comento.

—Oh, no te preocupes por eso, tenemos a alguien que se encarga de ese tema, no hace falta que las cuelgues *tú*, cielo.

—Ya —digo, esbozando una sonrisa tensa—. Lo sé, quiero decir... que lo mejor será que le guíe sobre cómo colgarlas, por el orden y esas cosas.

—Ah —dice—. Bueno, quiero decir... de eso me encargo *yo*, como conservadora, claramente. Esto no es una exposición de la universidad o una exposición en solitario. Yo soy la que se tiene que encargar de decidirlo todo. Pero puedes quedarte a observar, si quieres... —Jamie se revuelve nerviosa en su asiento—. *Supongo* que sí que puedes hacer sugerencias sobre cómo colocar tus fotos, si es que tienes alguna sugerencia, claro.

—Me parece bien. Pues te espero abajo, ¿vale?

—Claro, si quieres... —repone.

Sera está abajo. Sus obras se exponen en la primera planta, pero me topo con ella cuando está dando un paseo por la galería, observando al hombre que se está encargando de colgar mis fotografías.

—Esa es muy turbia —dice—. Me encanta.

—Gracias.

—¡También me muero de ganas por ver el vídeo que has grabado! Aunque creía que habías dejado lo del rodaje.

—Sí que lo había dejado... —Me encojo de hombros—. Pero Jamie me comentó que también querían proyectar algunos cortos y vídeos, así que decidí retomarlo y grabar uno.

—¿Vas a exponer vídeos y fotografías? —pregunta un adolescente. Va vestido como un drogadicto de Europa del Este de 1997, así que supongo que debe de ser el ayudante de alguien—. No es justo. Yo también quería proyectar uno de mis cortos, pero Jamie me dijo que solo Cam podía proyectar sus obras.

—¿Tú participas en la exposición? —dice Sera. Intercambiamos una mirada cómplice.

—*Obviamente* —repone el chico. Resulta que participa en esta exposición conmigo. En la misma planta. Señala algunas de sus obras, que están colgadas en una esquina y en las que no me había fijado hasta ahora. No son más que unos cuantos corchos con un montón de fotos *polaroid* clavadas, en las que sale la que probablemente sea la misma chica blanca y delgada desnuda una y otra vez, o a lo mejor son varias chicas blancas y delgadas desnudas, no lo sé. Algunas salen maniatadas, así que *supongo* que por eso lo consideran arte fetichista—. ¿Soy *Remy Hart*? —dice, como si tuviésemos que conocerlo. Sera y yo intercambiamos otra mirada cómplice. Sus fotos no son nada buenas. Está claro que no se ha asegurado de conservar sus carretes en un lugar frío, las fotos ya se han estropeado por el sol y tienen varios agujeros hechos, de donde probablemente las hayan colgado antes. Y encima las van a colgar junto a la puerta. Así que lo más seguro es que la semana que viene ya estén hechas una auténtica mierda.

Se acerca a mis fotos. Solo han colgado una, de momento. Una en la que sale la espalda amoratada y llena de heridas de Eddie del Tesco, con la botella de vino todavía metida entre los cachetes de su trasero. Todas mis fotos miden más o menos un metro de alto, y todas están sacadas en vertical. Las otras cinco que he seleccionado están apiladas contra la pared, esperando a que venga alguien a colgarlas. El chico se acerca con sigilo y lo observa todo desde detrás de mí. Sé que está ahí porque oigo cómo chirría su chándal al caminar.

—¿*Seis*? ¿A ti te dejan colgar seis? —Suelta una risa amarga—. ¿Pero quién cojones eres?

—¿Quién cojones eres *tú*?

—Ni siquiera sabía que podíamos traer tableros tan grandes —repone—. Estoy jodidísimo. Esto es súper injusto. ¿Quién demonios es ella? —le pregunta a Sera, aunque no deja de señalarme a mí en ningún momento; de hecho, me planta el dedo

284

en la cara, a lo que yo le doy un golpe en la mano para que la aparte.

—Voy a ir a buscar a Jamie —comenta Sera. Y se aleja riéndose entre dientes.

—¡Voy a llamar a *mi tío*, y *Jamie* no va a poder hacer nada para evitarlo! —le grita él, viéndola alejarse.

Qué mono, se viste como alguien que se planta a comprar metadona en una farmacia de Shields Road a las doce y media de la mañana un martes cualquiera, pero no le avergüenza una mierda el gritar lo grande que la tiene su tío delante de todos sus colegas de profesión.

Me fijo un poco más en él al tiempo que agarra con fuerza su flamante iPhone XS y espera a que su tío venga a solucionarle le vida. Es blanco (vaya sorpresa) y supongo que también será hetero, por las chiquillas flacuchas y desnudas a las que se dedica a fotografiar. Va vestido solo con ropa de deporte retro, cada prenda es de una marca diferente, y es *pavorosamente* bien hablado. Lleva unas gafas redondas, ultramodernas, y un feo bigote que más bien parece el cabezal de un cepillo de dientes.

Me pregunto cómo se vestirán hoy en día los rateros de Londres. Ahora que los burgueses se han apropiado de sus atuendos característicos. ¿Irán vestidos de traje? ¿Con chaquetas de tweed estrafalarias? ¿Con camisas de Joy Division? ¿Ir de gótico es ahora la nueva moda entre los rateros? La verdad es que me interesa bastante.

Le echo un vistazo a la plaquita con texto que han colgado debajo de su obra, porque por lo visto le han dado una plaquita y todo. Y han grabado algo.

«Remy Hart. Nacido en 1995, en Hertfordshite, Reino Unido.
»Colección de fotos *polaroid* 1, 2 y 3, 2018».

Así que es un imbécil de los condados pijos del Este. Me apostaría todo lo que tengo a que su padre es banquero y su madre escribe una columna en el periódico local. Seguro que se mudaron lejos de la ciudad antes de que él naciese, para asegurarse de que creciera en un entorno seguro y racista donde todo el mundo vota a Troy aunque fingen que no. Seguro que allí todo el mundo hace la compra de la semana en Waitrose, llevan chalecos y botas de agua y tienen opiniones súper fundamentadas sobre la fracturación hidráulica.

Lo escucho hablar por teléfono con una mujer de la que nunca había oído hablar sobre la posibilidad de imprimir sus obras en tableros grandes y sobre proyectar sus trabajos cinematográficos. Le pregunta por qué han puesto sus obras junto a las mías. «Pero sus fotos van a hacer que la gente no se fije en mi obra que, además, han relegado al lado de la puerta, ¡y a ella le han dado toda una pared!, ¿quién demonios es, para empezar?».

Le señalo la plaquita colgada debajo de mis fotografías con mi nombre y mi biografía. Le hago un gesto, levantando el pulgar.

Es que la vida no es justa, Remy. Es que no sé si te has enterado de que tampoco es justo que hayan aceptado exponerte a ti también en primer lugar. Su obra parece la de un alumno de primero de universidad; la verdad, me pregunto dónde estudió. ¿Es que su ego decidió no hacer ni caso a ninguna de las críticas útiles que le hicieron a lo largo de los años o, simplemente... nunca expuso ninguno de sus trabajos ante nadie? En el CSM nunca lo habrían aprobado si hubiese expuesto esta clase de mierdas (fotografías que parecen sacadas por un aficionado, de chicas blancas y delgadas que salen desnudas solo para que se les vean bien los pezones), y me sorprende que sigan existiendo chicos como él. Así de creídos, así de básicos, con toda esa riqueza y privilegios y conexiones con los que llenar el vacío existencial que debería llenar su talento. Yo culpo de su falta de talento a las elevadas tasas universitarias.

Estoy tan cabreada que me tiembla la vagina; los músculos se me contraen, como un puño. Me clavo las uñas acrílicas en la palma de la mano. Me dan ganas de quitarle el teléfono de un manotazo y estamparlo contra el suelo. Me dan ganas de abofetearlo. En estos momentos podría quitarle esa gorra ridícula de Umbro y metérsela en la boca.

Ni siquiera tengo que molestarme en quitarle el teléfono de un manotazo, porque en ese momento lo lanza contra mi fotografía, contra la única que han colgado de momento. Y rompe el cristal protector.

—Pero qué *cojones*.

—Esto no es justo —lloriquea—. Jamie. ¿Dónde cojones está Jamie? Quiero que me muevan de sitio. Quiero más espacio.

Llevo las uñas acrílicas afiladas y en punta, y ahora me dan ganas de clavárselas en los ojos. Podría hacerlo, podría recorrer el espacio que nos separa a la carrera y clavarle las uñas en los ojos, o en el cuello y arrancarle la garganta de cuajo.

Pero me conformo con escupirle a la cara. Él suelta un gritito y, unos minutos más tarde, Jamie y Sera aparecen por la escalera.

—Ay, ¿qué quieres ahora, Remy? —se queja Jamie. Él se marcha hecho una furia, limpiándose la cara.

Les cuento lo que ha pasado, incluso la parte en la que le escupo en la cara, porque no tengo por qué mentir sobre eso («¿Le has *escupido en la cara*?») y exijo que lo echen de la exposición. De todas formas, tampoco se ha ganado el derecho a participar en ella. Ni siquiera ha terminado el máster, y yo fui al maldito *RCA*. Uno no consigue así como así participar en el maldito Hackney Space nada más salir de la universidad.

—No podemos echarlo. A mí tampoco me hace gracia que esté aquí, pero su tío, Stephen Hart, un hombre encantador, por cierto, es uno de nuestros mayores benefactores. No podemos... no podemos echar a Remy. Simplemente, no podemos. —Jamie se encoge de hombros.

—Acaba de *lanzarle* su *teléfono móvil* a *mi* obra. —Aprieto la mandíbula con fuerza. Escupo al hablar. Ella se limpia mis babas de la cara—. ¡Mira! ¡Ni siquiera lo has mirado aún!

El teléfono móvil de Remy está tirado en el suelo, con una enorme raja en la pantalla de la que sale una telaraña de pequeños cristales rotos. El cristal protector de mi fotografía tiene una raja similar: justo en el centro, un agujero, con un montón de rajas expandiéndose desde el centro, que llegan hasta las esquinas.

—Mierda —dice Jamie—. Que nadie se acerque a ese marco, por si acaso se cae el cristal. —Se pasa una mano nerviosa por el pelo—. Al menos la foto parece que no ha sufrido daño.

Reemplazan el cristal protector un poco después, con muchísimo revuelo. El propio tío Stephen se presenta en la galería y prácticamente saca a Remy a rastras tirándole de la oreja.

Lo obliga a que se disculpe por lo que le ha hecho a mi fotografía. Yo acepto sus disculpas, de brazos cruzados y con los labios apretados. El tío Stephen me comenta que Remy ha tenido muchos problemas este año y que a veces no entiende que la gente se *gana* el derecho a poder exponer obras más grandes en espacios más amplios de la galería.

Pero, aun así, no va a echar a su sobrino de la exposición, ¿a que no?

Se me pasa un poco el enfado cuando el tío Stephen hace alarde de su abultada cartera. Ya ha pagado por el nuevo cristal protector, pero también le interesa saber cuánto vale cada fotografía.

Echo cálculos y decido gastarle una broma.

—Tres de los grandes cada una.

—Me llevaré el lote entero.

—Ah.

Entonces empieza a hablarme de todos sus amigos pervertidos que estarán encantados cuando les regale estas fotos. Me da su tarjeta de visita y me guiña el ojo, y nos quedamos hablando un rato más mientras Remy hace un mohín y Jamie pega pequeñas pegatinas azules debajo de cada marco que indican que esas obras ya se han vendido.

—Y dígame, señorita Sturges, ¿le gusta la comida japonesa? —me pregunta el tío Stephen. Yo me echo un mechón de pelo hacia atrás en un gesto seductor y observo a Remy por encima del hombro. Esbozo una sonrisa enorme que es todo dientes y me río, y pestañeo seductora. Remy me fulmina con la mirada.

El tío Stephen y yo quedamos en ir al Sakurai juntos, el sábado por la noche. No sé qué es lo que me excita más: que me vaya a invitar a un menú degustación que vale unas 600 £ o la cara que pone el mierdas de su sobrino.

Hola, Irina:

Sé que llevas semanas sin responderme a los correos o a los mensajes de texto pero, como mi madre siempre dice: quien no llora, no mama.

Me suena haber visto en la página web de la galería que la visita privada a la exposición en la que participas es esta noche, así que solo quería desearte buena suerte y decirte que te echo de menos y que siento haberme comportado tan raro contigo y haberme asustado, y espero que me respondas en algún momento.

No dejo de pensar en ti.

Eddie

REMY

Después de todo el jaleo con Remy, el día previo a la visita privada de la exposición transcurre sin incidentes. Me paso por la galería por la mañana y hago que reorganicen mis fotos.

Está la de la botella de vino, y una en la que también sale Eddie del Tesco, haciendo una «V» con los dedos y con la cabeza de conejo puesta. Y también hay dos fotos dentro de un mismo marco, dos primeros planos de su piel magullada: una en la que sale una marca rojiza de mi mano en su muslo y otra en la que se ve un collar de moratones con la forma de mis manos alrededor de su cuello. También hay una en la que aparece solo la parte baja de su espalda, y lleva la colita de conejo enganchada en la ropa interior, es en la única foto en la que salen mis manos, una está agarrándolo del muslo y la otra está metida dentro de su ropa interior. Lo estoy agarrando con fuerza y eso se nota incluso en la foto. También he incluido una de Dennis, un primer plano de la sangre, de su mirada perdida y sus ojos medio abiertos, tirado en medio del suelo de mi garaje. Y como a Eddie del Tesco no se le ve la cara en ninguna de sus fotografías, el público asume que es el mismo modelo, así que esa imagen encaja dentro de la narrativa.

Una narrativa que jodieron al colgar los retratos de la forma en la que los colgaron al principio.

Está claro que el marco con las dos fotos debería estar en el centro, pero lo han puesto al principio. Quiero que pongan primero la foto de los dedos en «V», después en la que salgo agarrándolo, luego las que salen dos dentro del mismo marco, después la de la botella de vino y, por último, la de Dennis, pero Jamie decidió colgar primero la de las dos fotos dentro del mismo marco, después la de la botella de vino, luego la de los dedos en «V», después en la que salgo agarrándolo y, por último, la de Dennis. Los obligo a que cambien las fotos de sitio. Hago que Jamie baje de su despacho en la primera planta y, cuando le comento el orden que quiero, está de acuerdo conmigo en que ese tiene más sentido. Acepta, aunque a regañadientes, cambiar las fotos de sitio, y yo me marcho a almorzar sola.

Es un buen día. Me voy al Selfridges con la firme intención de comprarme dos vestidos nuevos; uno para la visita privada para compradores de la exposición y otro para mi cita. También hay una marca de lencería de diseño que me encanta y que siempre tienen prendas *prêt-à-porter* preciosas, así que voy directa a la zona donde sé que las guardan. Las dependientas de la tienda se pelean por ver quién me atiende antes cuando se fijan en que estoy echándoles un vistazo a los vestidos.

La dependienta que me atiende (la chica más rápida y gritona de todas) es una castaña muy mona y con curvas. Me acompaña hasta los probadores y me trae todas las prendas *prêt-à-porter* que tienen en la tienda.

Me termino decantando por un vestido ajustado que cae hasta el suelo en cuanto me lo pruebo por primera vez. Es de seda, de color ciruela, y tiene una apertura en la pierna izquierda que me llega casi hasta la cintura y también tiene un corte cubierto con encaje súper impresionante en la cadera, a la derecha, que se curva alrededor de la apertura al llegar al costado izquierdo. Se me ven los muslos por la apertura, pero no el trasero. También hay otros cuantos cortes cubiertos con encaje alrededor del pecho, por la zona de las copas, y un par de tirantes finos que entrecruzan al bajar por la espalda.

—Me llevo una comisión por cada venta —admite la dependienta—, pero, aun así, se tiene que llevar este vestido.

Estoy de acuerdo con ella. Sin embargo, con el encaje en el pecho, se me ven los pezones. Le comento que esta noche tengo que acudir a una visita privada para compradores de una galería de arte y que me gustaría ponérmelo, por si me puede dar alguna solución para que no se me vean los pezones. Hace a un lado la cortina del probador y mete la cabecita, y después vuelve con un par de pezoneras negras, metálicas y en forma de corazón, a lo que yo pienso «qué demonios, vamos a probar».

El siguiente vestido que escojo (después de probarme unos cuantos más, muy bonitos, pero que se siguen pareciendo demasiado a unos camisones para mi gusto) es un vestido negro y ajustado que me cae hasta las rodillas. Ceñido a la cintura. Tiene un panel semitransparente que va desde el pecho hasta el vientre (y que acaba justo encima del trasero para no dejarlo a la vista, como el otro), pero el tejido que cubre las caderas y los muslos es bastante transparente. La tela es lo bastante gruesa como para que no resulte obsceno, pero tampoco deja mucho lugar a la imaginación. Me encanta. Me queda como un guante y me hace una cintura muy delgada.

Dejo que la morenita me venda también un par de tangas que combinan con cada uno de los vestidos (si van a juego, se transparentan menos) y listo. Me gasto un dineral en todas las prendas, pero... si no me puedo permitir gastarme un dineral en vestidos y pezoneras y tangas después de que un coleccionista de arte me haya pagado quince mil libras por mis fotografías, ¿cuándo voy a poder hacerlo?

Me gasto otro dineral en tonterías: unos zapatos nuevos, un bolso, un perfume, un pintalabios y unas cuantas joyas que combinen con los vestidos. Me siento mareada y alegre, y decido ponerme a beber sola en mi habitación de hotel. Por lo que, para cuando termino de peinarme y maquillarme, estoy un tanto borracha, así que me permito sacarme varias fotos, algo que no suelo hacer habitualmente. Mi vestido color ciruela y yo recibimos muchos más «me gusta» en Instagram que alguien cuyo trabajo se basa en acumular «me gusta» en Instagram.

Flo es la primera en comentar: «Se me ha volado la peluca, acaba de darme un ataque al corazón, ya le GUSTARÍA a jessica chastain verse así».

No me cabe ninguna duda. Como hoy me siento guapa de cojones, decido ir a la galería en un taxi negro. Me he olvidado de quitarle las etiquetas a mi bolso nuevo así que se las quito mientras le digo al taxista que soy fotógrafa y que voy a la visita privada de mi exposición. Me he metido unas cien tarjetas de visita en el bolso, junto con mi cartera y mi teléfono móvil.

—Es como una especie de fiesta que se celebra en la primera visita que se hace de una exposición en una galería —le explico.

—Sé lo que es una visita privada —dice el taxista.

Cruzo las puertas de la galería. Nadie se vuelve a mirarme, lo cual me resulta un tanto molesto, porque me había imaginado quitándome el abrigo mientras todo el mundo me miraba y se preguntaba: «Vaya, ¿quién es esa?».

Pero nadie me mira, salvo la encargada de un pequeño guardarropa improvisado. Le tiendo el abrigo. Hay un chico con chaleco que lleva una bandeja llena de flautas de champán y le guiño un ojo al tomar una. Encuentro a Sera, que está en el primer piso. Todavía no he visto su obra. Es otra película. Sale ella en Central Park, con una chica a la que está atando al estilo *shibari* mientras el público la observa. Va vestida con ropa fetichista. Sinceramente, es un poco mediocre.

La veo charlando con una mujer rechoncha en un rincón de la sala. Hoy sí que va maquillada, y el maquillaje consigue quitarle unos cuantos años de encima. Aunque su pintalabios es horrible. Es del mismo color que mi vestido y le amarillea los dientes.

—Me encanta tu obra —le digo.

—Por Dios, a mí me encanta tu vestido. —Se vuelve hacia la mujer rechoncha y me señala—. Parece una *supermodelo*, ¿ves, Marnie? —Y entonces, cuando voy a darle a Marnie una de mis tarjetas de visita, me dice que es la dueña de la galería.

—Lo sé, quédatela igualmente. —Ella la acepta. Sera me hace una mueca—. ¿Qué?

—Ella es así, seca, como su sentido del humor, Marnie, jajaja —dice Sera. Me agarra del brazo y nos alejamos de Marnie, y después se inclina hacia mí para hablarme en un susurro—. *Por favor*, ni se te ocurra emborracharte —dice—. El vestido te queda *ideal*, pero como... oh, Dios mío, ¡pero si casi se te ven las tetas! Esto va a acabar en un desastre de vestuario, ya lo estoy viendo venir.

—¿Quién te crees que eres, mi maldita *madre*? —le escupo. Ella pone los ojos en blanco.

—No pienso volver a sacar este tema pero... acuérdate de por qué estás aquí. Si tú quedas mal, *yo* quedo mal, y quiero volver a mudarme a Londres así que... —Me da unos golpecitos suaves en la mano—. Por favor, compórtate.

—Está bien —respondo, encogiéndome de hombros. Me bebo de un trago mi copa de champán en cuanto se da la vuelta e, inmediatamente, me hago con otra copa.

Vuelvo a la planta baja, me bebo otra copa de champán y me quedo junto a mis fotos. El tío Stephen se acerca esbozando una sonrisa lasciva, me rodea la cintura y me presenta a otros dos hombres mayores con las mejillas sonrojadas, que también son coleccionistas de arte o que tienen sus propias galerías y que les divierte o les sorprende que les dé mi tarjeta. El tío Stephen suelta una carcajada y halaga mi sentido del humor, mi «encanto norteño».

También me presenta a Cam Peters, que suelta un comentario que supongo que pretende que sea hiriente sobre tener que compartir la sala de proyección conmigo y que se comporta como si fuese demasiado importante como para estar exponiendo en una galería de este calibre. Y, para ser justos, probablemente tenga razón. Le meto sin que se dé cuenta una de mis tarjetas de visita en el bolsillo de su chaqueta azul pastel. Me tomo unas copas de champán más y me presentan a Laurie Hirsch, que comparte la primera planta con Sera. Lleva puesto un traje y el pelo corto, así que a mí ya me tiene ganada. Aunque esté atrapada entre las sudorosas garras del tío Stephen, me las apaño para zafarme de su agarre y decirle a Laurie que me encantan las mujeres que se visten como hombres. Le digo que tiene mi número en la tarjeta de visita que le dejo en su mano con una manicura cuidada. Ella me dice que está casada y que su esposa está aquí al lado.

—Lo que no sepa, no le hará daño.

—Eh, ¿vale? —repone. Y yo vuelvo con el tío Stephen.

Aunque se pasa toda la velada arrastrándome de un lado a otro de la galería como si fuese una especie de bolso, también es bastante respetuoso conmigo. Me da una copa de champán nueva cuando ve que me he acabado la anterior, me deja que le entregue a todo con el que me cruzo mi tarjeta sin rechistar y se ríe como si fuese una pequeña broma interna que nos pertenece solo a nosotros dos. No aparta la mano de mi cintura en ningún momento o, como mucho, la desliza hasta la parte baja de mi espalda, pero nunca desciende más, ni siquiera cuando estamos a solas en alguna esquina de la galería o en alguna salita pequeña, aunque sepa que allí se podría salir perfectamente con la suya si quisiera y tampoco habría testigos.

Una hora después, se marcha. Y yo estoy sola y borracha. Me obligan a sacarme fotos con el resto de los artistas participantes, con Marnie, y después alguien me arrastra hasta la sala oscura donde se está proyectando mi vídeo. Me dejo caer en el banco con un suspiro y me coloco los auriculares.

He visto este vídeo tantas veces que ya sé qué soniditos vienen a continuación. Me los conozco todos. Me conozco cada gesto y movimiento.

Una anciana que está sentada a mi lado en el banco me da un suave codazo para llamar mi atención.

—La manera en la que has jugado con el consentimiento me parece maravillosa —me susurra—. Ese chico tuyo es un actor audaz, brillante y crítico. Se puede sentir lo incómodo que estaba.

Resulta que esa mujer escribe para el *Observer*, así que por lo menos sé que escribirá una buena crítica sobre mi obra. Esbozo una sonrisa enorme y me bebo el resto de mi copa de un trago. Alguien me coloca otra llena en la mano de inmediato. ¿Es mi séptima copa? ¿Mi octava? Quién sabe. Entonces oigo a Eddie del Tesco lloriqueándome al oído.

Si no le gustaba lo que estaba haciendo, debería haberme dicho algo. Ahora salgo yo en la pantalla. Esa soy yo. Con la botella, el poder, con una cámara enorme y el pelo larguísimo. Me dan ganas de meterme de vuelta en la pantalla.

Me siento vacía, pero excitada. Me remuevo en mi asiento y observo la escena, y observo, y observo. Oigo un cascabel que hace que me quite los auriculares y me dé la vuelta. Pero no es ningún cascabel lo que suena, solo es Remy.

Se ha afeitado el bigote en forma de cabezal de cepillo de dientes, se ha quitado su coraza de poliéster y ha decidido cambiarla por un traje de tartán y no ponerse las gafas. Bajo la tenue iluminación del proyector, no tiene mal aspecto. Me lo imagino si fuese más bajito y con la tez más oscura.

Se sienta a mi lado y me dice que lleva toda la noche observándome; cuando estaba con su tío, cuando estaba con Laurie, cómo entregaba mi tarjeta a todo el mundo, y cómo se me pega la seda del vestido a las caderas. Me dice que lo siente. Que ha visto mi trabajo y que ahora lo entiende. Que ahora entiende «por qué le gusta tanto a la gente».

Deja caer una mano sobre mi rodilla, como si estuviese tanteando el terreno. Yo lo dejo hacer. Dejo que deslice su mano dentro de mi vestido y que pase sus dedos por mi muslo. Entonces me planta los labios en el cuello y sus dedos suben un poco más, hasta encontrarse con la delicada tela de encaje de mi nuevo tanga, pero se detiene ahí, como si no supiese qué hacer.

No se había planteado qué hacer en el posible escenario de que le permitiese llegar tan lejos, ¿verdad? Pobrecito. Me mira como un conejillo asustado.

¿Debería golpearlo ahora mismo? ¿Estamparle mi copa contra la cabeza? «No sé qué demonios se le pasó por la cabeza, me agarró del cuello y me metió las manos dentro del vestido».

Veo cómo se dispone a soltarme una excusa. Le saco su flamante teléfono móvil del bolsillo de la chaqueta. Lo invito a venir a mi habitación del hotel y le guardo mi número de teléfono en sus contactos junto con la dirección de mi hotel.

—Espera media hora antes de seguirme. No quiero que me vean yéndome contigo —digo.

Hago la ronda de rigor, me despido de todo el mundo. La gente está decepcionada de que se hayan vendido todas mis fotos, pero tampoco les sorprende. Les comento lo del álbum fotográfico que pueden encontrar en la tienda de regalos y les hablo de mi página web. Reparto otro puñado de tarjetas de visita. Sera me fulmina con la mirada y le planto un beso en la mejilla para despedirme, dejando la marca de mis labios rojos en su piel.

—Sí que se te han subido a la cabeza esas copas de champán, ¿no?

Me marcho antes de responder.

Al llegar a mi habitación de hotel, me quito el vestido y aguardo, con el abrecartas que venía con el oso de peluche que me regaló el señor B. Lo llevo en la mano. Me puede servir como prueba, ¿no? Como una especie de prueba tangible. Lo dejo deliberadamente sobre la mesita y me pongo a juguetear con un pañuelo de seda que quiero usar después. También es rojo, a juego con mi pintalabios, y con las entrañas de Remy.

El susodicho entra por la puerta de mi habitación con cara de satisfacción, sin olerse lo que se le viene encima. Intenta besarme en la boca. Le ordeno que se desnude y se tumbe en la cama.

Me pregunta si alguien me ha dicho alguna vez que podría ser modelo, y me dice que le *encantaría* sacarme fotos.

Le ato las manos sobre la cabeza, al cabecero de la cama. Me dice que esta noche estaba increíble y me pregunta si me puse ese vestido pensando en él. Suelto una carcajada ante esa idea tan estúpida. No para de hablar, por lo que termino metiéndole un par de calcetines en la boca para que se calle.

Se le ha caído la cartera de los pantalones al quitárselos, y entonces me fijo en que también se ha salido una bolsita de su interior.

—¿Eso es coca? —le pregunto. Él asiente. Esnifo un montoncito y después otro, me subo a horcajadas encima de él. Le meto un dedo lleno de coca bajo la fosa nasal derecha y le cierro la izquierda. Y él, alegremente, la esnifa. Entonces le doy una bofetada. Y luego lo vuelvo a abofetear con fuerza, con más fuerza que

298

antes, una y otra vez, hasta que le reviento el labio. Se le llenan los ojos de lágrimas y no consigue sacarse los calcetines de la boca.

Entonces paro. Le saco unas cuantas fotos con mi teléfono. Con la sangre cayéndole por la barbilla. Esbozo una sonrisa al verlo. Le pregunto si se encuentra bien. En lo que supongo que solo es un *intento* de valentía (de valentía masculina y tóxica), asiente. Le chupo la barbilla y me arrepiento de haberlo hecho al momento. Su sangre es espesa, pegajosa y sabe a cobre, y me dan arcadas, con el sabor de su sangre mezclado con la cocaína, el champán y ahora también la bilis en mi boca.

Tiene los pezones rosas. Le pincho uno con la punta del abrecartas y de la pequeña herida empieza a manar un reguero de sangre al mismo tiempo que él grita. Le saco más fotos. Después me vuelvo hacia su tripa y le hago una herida ahí también. No tiene nada de músculo ni de grasa; parece tan frágil y joven... Me fijo en cómo se sacude su vientre bajo mi contacto, cómo intenta alejarse de la punta afilada del cuchillo que tengo en la mano, conteniendo el aliento, marcando su caja torácica al mismo tiempo que yo lo pincho justo ahí y la herida empieza a sangrar. Le hago un corte fino que va desde su ombligo hasta la clavícula. Entonces se pone a llorar y a gemir. Pero cuando le pregunto si se encuentra bien, asiente. Sigue intentando parecer valiente aunque, si fuese una mujer, estoy segura de que en estos momentos estaría gritando para que la oyese todo el hotel.

A menos que le dé miedo gritar.

Paso los dedos por el reguero de sangre que se desliza por su pecho y le dibujo una carita sonriente en el torso. Vuelvo a abofetearlo. Empieza a toser de nuevo, así que lo dejo descansar.

Abro el minibar y saco unas cuantas botellitas de vodka. Esto no va a ser suficiente. Le lanzo una de las botellitas y esta rebota sobre su cabeza y se desliza por la cama. Al hacerlo, deja tras de sí una mancha sangrienta sobre las sábanas, pero no se rompe, por lo que me siento en la cama y me la bebo de un trago.

Si entrecierro los ojos, puedo ver a mi chico; sus costillas, su piel joven. Pero el cabello de Remy es demasiado rubio y está demasiado liso. Además, está demasiado pálido. No es el adecuado. A él lo echarán de menos, y no tengo bolsas de basura o un cuchillo de carnicero a mano.

Apenas puedo sostenerme de pie. Le vuelvo a clavar el abrecartas en el pezón que ya le he dejado destrozado antes y eso lo hace gritar como un cerdito. Me resbalo y casi lo mato al caerme. Estoy mareada, la habitación me da vueltas. Tengo ganas de vomitar. Intento sacarle unas cuantas fotos más, pero no puedo. Ahora no.

Me tambaleo hasta el baño, dejándolo a solas en medio de las sábanas empapadas con su propia sangre y sus lágrimas. Vomito en el lavabo. El vómito salpica por todas partes al caer. Suelta espuma y es casi transparente porque no he comido nada en toda la noche.

Cierro la puerta con un golpe y me dejo caer de rodillas sobre el suelo embaldosado del baño. Vomito todo lo que he bebido en la taza del váter, hasta que empiezo a soltar bilis, y después me quedo mirando mi reflejo en el agua sucia. Tengo las mejillas manchadas con la máscara de pestañas que se me ha corrido, la cara llena de pintalabios y rastros de vómito en el pelo.

Desde luego, no tengo el mejor aspecto del mundo.

Me obligo a levantarme y se me cae el teléfono en el lavabo. Le limpio el vómito y me pongo a echarles un vistazo a las fotos que he sacado.

Son *perfectas*. Cada una más hipnótica que la anterior. Me parecen incluso mejores por haberlas sacado con la cámara de mi teléfono, porque les da un toque más natural, menos preparado; y así también las puedo llevar conmigo a cualquier parte.

Me agarro del borde del lavabo. Me quedo mirando mi reflejo en el espejo. Miro a esa desconocida fijamente. Apoyo la frente sobre el cristal y la beso en los labios, dejando un rastro de pintalabios por todas partes; deslizo los dedos entre mis labios, hasta mi interior, y termino corriéndome, aunque me siento entumecida por el alcohol y toda la cocaína que he esnifado, que no necesitaba, pero que esnifé igualmente.

300

La fuerza de mi orgasmo me hace volver a vomitar. Esta vez, sí que llego al váter a tiempo. Tiro de la cadena.

Me arrastro por el suelo, de vuelta a mi habitación. Mi pañuelo está tirado en la alfombra, y la puerta de la habitación está abierta de par en par. Se ha ido, y se ha llevado su ropa consigo. Hay sangre en la alfombra y se ha olvidado de su bolsita de cocaína.

Me arrastro a cuatro patas hasta la puerta y la cierro de un portazo, antes de gatear de vuelta al cuarto de baño. Me obligo a vomitar de nuevo. Me meto los dedos hasta la garganta, hasta que ya no me queda absolutamente nada dentro que vomitar, y entonces me meto en la ducha, olvidándome de quitarme las pezoneras y la ropa interior antes de abrir el grifo. Me lavo el pelo con el champú del hotel y bebo agua directamente de la alcachofa de ducha, y vuelvo a vomitar.

Me quedo sentada en el suelo de porcelana hasta que la habitación deja de dar vueltas a mi alrededor. Necesito comer algo.

No sé cómo, consigo vestirme, y hacerme una coleta, y maquillarme. Tengo un aspecto medio decente, así que nadie tendría por qué sospechar nada nunca. Puedo caminar prácticamente en línea recta. Y entonces veo unas luces que me resultan familiares y reconfortantes. El resplandor amarillo del cartel de un McDonald's que está abierto veinticuatro horas, y la luz blanca y penetrante de un Tesco.

El Tesco me llama. Hay un vagabundo dormitando junto a la puerta, y me detengo a observarlo atentamente durante un momento. Supongo que no está nada mal, debajo de toda esa suciedad y esa barba desaliñada. Estoy a punto de sacudirlo para que se despierte cuando me fijo en la cámara de seguridad que me está grabando desde arriba.

Me yergo y saludo a la cámara. Entro al Tesco y compro pan, patatas fritas y hummus, y cruasanes. Por la mañana estoy segura de que me arrepentiré de haberme dado un atracón. Me encanta ver a Eddie del Tesco donde debe estar: detrás del mostrador, sonriéndome con timidez y mirándome fijamente las tetas.

Es tan guapo. Incluso con las gafas puestas, es adorable. Se lo digo y él me da las gracias. No puede venderme una botella de vodka tan tarde, pero sí que me vende un paquete de tabaco.

—¿No vas a pedirme el carné?

—¿No?

—Menudo descarado. Tienes suerte de que solo te metiese la botella de vino —le digo.

—¿Qué? —La chica que hay detrás del mostrador me mira incrédula, parpadeando sin parar.

—Ah. No importa, cielo. Pensaba que eras otra persona.

Oye oye oye eddie dl tesvo

Estoy en. Lndrs ahora pro cuand vuelva a casa podemos volver a follar si me promts que noo vas a portarte como un imbécil

¡jajaja

Me despierto a la mañana siguiente con la misma ropa puesta, durmiendo sobre las sábanas, en medio de un mar de migas. Me despierto porque mi teléfono no para de vibrar, con insistencia, junto a mi cabeza.

Hola nena, lo de anoche fue una locura. Muy intenso. Lo siento por haberme largado, me pongo un poco esquizofrénico cuando esnifo una raya de coca (¡o dos! La primera la esnifé en la galería lol) y no me gusta mucho el sexo con cuchillos. Además, no me gusta nada estar abajo o ser el sumiso de los dos o lo que sea, prefiero estar arriba.

¡Fui a Urgencias para que me diesen puntos de sutura y me dijeron que no necesitaba puntos lol me sentí como un verdadero capullo! ¡¡¡Aunque aprecio que quisieses quedarte con un trozo de mi cuerpo pero tienes que empezar a tener más cuidado con lo que haces con ese cuchillito tuyo ja ja ja!!!

También quiero disculparme por haberte roto el cabecero de la cama. Creo que me dio un poco de miedo esta mujer mayor increíblemente traviesa con la que no esperaba encontrarme ;)

Espero que te lo pases muy bien con mi tío mañana por la noche, sé que a él sí que le ponen esta clase de cosas raras lol

Escribo unas cuantas respuestas, aunque no le envío ninguna, ¿qué podría decirle?: ¿En realidad estaba intentando matarte? ¿Casi te corto los pezones? ¿Te pusiste morado? ¿Qué diablos te pareció sano, seguro o consentido de lo que te hice?

Espero que no se lo cuente a nadie. Por Dios, si se lo cuenta a alguien me voy a arrepentir de no haberlo destripado. Me ha llamado «mujer mayor». *Mujer mayor.* Atrévete a llamarme así a mi puta cara, maldito imbécil.

Borra este número. Vete a la mierda y muérete.

Lo bloqueo, por si acaso.

También tengo unos cuantos mensajes de Sera, en los que básicamente me está echando la bronca por haber sido una «zorra borracha y rarita». Me ha escrito demasiados mensajes, y se pone a divagar a medida que progresan, y a soltar palabrotas, y no la clase de palabrotas que soltaría una persona que estuviese sobria.

Tranquilízate.

Te estás comportando como si fueses
una maldita mecenas o algo así.

Menuda zorra pija miserable joder, me descojono contigo.

Me pongo a echarles un vistazo a las fotos de Remy. Ya no me parecen tan interesantes como anoche. Son malas. Están borrosas. El balance de blancos está mal; unas están demasiado expuestas y a otras les falta iluminación o salen demasiado amarillas por las luces del hotel. Solo me guardo dos o tres. Como recuerdo, supongo. Además, ahora tampoco me parece tan mono como anoche.

Tengo unos cuantos mensajes más. Hay uno de Eddie del Tesco en el que me llama «maldita víbora» y me dice que no vuelva a ponerme en contacto con él. Le respondo con un alegre «vale, colega» y veo que lo recibe, por lo que sé que todavía no me ha bloqueado.

Subo hasta leer los mensajes que le mandé anoche y veo que, después del último mensaje que le envié, le mandé unas cuantas fotos de Remy. Ups.

Les vuelvo a echar un vistazo a las fotos que no he borrado. Observo su rostro amoratado, su barbilla y su pezón sangrientos, sus mejillas hinchadas. Y entonces me pregunto qué cojones tengo que hacer para que la gente empiece a verme como una amenaza. ¿De verdad estoy haciendo todas estas cosas? ¿O es que no he hecho nada en absoluto para merecerme que me consideren una amenaza?

¿Es que tengo que meterle la botella de vino por el trasero y romperla en su interior para que deje de mandarme correos tristes? ¿Tengo que cortarle los pezones de cuajo para que se dé cuenta de una vez de que probablemente debería llamar a la policía? ¿Tengo que abrirle la cabeza con mi cámara en vez de golpearlo con ella solo una vez? ¿Tengo que estrellar su coche? ¿Tengo que romperles una copa en la cabeza a todos los hombres con los que me cruzo para que la gente me empiece a temer?

CRISTAL

Me paso casi veinticuatro horas encerrada en mi habitación de hotel. Durante todo ese tiempo, veo la tele, como patatas fritas, vomito y vuelvo a ducharme. Oigo un cascabel y cómo se rompen unos cristales, y después oigo el sonido de mis propios dientes al rechinar.

Sera se disculpa por haber sido una zorra conmigo. Le digo que no importa. Le recuerdo que no la *necesito* para nada, que tengo mis ventas privadas y que *sí* que tenemos galerías en el norte. Se vuelve a disculpar, como si se creyese mucho mejor que yo. Que le den.

Me calmo un poco antes de volver a salir del hotel. Es el día de mi gran cita con el tío Stephen y decido almorzar algo ligero, una ensalada y nada más, teniendo en cuenta todos los carbohidratos que me metí al cuerpo ayer. Siento la garganta en carne viva. No quiero comer sola, así que saco el teléfono móvil para mandarle un mensaje a algún amigo para que venga a acompañarme, y entonces me doy cuenta de que yo no tengo amigos. Sera está demasiado ocupada cuando le escribo para preguntarle si le apetece comer conmigo así que... fantástico.

Almuerzo sola en el Breakfast Club y, en vez de pedirme una ensalada, termino pidiéndome un desayuno completo inglés. Lo empapo todo en kétchup y salsa marrón, y mi estómago me grita por haberlo llenado de carbohidratos y grasa y todas esas cosas que le cuesta tanto digerir, y que sé que me van a dejar el colon hecho una mierda. Me da la sensación de que tengo algo afilado y crujiente en la boca. Algo *afilado*; lo escupo sobre la palma de mi mano, pero lo único que escupo es un trozo de grasa de beicon blanquecino.

El camarero me pregunta si me encuentro bien.

—Nunca he estado mejor —le digo—. Solo me he atragantado. —Me trae una servilleta y me quedo mirándolo fijamente, sorprendida por que pueda seguir trabajando con ese trozo de cristal clavado en el ojo. Llamo a Flo. La llamo para preguntarle si, cuando me ve hacer algo, estoy haciendo realmente algo. ¿De verdad ocurre lo que pienso que ocurre, de verdad la gente puede verlo como yo?

Me responde que la tengo un poco preocupada.

—Estoy hablando en serio —repongo, dándole un mordisco a mis tostadas—. Es como si cada vez que hago algo no estuviese haciendo *nada* en realidad... me refiero, hay veces que hago algunas cosas horribles y que me dan ganas de que alguien... ¿me mande a la mierda por ello? Pero no consigo nada, nadie me envía ningún mensaje, nadie regresa arrastrándose hasta mí, es como si... nada hubiese pasado, ¿sabes?

—¿Dónde te compraste ese vestido? ¿El de Insta? Parece *caro*.

—¿Me estás escuchando?

—Sí, pero estás hablando como una loca. ¿Es que te has estado metiendo coca? ¿Llevas desde que acabó la visita privada esnifando rayas o algo así? Porque me estás hablando como si estuvieses hasta arriba de coca.

—No —miento.

—Bebe agua, anda —me dice Flo—. Estoy en el trabajo. Ahora no puedo hablar. Y, por cierto, he vuelto con Michael. —Me cuelga la llamada. Derramo mi taza de café solo para ver si el camarero de antes se acerca a limpiarlo, pero no viene. Me marcho de la cafetería sin pagar. Nadie me persigue.

Esa tarde, quedo con el tío Stephen en la puerta del hotel. Llevo puesto mi abrigo y mi pañuelo rojo, que está manchado con la sangre seca de su sobrino, pero hace frío y no me he traído nada más con lo que abrigarme. El tío Stephen me recoge en taxi y nos vamos juntos al Sakurai.

Su cara es prácticamente igual a la de Remy, pero más roja y flácida. Su cabello es espeso y plateado, y su traje elegante, entallado y extremadamente caro.

—¿Estuviste intentando ligar con Laurie Hirsch? —me pregunta.

—¿Disculpa?

—Laurie me comentó que estuviste intentando ligar con ella. Está casada con la hija de mi primo, así que fue un tema de conversación que simplemente surgió.

—No —respondo—. No es exactamente *mi tipo*.

—Eso pensaba. —Pone los ojos en blanco—. Siempre está buscando llamar la atención.

—Estos artistas del método —comento, encogiéndome de hombros. Nos reímos sobre Laurie y sobre los artistas del método. Le doy una patada al asiento del conductor pero el taxista no dice nada. Le doy otra patada, esta vez más fuerte. Y sigue sin decir nada. El tío Stephen no se fija en lo que estoy haciendo.

—Cam Peters también dijo que al final terminó gustándole bastante tu trabajo —dice el tío Stephen—. Siento mucho si fue un poco duro contigo. Al principio estaba *muy* enfadado por tener que compartir el espacio contigo. No puedo culparlo por ello. No te ofendas, cariño, pero aquí es bastante conocido, ¿sabes? Pero da igual, le *encantó* tu trabajo. Los dos hemos estado hablando de dejar caer tu nombre cuando volvamos a ver a algunos amigos que trabajan en el Tate Modern, en el Serpentine Sackler, en Whitechapel, etcétera.

—Después de la visita me llevé a Remy a mi habitación del hotel y casi le corto los pezones, y ayer me mandó un mensaje como si lo que tuvimos hubiese sido un rollo cualquiera de una noche —digo.

—¡Pues claro! A mí también me habría hecho ilusión —dice, sonriéndome como si no hubiese oído lo que le acabo de decir—. Eres todo un *descubrimiento*, ¿verdad? Un pequeño diamante en bruto —comenta.

—No tengo nada de pequeño.

—Pues claro, no es ningún problema en realidad. Tus tarjetas de visita me parecieron de lo más *graciosas*, y cualquiera que pensase otra cosa, bueno... tampoco te interesa esa clase de gente, te lo prometo. Esa *Marnie*. —El tío Stephen sacude la cabeza—. Tiene un gusto increíble, por supuesto, pero es una *zorra aburrida*. —Me da un suave golpecito en la rodilla. Sus manos son enormes y blanquecinas, como las arañas que viven bajo tierra.

Tiene las manos blanquecinas pero la cara roja.

Está claro que este taxi le ha salido caro. Y el restaurante está en Chelsea. Estuve viviendo cinco años en Londres y nunca llegué a *ir* a Chelsea, quiero decir, sí que pasé por ahí alguna vez, claro está; vivía en Battersea. Pero solo porque el autobús pasaba por allí, pero nunca paseé por esa zona. Nunca llegué a comer o beber allí. Nunca fui a la casa de nadie que viviese allí. Recuerdo una vez que pasé por delante de una tienda que había en la calle principal y que solo vendía espejos enormes y ornamentados. Todos costaban miles de libras. Recuerdo pararme frente al escaparate, pegar la cara al cristal y ver mi reflejo observándome desde cientos de espejos, y pensar «quiero uno», pero esta ciudad es *una mierda*.

—¿Y qué demonios haría con un espejo tan grande de todas formas?

—¿Eh? —dice el tío Stephen.

Llegamos al restaurante: un edificio blanco y de estilo neoclásico. El letrero es dorado y está escrito en kanji. El tío Stephen me da la mano y me ayuda a salir del taxi.

El suelo del restaurante está enmoquetado y me cuesta mantener el equilibrio con los tacones. El camarero que nos atiende lleva puesto un chaleco, camisa y pajarita. Habla bastante bien inglés, aunque tiene un acento muy marcado. El tío Stephen le dice su nombre y nos acompaña hasta un reservado que hay en una esquina del restaurante, su mesa de siempre. El camarero se lleva mi abrigo y sus labios forman una «O» y enarca un poco las cejas antes de marcharse hacia el guardarropa.

—¿Qué *demonios* llevas puesto? —suelta el tío Stephen. Parece que la escena lo divierte. Da una vuelta a mi alrededor y se queda mirándome la espalda. Me fijo por primera vez en que es bastante más alto que yo, incluso aunque lleve tacones. Es enorme.

—Un vestido muy caro —comento.

—De eso no me cabe ninguna duda. —Me guía hasta mi asiento colocándome una mano en la parte baja de mi espalda—. Es impresionante. Pero… bueno, la gente que frecuenta este restaurante es un tanto conservadora. —Señala a una pareja de ancianos que están sentados cerca y que me miran fijamente. Apartan la mirada en cuanto se dan cuenta de que los he visto—. Esto no es una discoteca, ¿sabes?

—Tampoco es que me importe —repongo. O eso creo.

Me pide un cóctel antes de que pueda pedir yo nada, y una botella de vino de ciruela para compartir. Suelta algunos comentarios más con respecto a mi vestido, usando cierto tonito, como si quisiese dar a entender que no le importa en absoluto lo que me he puesto aunque soy plenamente consciente de que sí que le importa. No quiere que la gente piense que ha decidido invitar a cenar a una prostituta de lujo. Le digo que, igualmente, aunque lo fuese, tampoco podría permitirse mis servicios.

—Sí que podría permitírmelos —repone. Se carcajea. Odio esta cita. Estoy aquí solo por la comida gratis, y porque mencionó lo del Tate antes. Solo tengo que comportarme y ser agradable durante una hora. Me pide que le hable sobre «el norte» porque nunca ha ido a ningún sitio que esté más al norte que Manchester. Sí que ha estado en Edimburgo un par de veces, pero eso no cuenta, ¿verdad? Porque Edimburgo es el Londres de Escocia, ¿no? Me pregunta si el norte se parece a Londres. Si no me siento encerrada allí. Si no siento que allí no tengo oportunidades. Si no hay trabajo. Si no hay financiación para las artes. Si no hay dinero. Si tenemos algún restaurante parecido a este. Si no me *merece más la pena* el correr riesgos y mudarme a vivir aquí. Si no echo de menos el ajetreo y el bullicio de Londres. Por supuesto, está claro que el alquiler allí es mucho más barato, pero ¿ha mejorado eso mi calidad de vida? Si me mudé allí por mis padres. O por un novio. Si me gusta eso de ser el pez grande dentro de un estanque pequeño.

—Ah, bueno —digo—. Ya sabes. Odiaba vivir aquí, lo odiaba muchísimo. Esta ciudad es una mierda. Con todo lo del Brexit y los conservadores y todo eso. Con su maldita economía basada en el sector servicios. El norte se ha convertido en una especie de gueto después del gobierno de Thatcher, pero al menos la gente no te restriega en la cara la diferencia de riqueza dondequiera que vayas. No sé qué quieres que te diga. Los alquileres allí están más baratos. Y no, no hay restaurantes como este.

Y justo el que le confirme que no hay restaurantes como este le parece lo más triste de todo. Cuando nos traen el vino de ciruela me cuenta cómo lo hacen, aunque me importe una mierda. Me importa una mierda todo esto. Sabe a jarabe para la tos, pero está claro que es un vino caro, así que me lo bebo sin rechistar y asiento como si estuviese prestando atención a lo que me está contando. Y después me bebo el horrible cóctel que me ha pedido. Lleva *yuzu* y sabe amargo de cojones, es como si estuviese chupando la piel de un limón. Habría sido mucho más feliz con un maldito vaso de agua del grifo.

¿Ahora me está hablando sobre su trabajo? Me siento como si no estuviese aquí sentada en este momento. Me siento como si me estuviese hablando desde la salida de un larguísimo túnel. Creo que se encarga de pedir la comida para los dos. Creo que le digo que sí a probar el menú degustación. Me pregunta si me gusta el cóctel y yo niego con la cabeza, y él suelta un comentario sobre mi paladar. Oigo cómo me rechinan los dientes al apretar con fuerza la mandíbula.

—Discúlpame un momento —digo. Y me voy al baño. Y entonces soy hiperconsciente de que estoy en una sala llena de conservadores que me miran el culo y se ríen de mí, que piensan que soy una prostituta de lujo porque supongo que ahora es un delito llevar un vestido con transparencias a un restaurante elegante.

Ni siquiera se me ve el culo. Lo cubre la tela. Hay un maldito *panel* de tela.

Hay otra mujer lavándose las manos en el baño, que me escucha atentamente mientras le cuento todo esto. Creo que me dice que le parece muy bonito mi vestido. También es posible que solo me haya dicho «ajá», porque en realidad no la estaba escuchando ni mirando, y luego se ha ido. Entro en el retrete. Sí, he dicho «retrete»; este es un restaurante elegante, así que tiene el retrete en una habitación aparte. El váter tiene un asiento calefactado y habla con un alegre acento japonés. Cuando acabo de mear, me echa agua caliente directamente en la vulva, y yo suelto: «¡Joder!» en voz alta, porque no me lo esperaba. También me seca después, con una pequeña ráfaga de aire caliente. Y cuando salgo del baño, soy consciente de que quiero hablar del jodido retrete parlante, pero lo más probable es que los jodidos retretes parlantes que te rocían agua en la vagina sin preguntar no sean ninguna novedad para esta gente, ¿no?

Al volver, el tío Stephen me dice que se ha quejado de mi cóctel y que me ha pedido uno nuevo. El mismo. Creo que lo que no me gusta es el *yuzu*. Y entonces se pone a decir que esto es inaceptable, sobre todo por la cantidad de dinero que está pagando por esta cena, y parece realmente preocupado, y me acuerdo de esa escena de *Las Kardashian* en la que Kim pierde el pendiente. Están de vacaciones en Bora Bora y Kim está nadando en el mar con unos pendientes de diamantes que valen 75.000 dólares y pierde uno. Pierde uno y entonces empieza a darle un ataque de nervios, empieza a llorar y a sollozar, y entonces Kourtney, que siempre es la más sensata de todas, aparece en escena, con un bebé en la cadera.

—Kim, hay gente que se está muriendo —dice.

—¿Kim? —pregunta el tío Stephen.

—Ya sabes, cuando Kim K pierde su pendiente. Y su hermana le suelta eso de que hay gente que se está muriendo en el mundo.

—Siempre está bien ver las cosas con algo de perspectiva —comenta. Nos traen el primer plato. Es sashimi. El tío Stephen me regaña por darle un bocado en vez de meterme el trozo entero a la boca. Él mastica con la boca abierta, haciendo ruido, lo que me recuerda a la escena de *El retorno del rey* (la de la película), en la que Denethor está comiéndose unos tomates cherry y obliga a Pippin a cantar para él. Supongo que en esta metáfora (¿alegoría?) Pippin soy yo, lo que me resulta bastante extraño porque nunca me había sentido muy identificada con los hobbits y, la verdad sea dicha, me resulta un tanto molesto estar ahora en esta tesitura. Me sorprende verme ahora en estas, y me pregunto si mis canciones sencillas de hobbit bastarán para llenar estos enormes salones y sus retretes parlantes.

Me pregunta sobre mi trabajo mientras no para de comer. ¿Es que es una especie de publicista o algo así? Por Dios, tampoco me importa.

—¿Este cóctel está mejor? —me pregunta.

—Es que... no me gusta el *yuzu* —comento. Él llama al camarero.

—¿Podrías traerle un Bellini? Tráele un Bellini, el de fresa, y asegúrate de usar *champán* para hacerlo, y no esa mierda italiana. Te prometo que me daré cuenta si no me haces caso.

Me traen un Bellini, y el olor del champán hace que se me revuelva el estómago. Pero me lo bebo sin rechistar.

—Háblame de ti —me pide—. Es como si llevásemos toda la noche hablando solo de mí. Sé que eres fotógrafa, por supuesto, pero ¿qué más escondes?

—¿Que qué más escondo? —repito—. Una vez maté a un chico.

—¿Ah, sí? —El tío Stephen se carcajea.

—Estaba en el lugar equivocado en el momento equivocado. Los dos lo estábamos. Y él tenía cicatrices por todas partes —digo—. Y enterré su cabeza bajo un árbol, pero ya no está. Y es como... No existe ningún informe de persona desaparecida que hable de él o algo así, así que ¿de verdad ocurrió? Ya sabes lo que quiero decir. ¿De verdad lo hice si no hay pruebas?

Él vuelve a reírse a carcajadas, golpeando la mesa al ritmo de su risa.

—Me encanta el humor negro del norte, lo prometo. ¿Te gusta *The League of Gentlemen*?

Sí que me gusta esa serie y se lo digo. Se pone a hablar de que conoce a Mark Gattis. «¿Sabías que Mark Gatiss es de Durham? Hace poco participó en una obra de teatro magnífica. ¿Te gusta el teatro?».

—¿Es que no me has oído? —le pregunto—. ¿No me has oído cuando te he dicho lo que hice? —Se ríe con más ganas, y me ignora, y se pone a hablar de teatro. Me estoy empezando a poner nerviosa. Agarro la copa de champán con tanta fuerza que estalla en pedazos. Se me clavan pequeñas esquirlas de cristal en la palma de la mano y noto la mano pegajosa, por la sangre y el líquido burbujeante.

Me quedo allí sentada, con mi mano ensangrentada, mientras él sigue hablando sin parar. Observo mi reflejo en el plato y tengo un cristal clavado en el ojo, así que alzo la cuchara y examino mi reflejo más de cerca.

—No tienes el pintalabios corrido —me dice.

Me llevo los dedos al ojo. Nada. No noto nada. Tengo la mano seca. Mi copa sigue intacta. Me quedo mirando fijamente el cristal y mi mano, que no está herida, y parpadeo. El tío Stephen frunce el ceño y entonces su imagen desaparece por completo: ahora veo a su sobrino, a Eddie del Tesco, y después a mi chico, abalanzándose sobre mí. Me estremezco. Le estrello la copa de champán en la cabeza y un grito espeluznante rompe el ambiente del restaurante.

Todos los clientes se vuelven de nuevo a mirarme. El tío Stephen vuelve a ser el tío Stephen, y está sangrando. A mí también me sangra la mano en esta ocasión. Los camareros se acercan corriendo a nuestra mesa y, como están demasiado ocupados atendiéndolo, no se dan cuenta de que me marcho. Todo el mundo susurra a mi paso, pero nadie me detiene, nadie se levanta siquiera para intentarlo. Incluso oigo cómo un hombre comenta:

«Así es como nos lo pagan», y el encargado del guardarropa, que no se ha enterado todavía de nada de lo que acaba de ocurrir, me devuelve alegremente mi abrigo, esbozando una enorme sonrisa, cuando le digo que voy a salir a fumar.

Me pongo a caminar. Me quito los tacones y camino descalza por la calle húmeda y fría. Oigo un cascabel tintineando a mi espalda. Sigo caminando sin parar hasta que dejo de sentir los pies, hasta que siento como si estuviese caminando sobre dos esponjas de piel. Recorro todo Chelsea y voy hasta el parque de Battersea. Me pregunto si esta vez esto sí que tendrá consecuencias por fin.

Saco mi teléfono móvil y le mando un mensaje a Flo.

Estoy un 80% segura de que le he estampado una copa en la cabeza a mi cita

Y después añado:

LOL.

Le mando una ristra de mensajes que solo contienen el emoticono del monigote encogiéndose de hombros.

Me fijo en un hombre que duerme en un banco del parque.

Es pequeño y enorme. Lleva puesto un abrigo de lana caro, una camiseta andrajosa y un polo. Está delgado y gordo. Tiene la cabeza apoyada en las manos. Está llorando. Se limpia la nariz con la manga y se frota los ojos. Lo saludo. Le pregunto si me puedo sentar con él. Les echo un vistazo a mis pies. Están sangrando.

—¿Una noche dura? —le pregunto.

—Sí —responde.

Levanto los pies y me pongo a examinármelos. Los tengo llenos de gravilla y de sangre, y tengo unos cuantos cristales clavados, pero esos me los saco sin miramientos, uno por uno, con las uñas.

—¿Qué ha pasado? —le pregunto. Me cuenta una historia pero yo no lo estoy escuchando. Sus labios tienen un tono rosáceo claro a la luz de la luna, a la luz de las farolas. Tiene la piel pecosa, morena, blanca, roja y húmeda. Tiene el pelo oscuro y rizado, y rubio y liso. Le paso mis nudillos ensangrentados por la mejilla, tiene la piel suave y de color melocotón. Le digo que todo va a ir bien. Le digo que no se preocupe.

Le explico que nada de esto importa, que nada dura para siempre. Todo el mundo se olvida, y todo desaparece. Las cosas que haces, lo que eres; nada importa. ¿Te echará alguien de menos si desapareces? ¿Te buscará alguien? ¿Alguien se molestará en escucharte o incluso en preocuparse si te hago daño? Si te rodeo el cuello con mis manos y te aplasto la tráquea y después te descuartizo, ¿alguien te encontrará? Y si la respuesta a alguna de esas pregunta es «no», ¿acaso existes para empezar?

El hombre se levanta e intenta alejarse, pero yo lo detengo. Me siento sobre su estómago. Lo miro a la cara y veo cómo su rostro desaparece y se convierte en el de mi chico, en el de Eddie del Tesco, en Will, en Lesley, en Remy, todos con un trozo de cristal clavado en un ojo, todos ensangrentados y entremezclados. Una especie de mezcla extraña de rostros que se superponen al de este desconocido, que lucha por liberarse de mi agarre y que está asustado.

—¿Alguna vez has hecho de modelo? —le pregunto. No me responde—. ¿Alguna vez has hecho de modelo?

Saco una de mis tarjetas de visita, que llevaba guardadas debajo del sujetador, y se la meto en la boca. Me levanto y me alejo. Paso junto a un vagabundo con el rostro de mi chico, pero no me detengo a mirarlo cuando me llama. ¿Me encuentro bien? ¿Necesito ayuda? ¿Dónde están mis zapatos?

Me adentro más y más en el parque y llego hasta el estanque. Me quito el abrigo y el vestido y me meto, con la esperanza de sentir cómo el agua me limpia, me purifica. Me sumerjo en el agua helada y vuelvo a salir a la superficie con la esperanza de tener la piel limpia y los pulmones llenos de aire fresco. Pero solo siento frío. Noto cómo una lata de cerveza me da en el codo y algo blando bajo mis pies. Cuando bajo la mirada hacia el agua negra, veo el rostro con los ojos lechosos de mi chico, su cabeza flotando en la superficie del estanque. La agarro por el pelo y, al hacerlo, solo saco del agua un montón de bolsas de plástico anudadas entre sí y llenas de algas del estanque.

No es él. Nunca lo es.

AGRADECIMIENTOS

Me siento enormemente agradecida con el equipo de New Writing North. Sin su generoso Fondo para Jóvenes Escritores lo más probable es que este libro nunca se hubiese llegado a escribir. Me gustaría darle las gracias especialmente a Matt Wesolowski, que fue mi mentor y cuya ayuda experta y aliento contribuyeron a que *Boy Parts* pasase de ser un relato corto con muchas ideas a una novela en toda regla.

También me gustaría darle las gracias a todo el equipo de la revista *Mslexia*, donde estuve trabajando durante casi todo el tiempo en el que tardé en escribir este libro, y que me dejaron ver (con toda crudeza) cómo es en realidad el mundo editorial en Reino Unido. Tal vez merezca la pena destacar que la idea de esta novela se me ocurrió de repente después de hablar de una de mis «ideas de prueba» al equipo de Influx Press en un evento que organicé para Mslexia Max y que tenía que moderar yo también. Fue como una especie de manera con la que quería demostrar que eso de que «los niños tímidos nunca consiguen nada» es mentira.

Lo que nos lleva a Gary, Kit y Sanya, mi incondicional equipo de Influx, vanguardistas de la edición independiente y un gran grupo, sin los cuales nada de esto habría sido posible.

También quiero darles las gracias a mis padres, Ken y Wendy, y al resto de mis familiares, por su apoyo, así como también estoy en deuda con un grupo anónimo de intelectuales a los que conozco tan solo con el nombre de «The K Hole Flirters», porque me facilitaron muchísimo el trabajo de documentación previa para esta novela. Además, también me gustaría darles las gracias a mis primeros lectores, entre los que se encuentra mi pareja, George. El amor y el apoyo incondicionales de George fueron necesarios para que yo pudiese escribir, editar y terminar este libro, y lo seguirán siendo en mis futuros proyectos. A menos que nos separemos y, en caso de que eso pase, vaya metedura de pata, ¿verdad?